दस प्रतिनिधि कहानियाँ
नरेन्द्र कोहली

किताबघर प्रकाशन
नयी दिल्ली

दस प्रतिनिधि कहानियाँ सीरीज़

10 प्रतिनिधि कहानियाँ

नरेन्द्र कोहली

ISBN—81-7016-778-7

प्रकाशक
किताबघर प्रकाशन
4855-56/24, अंसारी रोड, दरियागंज
नयी दिल्ली-110002

संस्करण
2013

मूल्य
दो सौ रुपये

मुद्रक
बी०के० ऑफसेट
नवीन शाहदरा, दिल्ली-110032

DUS PRATINIDHI KAHANIYAN (Hindi)
by Narendra Kohli
Price : Rs. 200.00

मेरी कहानियाँ

मेरा लेखन कहानियों से आरंभ हुआ या कविताओं से—यह कहना कठिन है, किंतु इसमें कोई भ्रम नहीं है कि मेरे लेखन का विकास कहानियों के माध्यम से ही हुआ। अपनी कॉपियों में तो कविताएँ भी खूब लिखी थीं; पर न तो उनका विकास हुआ और न प्रकाशन। किंतु कहानियों की बात और थी। जिधर दृष्टि जाती थी, कोई न कोई कहानी दिख जाती थी—अपने भीतर भी और अपने बाहर भी। फिर भी मेरी आरंभिक कहानियाँ इस अर्थ में काफी आत्मकेंद्रित रही हैं कि उनकी सामग्री मैंने अपने परिवार और निकट संबंधियों के व्यक्तिगत जीवन से ही ली है। अबोध शैशव को पीछे छोड़ आए, पहली बार आँखें खोलते हुए तरुण मन के लिए शायद यही स्वाभाविक था। प्रतिदिन पारिवारिक-सामाजिक जीवन के किसी न किसी नए तथ्य का उद्घाटन हो रहा था। अपने आसपास घटती घटनाओं की अनुभूतियों का ताजापन और उनके प्रति तीखी प्रतिक्रिया मुझे कहानी लिखने को बाध्य कर रही थी। कॉलेज के नए-नए अनुभव, हलके-हलके रोमांस, घर में पहला विवाह, नए बनते संबंध और पुराने संबंधों के प्रति विद्रोह जैसे उपकरण मुझे अकस्मात् ही सुलभ हो गए थे; और मेरे पास था मस्ती से भरा तथा लोगों को कोंचने को आतुर चुलबुला मन, चुहल से कटाक्ष और विद्रूप तक जाती वाणी, स्वयं को बड़ों के बराबर मनवाने का किशोर प्रयास...क्योंकि बड़ों के गरिमायुक्त व्यक्तित्व क्रमशः हलके पड़ते जा रहे थे। आरंभिक कहानियों में घटनाओं के नाटकीय संयोजन से विसंगतियों तथा दोहरे मानदंडों पर प्रहार करना ही शायद मेरा प्रमुख उद्देश्य था। आज सोचता हूँ तो लगता है कि शायद अपने विद्रोह की घोषणा करने के लिए ही मैंने कहानियाँ लिखी थीं। 'पानी का जग, गिलास और केतली', 'दो हाथ', 'बदतमीजी', 'ज्ञान की पिपासा', 'दो-ढाई-आठ', 'उजड़े दयार में' इत्यादि कहानियाँ मेरे इसी मूड की अत्यंत आरंभिक कहानियाँ हैं।

इसी अवधि में कुछ कहानियाँ केवल इसलिए लिखी गईं, क्योंकि कहानियाँ बन गई थीं। कहानीपन का भी अपना एक मजा होता है। उसको छोड़ पाना कठिन होता है, विशेषकर आरंभिक दौर में। ऐसा भी हुआ कि परस्पर चर्चा में किसी ने कोई

रोचक घटना सुना दी, अथवा किसी की बातचीत में से कोई पक्ष उभर आया, तो उसकी भी कहानी बन गई। 'राजा दशरथ के बेटे' तथा 'मम्मी, पापा और उनकी बेबी' ऐसी ही कहानियाँ हैं।

प्रेम-कथाएँ मैंने बहुत कम लिखी हैं, किंतु आरंभ में कुछ रोमानी कहानियाँ अवश्य लिखी थीं। 'स्नेह का उदय', 'संगिनी', 'उसने गलत नहीं कहा था' तथा 'मालिनी' जैसी कुछ कहानियाँ याद आ रही हैं, किंतु इनमें से कोई भी गंभीर प्रेम-कथा नहीं है। प्रेम-कथा लिखने में न मुझे तब संकोच था, न अब है, किंतु प्रेम को कहानी बनने में शायद एक लंबी अवधि चाहिए। लंबे अरसे के बाद मैंने 'कथा पुरानी मैत्री की', 'त्रासदियाँ प्रेम की' तथा 'प्रीति-कथा' इत्यादि रचनाएँ अवश्य लिखीं, किंतु उनमें 'प्रेम' कम, विश्लेषण और व्यंग्य ही अधिक सघन हुआ है, क्योंकि प्रेम की वास्तविकता अब उतनी अबूझ नहीं रह गई थी।

फिर जैसे अपने आप से अवकाश पाकर मेरा लेखक अपने दुःख-दर्द के साथ-साथ दूसरों के दुःख-दर्द को भी पहचानने लगा था। इस समय मेरी कहानियाँ, मेरे जीवन को छूते हुए अन्य लोगों के अनुभवों की कहानियाँ हैं। मेरी लेखकीय सहानुभूति इन्हीं दिनों विकसित होनी आरंभ हुई थी। 'आहत प्यार', 'भूखे बच्चे : सूखी डाली', 'मेरा अपना संसार' बहुत भावुक और आहत भावनाओं की कहानियाँ हैं। उनके साथ-साथ 'कहानी का अभाव', 'होने वाली पत्नी' तथा 'एक ही विकल्प' परिस्थितियों की विडंबना की कहानियाँ हैं। 'कहानी का अभाव' यद्यपि मेरी आरंभिक कहानियों में से है, किंतु मुझे अब भी बहुत प्रिय है। इसकी सामग्री मैंने अपने बड़े भाई के जीवन से ली थी, जो अत्यंत नीरस, शुष्क तथा मशीनी हो चुका था। उनकी पीड़ा तो मेरे लिए महत्त्वपूर्ण भी है, किंतु यह कहानी मुझे अन्य कारणों से भी प्रिय है। यह कहानी की संरचना के परंपरागत अकादमीय ढाँचे पर भी प्रश्नचिह्न लगाती है। 'एक ही विकल्प' कहानी मैंने तीन बार लिखी थी। पहली बार यह 'अँधेरे का जीवन' नाम से 'कहानी' पत्रिका में प्रकाशित हुई थी। उसे लिखने ही नहीं, प्रकाशित करवा देने के पश्चात् भी मेरे मन में एक बात सदा कौंधती रही कि उस कहानी में और बहुत कुछ कहने और चित्रित करने का अवकाश था, किंतु मैंने उसे बहुत विरल रूप में प्रस्तुत किया है। यही कारण है कि मैंने उसे पुनः उपन्यास के रूप में लिखा, किंतु लिखने के साथ ही मुझे लगा कि उसे उपन्यास बनाने के अविवेकी प्रयत्न में मैंने उसे अनावश्यक विस्तार दे दिया है और उस रचना की प्रखरता तथा प्रहारकता क्षीण कर दी है। उसे तीसरी बार लिखा और वह 'एक ही विकल्प' के रूप में सामने आई।

जीवन के केंद्र में अब भी कॉलेज ही था, किंतु छात्र से अध्यापक बनने की प्रक्रिया से गुजर चुका था। नई-नई नौकरी, विवाह, दांपत्य जीवन की कुछ आरंभिक समस्याएँ···और इनके कारण अपने तथा अपने निकट के लोगों के जीवन में उत्पन्न हुई जटिलताएँ···जीवन के इन नए अनुभवों ने अपनी आकस्मिकता के कारण वाणी की वक्रता को गौण बना दिया था, अनुभूति ही प्रधान हो गई थी। 'मॉरिस नगर', 'कपूर', 'दूसरे कगार का निषेध' तथा 'सीमा के आर-पार' इन्हीं दिनों लिखी गई कहानियाँ हैं।

1966-67 के दो वर्ष मेरे जीवन में घटनाओं की दृष्टि से अधिक हलचल-भरे थे। पहली संतान का जन्म, छोटे बच्चे के पालन-पोषण की समस्याएँ, और फिर चार ही महीनों में उसकी मृत्यु ! मैंने अनुभव किया कि विवाह अपने आप में जीवन की बहुत बड़ी घटना हो सकता है, किंतु संतान का जन्म तथा उसका पालन-पोषण—भावना, व्यवहार तथा परिस्थितियों इत्यादि के धरातल पर कहीं अधिक सघन अनुभव है, जो जीवन-क्रम को आपादमस्तक लील लेता है। 'परिणति', 'दूसरी आया' और 'किरचें' इत्यादि कहानियों की पृष्ठभूमि में ये ही घटनाएँ हैं। रोमानियत को छोड़ जीवन कठोर यथार्थ के ढर्रे पर आ रहा था। पारिवारिक संबंधों की अनेक जटिलताएँ अपने केंचुल खोल रही थीं। मृत्यु को इस प्रकार आमने-सामने देखकर व्यक्ति रोमानी रह ही कैसे सकता है !

तब तक मेरे अनुभव कहानियों के रूप में ही ढलते थे, शायद इसलिए कि प्रत्येक घटना को स्वतः संपूर्ण तथा स्वतंत्र मानकर मेरा सर्जक मन उस घटना को उसी की संपूर्णता में बुनता था। उसे कार्य और कारण की लंबी शृंखला से स्वतंत्र ही रखता था। कहानी उसी एक बिंदु के चारों ओर बुनी जाती थी, उसे एक विराट् जाल के अंग के रूप में बुनने की चेतना अभी नहीं जागी थी। तब तक 'व्यंग्य' भी पूरी तरह से मुझ पर हावी नहीं हुआ था, धीरे-धीरे अपनी आँखें अवश्य खोल रहा था। 'सार्थकता' में उसके अंकुर फूटते अवश्य दिखाई पड़ रहे थे। उपन्यास-लेखन की ओर बढ़ने की छटपटाहट भी चल रही थी। 'दि कॉलेज' शायद इन दोनों के मिश्रण का ही परिणाम था। आज 'वृत' को पढ़ता हूँ तो वह भी किसी बड़े सामाजिक/राजनीतिक उपन्यास का कथानक-सा ही दिखाई पड़ता है। 'साथ सहा गया दुःख' का प्रथम प्रारूप भी इन्हीं कहानियों का समकालीन है।

1967-68 में लिखी गई कहानियों की पृष्ठभूमि पिछले वर्ष की कहानियों से विशेष भिन्न नहीं है।···दूसरी संतान का जन्म हो चुका था। इस बार जुड़वाँ बच्चे थे—एक लड़का और एक लड़की। लड़की चौबीस दिनों की ही आयु लेकर आई थी।

...इस काल में लिखी कहानियों में इन घटनाओं की प्रत्यक्ष चर्चा नहीं है। हाँ, पिछले दो वर्षों के अनुभवों की कटुता के कारण विनोद की वक्रता अब यथार्थ की कटुता में बदलती अवश्य लग रही थी। इसी प्रक्रिया का आभास 'हिंदुस्तानी' में मिलता है।

स्वयं पिता बनकर अपने पिता को मैंने और भी निकट से जाना। शायद इसीलिए वृद्धावस्था के प्रति संवेदना और सहानुभूति जागी। 'शटल', 'दृष्टि-देश में एकाएक', 'नमक का कैदी' तथा 'खर्च, डायरी और अस्पताल' इत्यादि कहानियाँ तो पिताजी से संबंधित हैं ही, 'चारहान का जंगल' भी उन्हीं के जीवन में घटित एक घटना पर आधृत कहानी है।

जहाँ घटनाओं का चित्रण न कर उस पर प्रतिक्रिया और वह भी तीखी प्रतिक्रिया व्यक्त करने की आवश्यकता पड़ी, वहाँ कहानी नहीं बनी, व्यंग्य ही बना। 1969 ई० में कहानियों से अधिक मैं व्यंग्य लिख रहा था। बीच-बीच में कुछ कहानियाँ भी लिखी जा रही थीं, किंतु क्रमशः कहानियों का स्रोत सूख रहा था। वैसे तो व्यंग्य में भी घटनाओं का उपयोग होता ही है, किंतु व्यंग्य कथानक-विहीन विधा है। तो मेरे भीतर का कथा-तत्त्व कहाँ जा रहा था ? 1970 ई० में जब उपन्यास-लेखन आरंभ हुआ तो कहानी-लेखन प्रायः बंद हो गया। शायद तब छोटी घटनाओं का स्वतंत्र महत्त्व कम लगने लगा था। वे घटनाएँ तो एक बड़ी व्यवस्था की कड़ियाँ थीं। और व्यवस्था का चित्रण उपन्यास लिखे बिना नहीं हो सकता था। संभवतः मेरा आक्रोश व्यंग्य का रूप ग्रहण कर रहा था और कथा-तत्त्व उपन्यास में ढल रहा था।

1970-75 की अवधि में बहुत कम कहानियाँ लिखी गईं। व्यक्तिगत जीवन के विभिन्न पड़ाव (जो व्यक्ति के जीवन की महत्त्वपूर्ण घटनाएँ होती हैं) मैं प्रायः पार कर आया था। पढ़ाई, नौकरी, विवाह, संतान का जन्म, उनका रोग-शोक, गृहस्थी के तनाव और परेशानियाँ, सामाजिक संबंध, सामाजिक-आर्थिक-राजनीतिक दबाव—यह सब कुछ देख चुका था।...मेरी रचना-प्रक्रिया में एक विचित्र अंतर आता जा रहा था। सृजन-प्रक्रिया के वृक्ष के तने में से दो शाखाएँ उग आई थीं—व्यंग्य और उपन्यास। बीज आ जाने पर फूल झड़ जाते हैं। इन दो टहनियों के विकास से कहानी अनायास ही सूख गई थी।

मेरे सृजन-वृक्ष का तना अब भी कथा ही है, किंतु विधा के रूप में कहानी जैसे विलीन हो गई है। कथा-तत्त्व उपन्यास में समा गया और आक्रोश व्यंग्य में। पिछले पंद्रह वर्षों में मैंने कहानियाँ बहुत कम लिखी हैं, न के बराबर। अब तो स्वतंत्र रचना के रूप में व्यंग्य भी कभी-कभार लिख लेता हूँ, अन्यथा वह भी उपन्यास में ही

समाहित हो गया है। लोग पूछते हैं—आपने कहानी लिखनी बंद कर दी ? मैं स्वीकार में सिर हिला नहीं पाता, क्योंकि न तो मैंने ऐसा कोई संकल्प ही किया है और न ही मुझे कहानी से किसी भी प्रकार का विरोध है। कहानियाँ लिख नहीं रहा तो इसलिए नहीं कि लिखना नहीं चाहता। हुआ यह है कि उपन्यास अधिक प्रबल हो उठा है···या यह कहना अधिक उचित होगा कि वह मुझ पर हावी हो गया है।

—नरेन्द्र कोहली

26 फरवरी, 2006
175, वैशाली, पीतमपुरा
दिल्ली-110034

क्रम

परिणति

अनुराधा बहुत देर से आई और जब आई तो बहुत उदास थी।

अमिताभ ने उसे देखते ही कारण पूछना चाहा—देर का भी और उदासी का भी; पर वह अनुराधा को बहुत अच्छी तरह जानता था। पूछने पर वह बड़ी सुविधा से सारा दोष परिवहन-व्यवस्था पर डाल सकती थी। और उदासी का कारण ? वह अनुराधा नहीं बताएगी। जितनी बार पूछेगा, उतनी ही बार वह कहेगी, 'कुछ नहीं हुआ। तुम तो खामखाह ही पीछे पड़ जाते हो।'

अमिताभ ने कुछ नहीं पूछा।

वे मोरिस नगर से यूनिवर्सिटी लाइब्रेरी की ओर जा रहे थे। चुपचाप।

फिर अनुराधा ही बोली, "सुनो अमि ! एक बात कहनी है, पर इस एश्योरेंस के साथ कि तुम उसका कारण नहीं पूछोगे, पूछताछ नहीं करोगे।"

अनुराधा स्वयं ही खुल रही थी। फिर अधिक कुरेदने की आवश्यकता ? वह जानता था, अनुराधा उससे कुछ छिपा नहीं पाएगी। पहले थोड़ी-सी बात बताएगी, फिर आधी और जाते-जाते पूरी बात कह जाएगी।

अनुराधा को आश्वस्त करने के लिए ही उसने कह दिया, "नहीं पूछूँगा।"

सोचा था, उसके यह कहते ही अनुराधा शुरू हो जाएगी और बात समाप्त करने से पूर्व चुप नहीं होगी।

पर अनुराधा चुप ही रही।

अनुराधा की चुप्पी से अमिताभ के स्नायुओं पर बोझ बढ़ने लगा था।

लाइब्रेरी की सीढ़ियाँ चढ़कर अमिताभ हटकर एक किनारे खड़ा हो गया। अनुराधा काउंटर पर चली गई। किताबें लौटाने में उसे पाँच मिनट से अधिक नहीं लगे। कार्ड वापस ले, उसने अपने पर्स में डाले और साड़ी का पल्लू ठीक करती हुई लाइब्रेरी के स्टैक-हॉल की ओर मुड़ गई।

अमिताभ को साथ चलना पड़ा। उसको अनुराधा का स्टैक-हॉल में जाना अच्छा नहीं लग रहा था। वह बात, जो अनुराधा उसे बताने वाली थी, क्या है? अधिक प्रतीक्षा वह कर नहीं सकता था। वह जल्दी से जल्दी लाइब्रेरी से बाहर निकलना चाहता था, ताकि अनुराधा से वह बात पूछ सके। पर अनुराधा स्टैक-हॉल में जा रही

थी, जहाँ से चार-पाँच पुस्तकें छाँटेगी, फिर उन्हें इशु करवाएगी और तब बाहर निकलेगी। इस सबमें आधा-पौना घंटा तो लग ही जाएगा।

अनुराधा शेल्फें खँगाल रही थी। जिस शेल्फ के सामने जा खड़ी होती, उसकी कोई भी पुस्तक अनछुई न रहने देती! और तब तक अमिताभ की दृष्टि आसपास खड़े, पुस्तकें देखने में संलग्न लोगों को उलटती-पलटती रही।

अनुराधा ने तीन पुस्तकें चुनीं। अपने पर्स में से इशु कराने वाले तीन कार्ड निकाले और उसे इंगित किया, "आओ, चलें।"

अमिताभ आगे-आगे चलता हुआ पहले ही दरवाजे से बाहर निकल सीढ़ियों पर आकर खड़ा हो गया। अनुराधा पुस्तकें इशु करवा पीछे-पीछे ही आ गई।

"क्या बात है?" सीढ़ियाँ उतरते ही अमिताभ ने पूछा।

"बता दूँगी!" अनुराधा बोली। उसका स्वर टालने वाला नहीं था।

अमिताभ को लगा, अभी एक-आध बार और पूछना पड़ेगा।

वे चलते-चलते विधि-संकाय के पास से गुजरते हुए रामजस कॉलेज के सामने आ खड़े हुए थे। रास्ते में अमिताभ और दो-तीन बार पूछ चुका था। अनुराधा बता देना चाह रही थी, पर अपनी आदत के अनुसार, असली बात न बताकर इधर-उधर की बातें करती जा रही थी। रामजस कॉलेज और दिल्ली स्कूल ऑफ इकोनॉमिक्स के बीच की सड़क पर आते ही वह ठिठक गई, "लो ! मैं आज फिर भूल गई।"

"क्या भूल गई ?" अमिताभ इस अप्रत्याशित बात से कुछ खीज-सा उठा।

"भई! अब देखो, हम यहाँ तक आए हैं," अनुराधा बोली, "इस समय मिसेज शर्मा से भी मिलते चलते।"

"तो मिल लो न!" अमिताभ बोला, "मैंने कब मना किया है।"

"आज नहीं। मैं आज उनकी चीजें नहीं लाई।"

"न सही। अच्छा, अब यह बताओ, वह बात क्या है?"

"वह बात!" अनुराधा एक क्षण रुकी, "बुरा मत मानना और कुछ पूछना भी मत !"

"नहीं पूछूँगा !"

"देखो," अनुराधा बहुत हौले से बोली, "अब तुम हमारे घर मत आना। बाहर जहाँ कहोगे, जब कहोगे—मैं आ जाऊँगी। पर हम अब घर पर नहीं मिलेंगे।"

"क्यों?" अमिताभ के मुख से अनायास ही निकल गया।

"तुमने कहा था, तुम कुछ नहीं पूछोगे !" अनुराधा ने याद दिलाया।

"हाँ-हाँ ! अच्छा, नहीं पूछता।"

दोनों कुछ देर तक चुपचाप चलते रहे।

"बुरा मान गए क्या?"

"नहीं। इसमें बुरा मानने की क्या बात है!" अमिताभ बोला।

अनुराधा ने उसके मुख की ओर देखा—चेहरे से वह चिंतित नहीं दिख रहा था।

अमिताभ के मस्तिष्क से एक बहुत बड़ा बोझ हट गया। इतने-से समय में वह बहुत कुछ सोच गया था। अनुराधा ने जैसे ही बहुत उदास होकर कहा था कि उसे कुछ कहना है, तभी से उसके मस्तिष्क में अनुराधा की मौसी की बात बार-बार उभरकर सामने आ रही थी।

अमिताभ ने अनुराधा की मौसी को एक ही बार देखा था, पर अनुराधा से सुना बहुत कुछ था। मौसी बहुत अमीर थी। उसकी कोयले की कुछ खानें थीं। उसके दोनों लड़के अमेरिका में थे और बेटी किसी मंत्री के बेटे से ब्याही गई थी। पिछले दिनों मौसी ने अनुराधा के लिए बहुत सारे रिश्ते बताए थे। एक से एक बढ़कर लड़के—पढ़े-लिखे, अमीर माँ-बाप के सुंदर लड़के और अच्छी से अच्छी नौकरी पर लगे हुए।

अमिताभ मन ही मन इस मौसी से चिढ़ गया था और डरने भी लगा था। उन्हीं दिनों उसने बहुत सारे स्वप्न भी देखे थे कि एक चुड़ैल अनुराधा को उससे छीनकर लिए जा रही है। वह चीख रहा है, हाथ-पैर पटक रहा है, पर अपने स्थान से हिल नहीं पाता। और उसे चुड़ैल की शक्ल हर बार मौसी से मिलती-सी लगी थी।

अनुराधा ने अमिताभ की आशंकाओं का हमेशा मजाक उड़ाया था। उसका कहना था, मौसी अपने स्तर के रिश्ते बताती है। यह नहीं देखती कि अनुराधा के माँ-बाप की हैसियत क्या है। और फिर, वह स्वयं वयस्क है। कोई बच्ची नहीं है कि मौसी जिससे चाहे उससे ब्याह दे।

चुपचाप चलते-चलते काफी समय हो चुका था। अमिताभ ने नजर उठाई, अनुराधा का मुख निर्विकार था। ऐसा नहीं लगता था कि निकट भविष्य में वह कुछ कहेगी। सुबह से जिस बात का घनत्व उसके मुख पर छाया था, कहकर उसका विरेचन हो गया था।

"वैसे, अब हम जा कहाँ रहे हैं?" मन के हलकेपन को जताने के लिए वह हँसकर बोला।

अनुराधा ने रुककर उसे देखा, "कनॉट प्लेस चलें तो कैसा रहे ? कुछ शॉपिंग कर लेंगे और कहीं बैठकर कॉफी भी पी लेंगे!"

अमिताभ चुपचाप चलता रहा। मल्कागंज के स्टैंड से उन्होंने एक स्कूटर-रिक्शा ले लिया।

कनॉट प्लेस के बरामदों में घूमते हुए अमिताभ सोच रहा था—अब वह अनुराधा के घर नहीं जाएगा। फिर वे कहाँ मिलेंगे? बाहर बहुत ज्यादा मिलना-जुलना उसे पसंद नहीं था। पर यदि वे बाहर नहीं मिलेंगे तो कहाँ मिलेंगे? बिना मिले रहने की बात सोच नहीं सकता। उसे लगा, कोई उसकी शक्ति को तौलना चाहता है।

वे हैंडलूम हाउस के सामने से निकले तो अमिताभ रुक गया।

अनुराधा ने फिरकर प्रश्नवाचक दृष्टि से उसे देखा।

"अनु!" अमिताभ को अपना स्वर काँपता लगा।

अनुराधा एकदम पास आ गई।

"आज प्रेम में पहली बाधा आई है।" अमिताभ बोला, "यह हमारे प्रेम की तीव्रता को तौलना चाहती है। मैं आज तुम्हें कुछ देना चाहता हूँ।"

वह अनुराधा की बाँह पकड़कर उसे हैंडलूम हाउस के भीतर ले गया। उसे स्वयं लगा, वह बहुत रोमांटिक हो रहा है, पर उसने स्वयं को रोका नहीं।

अनुराधा ने सादी-सी, चौड़े लाल बॉर्डर वाली सफेद सूती साड़ी पसंद की।

हैंडलूम हाउस से निकलकर वे काफी देर तक शामियाना कॉफी-हाउस में बैठे रहे।

अमिताभ लौटा तो उस पर काफी गहरा अवसाद घिर आया था। आज घर पर मिलने पर बंधन लगा है, कल किसी और बात से भी रोका जा सकता है। अब अनुराधा से मिले बिना रहना संभव नहीं था। पर उसने ऐसा क्यों होने दिया? वह इतना कमजोर ही क्यों बना? वह अपने आपको टटोल रहा था।

जब विवाह की बात शुरू हुई थी, वह अनुराधा को जानता भी नहीं था। इस बातचीत में बीच में बहुत सारे रिश्तेदार थे।

पर अब उसे याद भी नहीं है, कब औपचारिक बातचीत रोमांस में बदल गई। यह नहीं लगता था कि अमिताभ कभी इस घर में अनुराधा को बड़े औपचारिक ढंग से देखने आया होगा या उसे उस रूप में बुलाया गया होगा। अमिताभ और अनुराधा एक-दूसरे की अपनी ही पसंद लगते थे।

वे दोनों साथ घूमने जाते रहे। कई पिक्चर उन्होंने इकट्ठे देखीं। अमिताभ टिकटें खरीदकर पिक्चर-हॉल से टेलीफोन कर देता था। यदि घर का कोई बड़ा भी फोन उठाता तो वह कह देता कि वह पिक्चर-हॉल से बोल रहा है। टिकटें उसने खरीद ली हैं। वे अनुराधा को भेज दें। अनुराधा हर बार आती रही। कभी किसी ने आपत्ति की मुद्रा नहीं दिखाई। उन्होंने कई बार बाहर साथ-साथ डिनर खाया और फिर स्थिति यह हो गई कि अमिताभ शाम को दफ्तर से छूटते ही अनुराधा के घर

चला जाता। शाम की चाय वहीं पीता। उसे बुलाने की आवश्यकता नहीं थी। न वह कहकर जाता। सबको पता था, वह शाम को आएगा। जिस दिन न जाता, उस दिन अवश्य पूछ हो जाती कि वह क्यों नहीं आया ? अब, जब वह अनुराधा के साथ इतना बँध चुका है, यह वर्जन उसे समझ नहीं आया।

अलग होते हुए अमिताभ के ध्यान में यह बात थी कि अगली बार मिलने का समय और स्थान अभी तक तय नहीं हुआ है। पर वह मौन रहा। अनुराधा ने मना किया है तो वही क्यों नहीं बताती, वह उसे कब और कहाँ मिलेगी ? मिलने को उसी का मन नहीं चाहता, अनुराधा भी व्याकुलता से उसकी प्रतीक्षा करती है। फिर वही क्यों पहल नहीं करती?

पर अनुराधा ने इस विषय में कोई बात नहीं की। हैंडलूम हाउस से निकलकर वह साड़ी को निहारने में लगी हुई थी। कई बार अनजाने ही उसने साड़ी के पैकेट को अपने गालों से लगाया था, वक्ष के साथ जोरों से भींच लिया था।

उसी मग्नता में अनुराधा चली गई थी और अगली भेंट का कुछ निश्चित नहीं हो पाया था।

अमिताभ के मस्तिष्क की नसें तड़कने लगी थीं और उसे अपना दिल डूबता-सा लगा।

सवेरे उठा तो उदासी उसकी आत्मा के साथ चिपक गई थी। लगा, उसके शरीर में इंजेक्शन की सिरींज डालकर उसकी सारी ऊर्जा निचोड़ ली गई है। बिस्तर से हिलने तक को मन नहीं चाहा। पर दफ्तर तो जाना ही था। दफ्तर जाएगा, काम में उलझा रहेगा, तो अनुराधा को भूला रहेगा और तबीयत सँभली रहेगी। कमरे में पड़े-पड़े तो तबीयत और घबराएगी।

नाश्ता करके तैयार होते-होते उसका विचार बदल गया था। वह पहले यूनिवर्सिटी जाएगा—उसने तय कर लिया था—फिर दफ्तर जाएगा। दफ्तर के लिए देर हो जाएगी, पर वह यूनिवर्सिटी अवश्य जाएगा। वह अनुराधा से शाम को मिलने का समय और स्थान नियत कर लेगा। वह जानता था, अनुराधा रोज सवेरे घंटे-डेढ़ घंटे के लिए लाइब्रेरी जरूर जाती थी। वह दस बजे वहाँ पहुँचती थी और अमिताभ को साढ़े नौ बजे दफ्तर में अपनी सीट पर होना चाहिए था। काफी देर हो जाएगी, पर वह उससे मिलने जाएगा !

ठीक दस बजे अनुराधा उसे यूनिवर्सिटी-लाइब्रेरी में मिल गई।

"तुम आ गए !" अनुराधा बोली, "मैं सोच रही थी, तुम्हें कहाँ कंटैक्ट करूँ ? अभी न मिलते तो शाम को तुम्हारे कमरे पर मैं जरूर आती। तुम दफ्तर नहीं गए ?"

"दफ्तर!" अमिताभ हँसा, "जाऊँगा अभी।"

"दस तो बज गए ?"

"हाँ !"

"बंधन कितना कठिन लग रहा है न?" अनुराधा उदास थी।

"हाँ, अनु !" अमिताभ जल्दी से बोला, "बताओ, शाम को कहाँ मिलोगी?"

"शाम को ?" अनुराधा ने एक मिनट के लिए सोचा, "दफ्तर से सीधे वेंगर्स आ जाना। बाकी वहीं सोच लेंगे।"

"ओ०के०," अमिताभ बोला, "मैं चलूँ फिर। देर हो रही है।"

वह बिना उत्तर की प्रतीक्षा किए लाइब्रेरी से बाहर निकल आया। उसे काफी हलका लग रहा था। स्नायुओं का बोझ कम हो चुका था। अब वह दफ्तर का काम भी कर सकता था।

अमिताभ दफ्तर से छूटते ही वेंगर्स पहुँचा। बस की प्रतीक्षा उसने नहीं की। पार्लियामेंट स्ट्रीट से वेंगर्स दूर ही कितना था। दस मिनट में पैदल पहुँचा जा सकता था और बस शायद मिलती ही आधा घंटे में।

अनुराधा कोने की मेज पर अकेली बैठी थी। उसने अभी तक ऑर्डर नहीं दिया था—या अभी-अभी ही आई थी।

अमिताभ हाथ की दो-एक पत्रिकाएँ मेज पर रखकर कुर्सी पर पसरकर आराम से बैठ गया। अनुराधा ने आँखें उठाकर उसे देखा और हलके से मुस्कराई।

"यूनिवर्सिटी से सीधी आई हो?"

"नहीं!" अनुराधा बोली, "यूनिवर्सिटी मैं यह साड़ी पहनकर गई थी क्या?"

उसने कल खरीदी हुई लाल बॉर्डर वाली सफेद साड़ी पहन रखी थी।

"घर से होकर आई हो ?"

"हाँ।" अनुराधा बोली, "घर से होकर आई हूँ। साड़ी बदलकर आई हूँ, और लड़कर आई हूँ।"

"लड़कर?"

"हाँ।" अनुराधा ने बताया, "मैंने यह साड़ी पहनी तो सबकी आँखें खुल गईं। पूछा, 'यह साड़ी कहाँ से ली ?' मैंने बता दिया। मैं कोई डरती हूँ किसी से! मम्मी ने बहुत डाँटा। बोली, 'हम इतने गए-बीते हैं कि तुम अमिताभ से साड़ियाँ ले-लेकर पहनो। शादी के बाद जो चाहे, लेती रहना, अभी कुछ मत लो।' उन्होंने कहा है, यह साड़ी तुम्हें वापस कर दूँ। पर मैं कैसे कर सकती हूँ ? मैंने कह दिया कि वापस नहीं करूँगी और बता दिया कि इसे पहनकर तुम्हीं से मिलने जा रही हूँ।"

"तो घर से बाहर की पहली भेंट पर ही झगड़ा-वगड़ा आरंभ हो गया?" अमिताभ मुस्कराया।

"झगड़े-वगड़े तो होंगे ही। आखिर उन्होंने ऐसी स्थिति···अच्छा, छोड़ो !" उसने बात बदली, "क्या खिला रहे हो ?"

दोनों ने मटन-कटलेट और दो-दो स्लाइस खाए। कॉफी पी और बिल चुकाकर बाहर आए।

"पिक्चर देखें अनु?" अमिताभ ने पूछा।

"देर हो जाएगी अमि! मैं इतनी देर के लिए घर पर कहकर नहीं आई।"

"पर वह कोई जरूरी तो नहीं है।"

"अच्छा, चलो।"

हॉल में घंटा-भर अनुराधा ठीक रही, फिर अमिताभ को लगा कि उसका मन नहीं लग रहा है, वह अनमनी-सी होती जा रही है। उसने कई बार धीरे से पूछा, पर वह टाल गई।

बाहर निकल अमिताभ ने पूछा, "कैसी लगी?"

"भई, सच यह है," अनुराधा का स्वर उत्साहशून्य था, "मैं एन्जॉय नहीं कर सकी। घर पर कहकर नहीं आई थी। बिना बताए देर तक बाहर रहने की मुझे आदत नहीं है, इसलिए मन नहीं लग रहा था।"

"चलो," अमिताभ को उसकी स्थिति का एहसास हुआ, "मैं टैक्सी पर घर छोड़ आऊँ।"

अनुराधा ने मना नहीं किया। वे स्टैंड तक आए।

"एक बात पूछूँ अमि ?" टैक्सी चलने पर अनुराधा बोली।

"हूँ।" अनुराधा का अनमना हो जाना अमिताभ को अच्छा नहीं लग रहा था।

"आज तुम्हारे कितने पैसे खर्च हुए?"

"पाँच वैंगर्स में, साढ़े सात पिक्चर में और···।"

"पाँच के लगभग टैक्सी में!" अनुराधा बोली, "तुम्हें नहीं लगता अमि, कि ऐसे मिलना बड़ा महँगा पड़ता है?"

"तो क्या हो गया?" अमिताभ निश्चिंतता से बोला, "कभी-कभार खर्च हो जाएँ तो क्या है ?"

"कभी-कभार हो जाएँ तो कोई बात नहीं, पर हमें तो रोज इसी प्रकार मिलना पड़ेगा और रोज इतना खर्च···"

"ऐसा करो।" अमिताभ बोला, "कल छुट्टी है। लंच के बाद तुम ओडियन

के स्टॉप पर मिल जाओ। कुतुब चले चलेंगे। वहाँ बहुत जगह है घूमने को। समय मजे में बीत जाएगा और खर्च भी नहीं होगा।"

"ठीक है।" अनुराधा बोली और फिर चुपचाप हो गई।

अमिताभ देख रहा था, अनुराधा के मुख की तनी रेखाएँ ढीली नहीं हो रहीं। वह उसी प्रकार तनी बैठी थी।

"क्या बात है अनु? योजना पसंद नहीं आई ?" उसने पूछा।

"नहीं, वह बात नहीं है।" अनुराधा रोष-भरे स्वर में बोली, "मैं इस प्रकार मिलना नहीं चाहती। हप अच्छे-भले घर में बैठे रहते थे। पर अब···" वह रुकी, "मुझे अपने घरवालों पर गुस्सा आ रहा है, जिन्होंने हमें घर से निकालकर इस प्रकार मिलने पर मजबूर किया है।"

अमिताभ कुछ नहीं बोला। उसे भी लग रहा था, इस प्रकार बाहर-बाहर मिलना दोनों के लिए स्वाभाविक नहीं था। घर पर मिलकर एक प्रकार का उल्लास उसके मन में भर जाता था; उसका अब कहीं पता नहीं है। अनुराधा भी कितनी बदल गई है। पहले वह मिलने उसके घर जाता था। बातों ही बातों में देर हो जाती थी। वह उठना चाहता तो अनुराधा उसे कितने आग्रह से ठहरने के लिए कहती थी। अब अनुराधा जल्दी से जल्दी भागकर घर पहुँचना चाहती थी, एक मिनट भी रुकना नहीं चाहती। जब तक उसके साथ होती है, उसके साथ होने का उल्लास भी उसके मन में नहीं होता, क्योंकि यह साथ होना भी एक मजबूरी है।

उसे लगा, न केवल अनुराधा के मन में अपने घरवालों के प्रति रोष है, वरन् वह भी धीरे-धीरे अपने मन में वही कुछ संचित कर रहा है। इस प्रकार यदि वे अपने मन में रोष संचित करते रहे तो वे व्यर्थ ही उनसे एकदम अलग-थलग हो जाएँगे। विवाह के बाद भी ये संबंध सहज नहीं हो पाएँगे और उसे यही लगेगा कि उसने अनुराधा के साथ विवाह नहीं किया, उसे भगाकर लाया है।

यह वह नहीं चाहता था। ऐसा क्यों हो, जब अनुराधा के डैडी ने स्वयं उसे चुना था। जो कुछ हुआ था और हो रहा था, उसमें उनकी सहमति थी। फिर इस खिंचाव का लाभ?

अमिताभ ने टैक्सी रुकवाकर अनुराधा को उसके घर के पास सड़क पर ही उतार दिया और कल के कार्यक्रम की याद दिला दी। कोई और समय होता तो वह टैक्सी वहीं छोड़ देता और उसके साथ घर जाता। सबसे मिलता और शायद खाना भी वहीं खाता।

आज वह टैक्सी से नहीं उतरा। भीतर से ही 'वेव' करके विदाई ले ली।

अनुराधा ने भी रुकने-रुकवाने का कोई चाव नहीं दिखाया। एक बार हाथ हिलाया और मुड़कर चली गई।

दूसरे दिन अनुराधा अमिताभ से मिली तो बहुत क्षुब्ध थी।

"फिर झगड़ा हुआ?" अमिताभ ने मजाक किया।

"हाँ !" वह बोली, "पर अभी मत पूछना। कुतुब पहुँचकर बताऊँगी।"

बस में इतनी अधिक भीड़ थी कि न वे इकट्ठे बैठ सके, न कोई बात ही हो सकी। घंटा-डेढ़ घंटा दोनों अलग-अलग सीटों पर बैठे रहे। एक ही बस में होने के कारण सामीप्य का अहसास-भर था।

कुतुब पर बस रुकी तो वे उतरे। छुट्टी का दिन था। ढेरों लोग दिन बिताने के विचार से आए हुए थे। कहीं भी एकांत नहीं था। वे कहीं ठहरे नहीं, चलते गए।

"क्या बात हुई अनु ?" अमिताभ ने फिर पूछा।

"वह...बात तो कोई खास नहीं है।" अनुराधा ने कहा, "विनीता को कहीं जाना था। उसे मेरी लाल बॉर्डर वाली साड़ी भा गई है। उसने मुझसे पहनने के लिए वह साड़ी माँगी। मैंने इनकार कर दिया। मैंने किसी चीज के लिए उसे कभी मना नहीं किया। पर वह तुम्हारा उपहार है, प्रेम का प्रतीक है। मैं कैसे सह सकती हूँ कि उसे कोई और पहने, चाहे वह मेरी अपनी ही बहन हो!"

"फिर ?"

"फिर क्या!" अनुराधा ने कहा, "विनीता आगे से तीखी पड़ी तो मैंने डाँट दिया और रोने लगी। उसे रोते देख मम्मी नाराज हो गईं और मुझे साड़ी दे देने को कहा। मैंने फिर इनकार कर दिया। जानते हो उन्होंने क्या कहा ? 'बड़ी तो कीमती साड़ी है, जैसे यही पहनकर फेरे लेगी। पच्चीस रुपए की साड़ी नहीं है।' मैंने भी कह दिया, 'अब तो चाहे कुछ भी हो, मैं इसी साड़ी में फेरे लूँगी।' ठीक है न! तुम्हें कोई एतराज तो नहीं होगा?"

अमिताभ अचकचा गया। उसने नहीं सोचा था, अनुराधा इतनी बड़ी बात कर जाएगी और उससे भी वचन चाहेगी। "पर अनु! यह साड़ी तो सफेद है।" वह बोला, "फेरे तो लाल साड़ी में लिए जाते हैं।"

"वह सब मैं नहीं जानती।" अनुराधा बोली, "मैं तो इसी साड़ी में फेरे लूँगी। लाल रंग शुभ माना गया है, इसलिए सब लोग पहनते हैं। इसमें भी लाल बॉर्डर है। और जब मैं इसे ही शुभ मानती हूँ, तो किसी को क्या आपत्ति ? तुम्हें कोई आपत्ति हो तो अभी बता दो?"

अमिताभ आपत्ति करने का साहस न कर सका। अनुराधा उसी से उलझ पड़ी

तो? अनुराधा उस साड़ी को इतना बड़ा मान देना चाहती है तो यह अमिताभ का भी सम्मान था।

"तो रानीजी फेरों के लिए बहुत व्याकुल हैं?" उसने बात टालने की चेष्टा की।

अनुराधा में अपेक्षित प्रतिक्रिया नहीं हुई। वह उसी प्रकार गंभीर रही, बल्कि कुछ और दृढ़ होकर बोली, "हाँ, अमि! बहुत थक गई हूँ अब। मेरे अपने ! तुमसे परायों की तरह कुछ देर तक मिलकर संतोष नहीं होता। सोचती हूँ—अब दोनों साथ-साथ रहें, चौबीसों घंटे। वह शादी के बाद ही हो सकता है।"

अमिताभ भी गंभीर हो गया। बोला, "खासकर, कल से मैं भी सोचने लगा हूँ अनु ! कि अब शादी टालने का कोई अर्थ नहीं है। घर से दूर, सबसे छिपकर थोड़ी देर के लिए मिलना बहुत कष्टप्रद है।"

कुतुब में वे अधिक नहीं ठहरे। वहाँ लोगों के बीच बैठने में उन्हें संकोच होता था। यहाँ बैठने वाले सब ही बाल-बच्चों वाले थे। उनके बीच ऐसे जोड़े का बैठना, जो परस्पर विवाहित नहीं लगता था—दोनों में से किसी को ठीक नहीं जँचा। एकांत खोजने के लिए कुतुब से कुछ दूर जंगल में जाना पड़ता। वह जोखिम का काम था।

अमिताभ सोचता है, तो उसे लगता है कि उसके पश्चात् उनके जीवन में एक लंबा अवकाश है। उस अवकाश में वे लोग या तो नहीं मिले, या मिले तो अकेले नहीं मिले और कोई काम की बात, जो पूछनी हो या कहनी हो, पूछकर या कहकर अलग हो गए। अब कमरे से काम नहीं चल सकता था, इसलिए अमिताभ को मकान खोजना था। घर का सामान बनाना था। शादी के कार्ड छपवाने थे। वरी का सामान खरीदना था। बारात के जाने के लिए बसों तथा अन्य चीजों का प्रबंध करना था। रिसेप्शन की पार्टी का प्रबंध करना था। फिर कार्ड बाँटने थे इत्यादि। इन कामों में बहुधा अनुराधा उसके साथ थी। पर ये सारे कार्य एक जड़ स्वप्नावस्था में हुए थे। उन्हें अमिताभ अपने जीवन का अंग कैसे मान लेता! वह तो एक और तरह का जीवन था, जिसमें अमिताभ अमिताभ नहीं था, अनुराधा अनुराधा नहीं थी। वे दो जड़ पुर्जे थे, जो एक संवेदनशून्य अवस्था में कुछ निर्दिष्ट कार्य करते रहे…।

उन दिनों अमिताभ कितना जूझा था अपने आप से और अपने आसपास से। कितनी ही जगहों से रगड़ खा-खाकर वह घिस गया था। उसकी अपनी तीखी रेखाओं का कहीं पता नहीं था। लगता था, वह सारा का सारा भुरभुरा गया है। जहाँ किसी का हाथ लगता है, वहीं से तीखी रेखाएँ घिसने लगती हैं और वह गोल, भद्दा और सामान्य होता जा रहा है। उनका अपना व्यक्तित्व कहीं खो गया था। कई वर्षों से उसने अपने व्यक्तित्व के जिन तीखे कोणों का निर्माण किया था, वे सब समाप्त

हो गए थे। इस भुरभुराने में कहीं उसके किसी अपने सगे का अनुरोध था और कहीं अनुराधा के सगों का। उन अनुरोधों का विरोध वह नहीं कर पाया था, क्योंकि वह किसी को नाराज नहीं करना चाहता था···।

ब्राह्मणों की बताई हुई शुभ तिथि में, सेहरा बाँधकर, घोड़ी पर सवार हो, रोशनी और बाजे-गाजे लेकर वह अनुराधा के द्वार पर पहुँचा था। मिलनियाँ हुईं, सेहरा पढ़ा गया, जयमाला हुई और फिर खाना-पीना।

फेरों पर बैठते हुए अमिताभ को लगा, विनीता आज अनुराधा के साथ कुछ अतिरिक्त रूप से जुड़ी हुई थी। वह एक क्षण के लिए भी उससे अलग नहीं हुई। जरा-सा कपड़ा खिसकने पर उसे ठीक कर देती थी। अनुराधा को जरा हिलने भी नहीं देती थी। फेरे बहुत जल्दी समाप्त हुए और अनुराधा को भीतर ले जाकर वरी में दी गई विदा की गुलाबी साड़ी में बाहर लाया गया।

घर लौटते हुए कार में साथ बैठी अनुराधा अमिताभ को नई-सी अनुराधा लगी। वह तो कोई और थी, जिसको उससे कोई लगाव नहीं था। वह पास बैठा था और उसने नजर उठाकर देखा तक न था। वह धीरे-धीरे उसे समझाता रहा और अनुराधा रोती रही। यह अनुराधा कोई और होगी—वह नहीं हो सकती, जिसने खुले रूप से उसे स्वीकारा था और उसे अपना कहने में भी संकोच नहीं किया था···।

एकांत पाकर पुरानी अनुराधा लौटी। आँसू पोंछ डाले और मुस्कराई।

"यहाँ आने का बहुत दुःख हुआ, अनु !" अमिताभ बोला, "रास्ते-भर रोती रहीं।"

"रोना आ गया!" अनुराधा संकुचित होती-सी बोली, "यहाँ आने का दुःख तो नहीं है। आज सवेरे से घर में भूचाल आया हुआ था। तुम नहीं जानते अमि ! वहाँ क्या हुआ ?"

"क्या हुआ ?"

"मैंने तुम्हारी दी हुई लाल बॉर्डर वाली सफेद साड़ी में ही फेरे लिए हैं, अमि !" अनुराधा बहुत भावुक स्वर में बोली, "उस पर उन्होंने एक दूसरी साड़ी लपेट जरूर दी थी, जिसे विनीता हर क्षण हटने से रोकती रही। मैं तुम्हारे प्यार में लिपटी यहाँ आई हूँ···एक वचन दोगे अमि ?"

"क्या?" अमिताभ हतप्रभ हुआ। आज की रात वह किसी वस्तु से इनकार नहीं कर सकता था।

"मैं जब न रहूँ अमि ! तो मुझे इस साड़ी में लपेटकर जलाना···"

"अनु !" अमिताभ ने उसे कंधे से लगा लिया, "आज ऐसी बातें न करो अनु !

मैं तुम्हारी भावना समझता हूँ।"

अनुराधा काफी देर तक रोती रही और अमिताभ उसे समझाता रहा। अमिताभ को याद नहीं कि वे लोग कब सोए।

महीना-भर पहाड़ों पर घूमते हुए कैसे निकल गया, अमिताभ को मालूम नहीं हुआ। वापस दिल्ली आने पर उसे अपने भीतर एक नया ठहराव-सा लगा। वह संतुष्टि का भाव था। पहले की व्याकुलता कहीं खो-सी गई थी।

अनुराधा नए घर, नए वातावरण में आई थी। उसकी उस पद की अपनी जिम्मेदारियाँ थीं। वह उनसे आच्छादित-सी हो गई थी। उसे अकसर कहीं न कहीं यह बात चुभ जाया करती थी कि वह अनुराधा के रूप में कुछ नहीं है, जो कुछ है, अमिताभ की पत्नी के रूप में है। व्यक्तित्व का तिरोभाव उसे भला नहीं लगता था। पर जब कभी उसने अपना स्वतंत्र व्यक्तित्व दिखाना चाहा, वह अमिताभ से टकरा गया।

उसने जीवन में पति को सहायक के रूप में चाहा था, जो उसके काम कर दिया करे। वह नहाने जाए तो उसके कपड़े अलमारी से निकाल दिया करे। वह बाहर जाने के लिए तैयार हो तो भागकर उसकी साड़ी इस्त्री करवा लाया करे। अलमारी से उसके गहनों का सेट निकाल दिया करे। जब वह काम पर चली जाया करे तो पीछे से उसके उतारे हुए रात के कपड़े सँभाल दिया करे। बिस्तर झाड़कर बेड-कवर बिछा दिया करे। ड्रेसिंग-टेबल पर खुली पड़ी तेल की शीशी बंद कर ठीक जगह पर रख दिया करे। उसका पफ् कंपेक्ट-बॉक्स में डाल उसे बंद कर ठीक जगह पर रख दिया करे। कंघी में से बाल निकालकर कंघी को ब्रश कर उसे ब्रश में लगा दिया करे। उसके गीले तौलिए को बाहर तार पर सुखा दिया करे और बिस्तर के सिरहाने पड़े चाय के कप और पानी के गिलास को रसोई तक पहुँचा दिया करे। जब वह काम से लौटकर आए तो नीचे खड़े स्कूटर-रिक्शा को पैसे दे आया करे और ऊपर आते ही उसके सामने पानी का गिलास, चाय का कप, कुछ फल इत्यादि काटकर रख दिया करे। सोने से पहले बिस्तर पर से बेड-कवर हटा दिया करे और जब वह सो जाए तो उसे चादर ओढ़ा दिया करे।

पर अमिताभ ऐसा नहीं था। शादी से पहले वह जैसा भी हो—पर अब वह उसका पति था और पत्नी का सहायक बनने की जगह, पत्नी को अपनी सहायिका बनाना चाहता था। जिन बातों की अपेक्षा उसे अमिताभ से थी—उसने देखा था—उन्हीं बातों की अपेक्षा अमिताभ उससे करता था।

और फिर उन्हीं दिनों अनुराधा की तबीयत खराब रहने लगी थी। वह कुछ भी

खा नहीं पा रही थी। जो खाती, उल्टी कर देती। हाथों-पैरों की सूजन बढ़ती जा रही थी। ब्लड-प्रेशर ऊँचा हो गया था। दो मिनट खड़ी रहती तो हाँफने लगती। स्वभाव से बहुत चिड़चिड़ी हो रही थी। छोटी-सी बात पर लड़ती और फिर देर तक रोती रहती।

पिताजी का पत्र आया था कि अमिताभ बहू को इन दिनों दिल्ली में न रखकर घर पर छोड़ जाए, ताकि उसकी देखभाल की जा सके। वह वहाँ अकेला है और उसे इस विषय में कोई अनुभव भी नहीं है। ऐसा न हो कि कोई गड़बड़ हो जाए।

पहले अमिताभ झिझका। वह अनुराधा के बिना रह सकेगा क्या? जब अनुराधा ने घर पर आने से मना किया था और रोज मिलने की संभावना कुछ कम हो गई थी तो उसका नर्वस-ब्रेकडाउन होने लगा था। अब अनुराधा को कई महीनों के लिए छोड़ना पड़ेगा। पर, साथ रहकर भी तो वे प्रसन्न नहीं थे। रोज ही कोई न कोई झगड़ा हो जाता था। उसने अनुराधा से बात की। उसे लगा कि अनुराधा भी चले जाना ही पसंद करेगी।

अनुराधा कानपुर चली गई।

शुरू के दो-एक दिन वह बहुत खाली-खाली रहा। उसे कोई काम नहीं था। विवाह के बाद उसने अपने सारे बाहरी सूत्र समेट लिए थे। अब कोई ऐसा स्थान नहीं था, जहाँ वह अपना समय काट सकता।

उसे लगा, वह एक विशेष प्रकार के जीवन का आदी हो गया है। सवेरे उठकर दफ्तर, दफ्तर के पश्चात् घर। घर में पत्नी की उपस्थिति। घर का खाना। छुट्टियों में घर की झाड़-पोंछ। वह इतना पालतू हो चुका था कि उसके लिए बहुत देर तक बाहर रहना संभव नहीं था।

फिर उसका मानसिक तनाव बढ़ने लगा था। उसे लगा कि वह फिर उसी प्रकार खिंचा-तना रहने लगा है। फिर वह टची होता जा रहा है। दिल की धड़कन फिर उसके कानों में सुनाई पड़ने लगी है और उसकी छाती में जलन रहने लगी है। कहीं फिर उसका नर्वस-ब्रेकडाउन तो नहीं हो रहा।

अनुराधा का सप्ताह में एक-आध पत्र आ जाता। वह डॉक्टर के पास गई थी। डॉक्टर ने क्या कहा था। उसके रक्त का फिर परीक्षण हुआ है। उसे बहुत सारी दवाइयाँ खानी पड़ रही हैं। वह दूध रोज पी रही है, अंडा खा रही है, फल खा रही है। ये अनुराधा के उसके नाम पत्र नहीं थे—ये तो एक पत्नी की पति को दी गई सूचनाएँ थीं।

वह भी तो अनुराधा को याद नहीं करता। उसे भी अपनी पत्नी का अभाव

खटकता है, जिसके बिना उसकी बहुत सारी आवश्यकताओं की पूर्ति नहीं होती। यदि उसकी पत्नी अनुराधा न होकर कोई और होती तो क्या कोई अंतर होता? जब भी वह उसे इतना ही प्यार करता, क्योंकि हर पति को अपनी पत्नी से प्रेम करना चाहिए। यह उसकी भावना नहीं—घरेलू सुख-शांति के लिए उसका कर्तव्य था। वह बहुत दुर्बल व्यक्ति था—जिसने साहस के अभाव को आदर्शों की ओट दे रखी थी। वह शारीरिक आवश्यकताओं के लिए कहीं और नहीं जा सकता था, इसलिए बार-बार उसे अपनी पत्नी की याद आती थी। और पत्नी की जरूरत पड़ती थी, इसलिए वह उससे प्रेम करता था। जिससे उसकी आवश्यकताओं की पूर्ति होती थी, वह उसी से प्रेम तो करेगा···।

तो क्या वह अनुराधा से प्रेम नहीं करता? या अनुराधा उससे प्रेम नहीं करती ? यह क्या सामाजिक और शारीरिक आवश्यकताओं के कारण किया गया एक समझौता मात्र है? उसे अनुराधा न मिलती या अनुराधा को वह न मिलता तो क्या कोई अंतर न पड़ता? आज उसकी आवश्यकताओं की पूर्ति कहीं और से होने लगे तो क्या उसे अनुराधा की कोई आवश्यकता न रहेगी? या अनुराधा की ही आवश्यकताओं की पूर्ति सरलता से कहीं अन्यत्र होने लगे तो अनुराधा उससे प्रेम नहीं करेगी ? फिर वह लाल बॉर्डर वाली साड़ी का क्या होगा···?

अमिताभ किसी निष्कर्ष पर नहीं पहुँचना चाहता था। वह चाहता था कि किसी प्रकार दिन व्यतीत हो जाएँ। अनुराधा यहाँ लौट आए। उसकी स्नायुओं का बोझ हलका हो जाए और उसे यह सब सोचना ही न पड़े।

अनुराधा के आने में अभी बहुत देर थी। अभी उसे बहुत दिनों तक अकेले रहना था।

जितनी देर वह घर पर रहता, उसका ध्यान बहुधा बाहर के द्वार की ओर लगा रहता। अकसर दरवाजा खटकता और वह जाकर खोलता तो वहाँ कोई न होता। उसे लगता, उसके कान उसकी अपनी इच्छा के कारण धोखा खाते हैं। वह चाहता है कि कोई आए। क्यों चाहता है? क्या इसलिए कि उसका समय कट जाए या···घर में वह अकेला है ? इन दिनों नौकर भी नहीं है। वह निपट अकेला है। फिर वह किसकी प्रतीक्षा करता है ? किसी विशेष व्यक्ति से मिलना हो तो वह उसके घर जाकर मिल सकता है। फिर वह किसकी प्रतीक्षा करता है इस निपट अकेले घर में···?

उस दिन दरवाजा खटकने पर उसने खोला तो एक अपरिचित लड़की को खड़े देखकर चौंका। उसने आँखों में प्रश्न भरकर पूछा, “कहिए ?”

लड़की हकलाई, “आपको विम चाहिए ?”

"जी नहीं।"

"आप विम यूज नहीं करते?" लड़की ने काफी प्रयत्न करके पूछा।

"करते हैं।" वह बोला, "पर अभी हमारे पास है।"

उसने जबर्दस्ती दरवाजा बंद कर दिया।

लड़की इस व्यवसाय में नई थी। काफी संकुचित हो रही थी। मुख कैसा लाल हो रहा था। पर वह स्वयं क्यों तड़प रहा है? वह क्यों जबर्दस्ती दरवाजा बंद करके चला आया? किससे डरकर? वह उस लड़की को किसी बहाने से घर के भीतर भी ला सकता था। यह अलग-थलग फ्लैट! किसी को पता भी न चलता। वह घर में अकेला भी है एकदम···वह और अधिक तपता गया···लड़की एकदम सुंदर नहीं थी, पर जवान तो थी। उसके द्वार पर आई थी और घर में वह अकेला था। अपनी इच्छा से दरवाजा बंद कर उसे लौटा आया है—फिर वह पछता क्यों रहा है?

बुरी बात है, उसने सोचा—अनुराधा उसकी पत्नी है। वह उससे प्रेम करता है। वह और किसी के प्रति ऐसा व्यवहार नहीं रख सकता। उसे शर्म आनी चाहिए। अनुराधा सुनेगी तो क्या कहेगी ? पर उसने अनुराधा के डर से नहीं, अपने ही डर से ऐसा किया था···और फिर यदि वह अनुराधा से प्रेम करता है तो अकेले घर में एक अपरिचित लड़की को अपने सम्मुख खड़े देख इस प्रकार तप क्यों उठा था···?

काफी लंबी और तीव्र प्रतीक्षा के बाद उसे सूचना मिली, 'पुत्र के जन्म पर बधाई।' बच्चे के विषय में बहुत सारी बातें मन में उभरीं, पर सबसे ऊपर एक ही विचार था, अब वह अनुराधा को ले आएगा। बहुत दिन हो गए हैं, अब और रुकना उचित नहीं है। उसने हिसाब लगाया, इक्कीस दिनों तक सारी रीतियाँ समाप्त हो जाएँगी, बाइसवें दिन अनुराधा वहाँ से चल सकती है। पिताजी को पत्र लिखकर उसने सूचित कर दिया कि वह बाईसवें दिन अनुराधा को ले आएगा। वे उनकी टिकटें बुक करवा दें। वह ठीक समय पर कानपुर पहुँच जाएगा।

बीच का अंतराल उसने कैलेंडर की तारीखें काट-काटकर बिताया। कानपुर पहुँचकर वह अनुराधा और बच्चे से मिला। कोई असामान्य बात नहीं लगी। अनुराधा अन्य माँओं के समान ही बच्चे को छाती से लगाए दूध पिला रही थी। बच्चा चिपककर दूध पी रहा था। सामान्य-सा बच्चा था, जो कभी-कभी हँसता हुआ प्यारा भी लगता था और बहुधा रोता हुआ बदसूरत और घृणित भी लगता था।

अनुराधा इतने दिनों में काफी दुनियादारी सीख गई थी। बच्चे के लिए नई दरी, खेसियाँ, चादरें और उसकी फ्रॉकें इत्यादि उसने सँभाल रखी थीं। बच्चा पुराने-फटे खेसों में ही लिपटा पड़ा रहता था। अभी बच्चा छोटा था, इसलिए बहुत

गंदा करता था। वह नहीं जानती थी कि नए कपड़े खराब हों। इसलिए जो पुराने कपड़े यहीं छोड़ जाने थे, वह उन्हीं से काम चला रही थी। अन्य कपड़े वह दिल्ली में काम में लाएगी।

तैयारी पहले से हो चुकी थी। एक दिन वह वहाँ रुका भी, वह रास्ते की योजनाओं में बीत गया। रात-भर उन्हें गाड़ी में रहना था। बच्चे की तबीयत भी ठीक नहीं थी। वह बहुत टट्टियाँ कर रहा था। दवा साथ रख ली थी। पर वह कोई रामबाण दवा तो थी नहीं। माँ ने अनुराधा को रास्ते के लिए बहुत सारे निर्देश दिए। पिताजी ने अमिताभ को समझाया और वे घर से विदा हुए।

उनका कूपा आरक्षित था। तकलीफ नहीं थी, पर गाड़ी के चलते ही हवा तेज और ठंडी हो गई थी। अनुराधा ने बच्चे को अच्छी तरह लपेट-लपाट दिया। अमिताभ ने उठकर सारी खिड़कियाँ बंद कर दीं।

गाड़ी चल रही थी। कूपे में वे दोनों अकेले थे और कूपे की सारी खिड़कियाँ-दरवाजे बंद थे। अमिताभ का शरीर सहसा तप उठा। उसने अनुराधा का मुख अपने हाथों में ले लिया। अनुराधा में कोई प्रतिक्रिया न हुई। वह उसी प्रकार बुत बनी बैठी रही।

"उदास क्यों हो अनु?" अमिताभ ने अपने रक्त के आवेश को संयत करते हुए पूछा।

"इसकी तबीयत ठीक नहीं है।" अनुराधा ने बच्चे की ओर देखा।

"दिल्ली पहुँचकर ठीक हो जाएगा।" अमिताभ ने उसे आश्वासन दिया, "किसी अच्छे डॉक्टर को दिखा देंगे।"

वह अनुराधा से सटा बैठा था, पर उसे अपने शरीर के तपने का ही आभास था। अनुराधा में कोई परिवर्तन नहीं आया था।

बच्चे ने फिर टट्टी की था। अनुराधा ने उसे उसी गंदे नेपकिन से साफ किया और धुला हुआ नेपकिन बाँध दिया। वह गंदे नेपकिन को तर्जनी और अँगूठे के नखों में लटकाए इधर-उधर ताकती रही।

"क्या है?" अमिताभ चाहता था, अनुराधा इस सबसे जल्दी से जल्दी निबट ले और वह अपना प्यार जताए।

"इसका क्या करूँ ?" अनुराधा ने नेपकिन की ओर आँखों से संकेत किया।

"जाओ, धो लाओ।"

"मुझसे नहीं होता।" अनुराधा ठुमककर बोली, "यह रात-भर टट्टियाँ करता रहे और मैं उन्हें धोती रहूँ।"

"तो फेंक दो!" अमिताभ का स्वर उत्तेजित था।

अनुराधा ने सिर उठाकर उसे देखा। उसकी दृष्टि में कोई भाव नहीं था। बोली, "इस प्रकार फेंकने लगी तो दिल्ली पहुँचते-पहुँचते इसके पास एक भी नेपकिन नहीं रहेगा।"

अमिताभ घूरता रहा, "तो क्या करोगी?"

अनुराधा सोचती रही, फिर बोली, "इसे तो फेंक ही देती हूँ।"

उसने खिड़की का पट थोड़ा-सा उठाकर नेपकिन बाहर फेंक दिया और मुड़ती हुई बोली, "इस ट्रंक को बर्थ के नीचे से बाहर खींचकर जरा खोल दो।"

"उसका क्या करना है अब?" अमिताभ अपनी खीझ रोक नहीं पा रहा था।

"कोई पुराना कपड़ा निकाल लूँ।" अनुराधा बोली, "उसी को फाड़-फाड़कर काम चलाऊँ। नेपकिन बनाती जाऊँगी और गंदे होने पर फेंकती जाऊँगी।"

अमिताभ अनिच्छा से उठा और ट्रंक को बर्थ के नीचे से घसीटकर उसका ताला खोल दिया। कुंडा पकड़कर ढक्कन उठाया और बोला, "लो, निकाल लो।"

अनुराधा ने कपड़ों को उलटा-पुलटा। ऊपर-ऊपर ज्यादातर उसकी शादी की साड़ियाँ थीं। उन्हें निकाल-निकालकर वह बर्थ पर ढेर लगाती रही और फिर उसने नीचे से एक लाल बॉर्डर वाली सफेद साड़ी निकाली। उसे उलट-पुलटकर देखा और बोली, "यही ठीक रहेगी।" बाकी साड़ियाँ भीतर डालकर बक्स बंद कर दिया।

अमिताभ ने ध्यान से साड़ी देखी और उसका मन भीतर ही भीतर भुरभुरा गया। उसने कुछ कहा नहीं, चुपचाप एक-एक साड़ी उठाकर ट्रंक में पटकता गया। सारा सामान उसमें ठूँसकर ताला जड़ा और पैर की ठोकरों से उसे बर्थ के नीचे धकेल दिया।

उसने एक नजर अनुराधा पर डाली। उसका ध्यान अमिताभ की ओर नहीं था। उसने साड़ी में से एक चौकोर टुकड़ा फाड़ लिया था। उसे दोहरा कर उसने तिकोन बनाया और नीचे के किनारे पर फाड़कर उसे बाँधने का प्रबंध कर लिया। वह बड़ी मग्न होकर बच्चे को नेपकिन बाँध रही थी।

अमिताभ ने गले का थूक निगला और चुपचाप ऊपरी बर्थ पर चला गया। उसे नीचे झाँकने की हिम्मत नहीं हुई। रात-भर वह साड़ी के फटने के स्वर और खिड़की का पट खोलकर नेपकिन बाहर फेंकने की आहट सुनता रहा। पर उसने अनुराधा से कोई बात नहीं की।

सवेरे अनुराधा ने ही उसे आवाज लगाई, "अब उठो भी, दिल्ली आ रही है।"

वह नीचे उतरा। अनुराधा से बिना आँखें मिलाए उसने चीजें समेटीं।

अटैची-केस बंद किया, बिस्तर बाँधा और हाथ झाड़कर खड़ा हो गया।

"नीचे-ऊपर तो देख लो!" अनुराधा बोली, "कुछ छूटा तो नहीं?"

उसने पहले ऊपर की बर्थ को देखा, जहाँ वह रात को लेटा हुआ था। वहाँ कुछ नहीं था। फिर नीचे की बर्थ के नीचे झाँका। वहाँ कोई कपड़ा-सा लटक रहा था। उसने हाथ बढ़ाकर कपड़ा खींच लिया। यह लाल बॉर्डर था—सफेद साड़ी, शायद रात-भर में टुकड़े करके बाहर फेंकी जा चुकी थी।

अमिताभ ने दाँत भींचकर बाएँ हाथ से खिड़की का पट उठाया और दाएँ हाथ से सफेद साड़ी का लाल बॉर्डर कहीं दूर फेंक दिया।

गाड़ी धीमी होती-होती दिल्ली जंक्शन के प्लेटफॉर्म नंबर ग्यारह पर आकर रुक गई।

किरचें

तीन दिनों के झुटपुटे के बाद आज पहली बार सूर्य निकला था। बादल छँट गए थे और धूप बहुत भली लग रही थी।

लि थी खुआँग की तबीयत दो-तीन दिनों से काफी खराब चल रही थी। सूर्य निकलने से उसको भी राहत मिली थी। पता नहीं, तबीयत ही कुछ सुधर गई थी या मौसम का ही प्रभाव था।

लि का पति सवेरे से ही बाहर गया हुआ था। मौसम के सुधरने की वजह से ही उसका बाहर जाना संभव हो पाया था।

हो को बाहर भेजकर लि घर के छोटे-मोटे कामों में लग गई थी। वह चाहती थी कि दोपहर के लगभग जब हो लौटे तब तक वह सारे कामों से निबट चुकी हो, ताकि दोनों आज के इस सुनहरे दिन की छुट्टी को फुरसत से बिता पाएँ।

वियतनाम के हा बाक प्रांत में, हीन-होआ नगर के बाहर इस बस्ती में, जुलाई के महीने में ऐसे सुनहरे दिन बहुत कम आया करते थे। और इन दिनों तो लि ऐसे दिनों के लिए तरसकर रह गई थी। पिछले कुछ दिनों से उसके मन में कुछ विशेष कामों के प्रति बहुत तीव्र उत्कंठा पैदा होने लगी थी। वह कुछ विशेष स्थानों पर जाना चाहती थी, विशेष तरह की चीजें खाना चाहती थी। लगभग दो वर्ष पहले इन्हीं दिनों जब लि पहली बार माँ बनने की प्रतीक्षा कर रही थी, तो भी उसकी इच्छाएँ कुछ इसी प्रकार तीव्र हो उठी थीं। पर वे इच्छाएँ इन इच्छाओं से बहुत भिन्न थीं। तब लि मीठी चीजें बहुत खाया करती थी। पर इन दिनों उसे खट्टी चीजें बहुत भाती थीं। पहली बार लि को बेटा पैदा हुआ था—और लि अपने मन में जानती है कि इस बार उसकी गोद में बिटिया आने वाली है।

लि के मन में इन दिनों ममता बहुत उमड़ती है। उसे लगता है कि अब वह दो बच्चों की माँ है। उसके भीतर दुगनी ममता है। पर अभी अपनी अनजाई बिटिया को वह प्यार नहीं कर पाती। बस, कभी-कभी एकांत पाकर अपने उभरे हुए पेट पर धीरे से हाथ फिरा लेती है। कभी-कभी अनदेखी-अनचीह्नी बेटी को पुकार लेती है और उससे बातें कर लेती है। जब भीतर ही भीतर बहुत हिल-डुल होती है, तो बच्ची को

प्यार से इस शरारत के लिए डाँट भी देती है, 'क्यों तंग करती है बिट्टो मेरी !' वह उसे समझाती है, 'अभी से इतनी शैतान है तू, तो जन्म लेने के बाद क्या करेगी! न बेटी ! माँ को तंग नहीं करते !'

और अपने आप ही मुस्करा पड़ती है लि।

बाकी समय लि अपना सारा प्यार बेटे पर उड़ेलती रहती है।

आज सवेरे से लि अपने बेटे के कामों में लगी हुई है। कभी-कभी झुँझलाकर सोचती है--काम ही किसका है उसे ? एक इस बेटे का और एक इसके बाप का। दोनों बाप-बेटे परेशान करते रहते हैं। नन्हा काई भी बहुत शैतान हो गया है। लि की कोई बात नहीं मानता।

धूप निकल आई थी, तो लि के मन में बेटे को नहला देने की बात भी आई। दो दिनों से बारिश हो रही थी और लि ने नन्हे काई को इस डर से नहीं नहलाया था कि बच्चे को कहीं ठंड न लग जाए। पर आज धूप निकल आई थी। आज उसे नहला ही देना चाहिए, बहुत गंदा हो रहा था। और फिर आज न नहलाया तो कल मौसम जाने कैसा रहे!

लि ने आँगन में नहलाने की चीजें इकट्ठी कर ली थीं और नन्हे काई को भी पकड़ लाई थी।

वह जोर-जोर से रोता जा रहा था। तीन दिनों से लि और हो ने उसे आँगन में निकलने नहीं दिया। इतनी देर तक कमरे में बंद रहने के बाद काई आँगन में निकला था, तो वह मिट्टी से खेलना चाहता था, इधर-उधर भाग-दौड़ करना चाहता था और घर के अहाते से भी बाहर निकल जाना चाहता था।

पहले तो लि के मन में आया कि बच्चे को थोड़ा-सा खेल लेने दे। पर यदि एक बार वह छूट गया तो उसका दुबारा हाथ आना मुश्किल हो जाएगा। फिर देर भी हो रही थी। इसी तरह काम चला तो हो के घर लौटने तक वह अपना काम समाप्त नहीं कर पाएगी···

"न बेटे! रोते नहीं हैं।" उसने काई को समझाया, "और राजे बेटे! माँ को तंग नहीं करते !"

काई रोता रहा और लि उसके कपड़े उतारती रही। पहले कमीज उतारी। बनियान की बारी आई तो काई एकदम मचल गया। वह उसके हाथों से छूट-छूट जा रहा था। एक बार तो वह लगभग हाथों से निकल ही गया था। पर लि ने उसे फिर घसीट लिया।

एक हाथ से लि ने काई को पकड़ा और दूसरे हाथ से पानी को छूकर देखा--

पानी बहुत ठंडा नहीं था।

और तभी लि के भीतर बहुत जोर से कुछ हिलने-डुलने लगा।

लि ने गीला हाथ अपने पेट पर रख लिया, "न बेटी, न! तंग नहीं करते। भैया को नहला लेने दे।"

एक ओर काई जोर-जोर से रो रहा था और उसके हाथों से निकल भागने को मचल रहा था और दूसरी ओर यह···

"तुम दोनों भाई-बहन तंग क्यों कर रहे हो मुझे!" लि ने मुस्कराकर अपने पेट के उभार की ओर देखा, "शैतान बच्चो!"

और वह सोच रही थी, इस समय हो घर पर होता तो उसकी सहायता कर देता।

उसके पेट के भीतर की हलचल बहुत प्रबल हो रही थी। बिट्टो अब और भीतर नहीं रहना चाहती—लि खुद को बता रही थी।

उसने अपना ध्यान उधर से हटाकर काई के सिर पर एक लोटा पानी डाला।

काई का रोना कुछ प्रबल हो गया।

"न बेटे ! नहाते हुए रोते नहीं हैं।" लि ने उसे समझाया, "जल्दी से नहा लो।"

उसने उसके सिर पर साबुन की टिकिया रगड़नी शुरू की। मुँह पर साबुन नहीं लगाया, नहीं तो काई और भी अधिक जोर से रोने लगता, मुँह पर साबुन बाद में लगा देगी। हाथों पर साबुन लगाया और मल-मलकर हाथों पर लगी मिट्टी उतारी।

काई की बहन एक बार फिर जोर से मचली थी।

और सहसा बहुत जोर से 'गूँ-गूँ ऊँ-ऊँ' की आवाज हो उठी। लि चौंकी—क्या हुआ है बिट्टो को···?

पर दूसरे ही क्षण ध्यान आया, यह बिट्टो की आवाज नहीं थी। आवाज आसमान से आ रही थी। आवाज की दिशा में बहुत सारा धुआँ और गर्द-गुबार उड़ रहा था। साफ आकाश कहीं छिप गया था। सारा वातावरण मटमैला हो गया था।

और इन सबके बीच पाँच विमान उड़े जा रहे थे।

लि को स्थिति समझने में क्षण-भर भी नहीं लगा। उसने साबुन से पुते नन्हे काई को झपटकर अपनी गोद में समेटा, एक हाथ अपने पेट पर रखकर काई की बहन को सांत्वना दी और झपटकर भीतर की ओर भागी···

नहाने का पानी, साबुन और तौलिया खुले आकाश के नीचे पड़े थे।

चारों ओर शोर ही शोर था। आग और धुआँ। मनों मिट्टी धरती की कोख से उछलकर आकाश की ओर जाती थी और फिर आग के समान धरती पर बरस पड़ती थी।

धमाके बहुत पास आ गए थे। लि को लगा, उसका घर धमाकों से घिर गया है। वह घर में अकेली थी और उसके पास दो बच्चे थे। दोनों एक से एक शैतान···

अचानक आँगन में जोर का धमाका हुआ। नहाने का सामान धुएँ में छिप गया और लि कमरे के बीचों-बीच औंधी गिरी। काई अब भी उसकी गोद में था।

लि के मुँह से जोर की चीख निकली। उसे लगा, कोई आग उसके बाएँ नितंब को चीरकर भीतर घुसती चली गई है।

काई चुप हो गया था और उसके हाथों से छूटकर नंग-धड़ंग, साबुन और मिट्टी से सना हुआ उसके सामने बैठा था।

पीड़ा के मारे लि की आँखों में आँसू निकल आए। उसने अपने निचले होंठ को दाँतों में भींच लिया। वह चाहती थी, दाँत होंठ को चीरकर मांस में धँस जाएँ, नितंब की पीड़ा से ध्यान हटाने के लिए वह अपने होंठ में दूसरा घाव करना चाह रही थी।

बाहर विमानों की आवाज दूर चली गई थी।

लि ने दाएँ हाथ से अपने पेट को दबाया और बाएँ से नितंब को टटोला। उसका हाथ नंगे नितंब पर पड़ा—कपड़ा वहाँ नहीं था—और हाथ किसी गर्म-गर्म चीज से गीला हो गया था।

उसने अपने हाथ को आँखों के सामने लाकर देखा—सारा हाथ खून से लाल हो गया था।

लि ने पीड़ा से बचने के लिए अपने दाँत फिर अपने होंठ में गड़ा दिए। हाथों-पैरों को समेटकर उठना चाहा और फिसलकर गिर पड़ी।

काई पास बैठा बहुत जोर-जोर से रो रहा था।

हो बस्ती की सीमा तक ही पहुँचा था कि विमानों की गूँ-गूँ-ऊँ-ऊँ से उसके कान खड़े हो गए। यह अनुभव उसके या बस्ती के किसी अन्य व्यक्ति के लिए नया नहीं था। अब तो वे लोग इसके आदी हो गए थे। वर्षों से यह लड़ाई चल रही थी और जाने कब तक चलेगी ?

हर दूसरे-तीसरे दिन इसी प्रकार विमान उड़ते हुए आते थे। उनसे बम गिराए जाते थे और फिर बस्ती के परे हीन-होआ नगर पर आग, धुआँ तथा धूल ही धूल नजर आती थी।

पिछले तीन दिनों से वर्षा के कारण ही जहाज इधर नहीं आए थे। आज धूप निकली थी तो विमान भी आ निकले थे···

हो समझ नहीं पा रहा था कि वह क्या करे ? बस, एक ही बात उसके मन

में थी। ऐसे समय में उसे अपने घर पर लि और काई के पास होना चाहिए था। वैसे आज तक उनकी बस्ती पर कभी कोई बम नहीं गिरा था—पर विमान इसी प्रकार आते रहे तो किसी भी दिन गिर सकता था···

और अचानक विमानों से बम गिरने आरंभ हुए। धमाके, आग और धुआँ सब ओर फैल गया। किसी ओर कुछ नजर नहीं आ रहा था। हो चुपचाप ज़मीन पर औंधा लेट गया।

हो को समय का कुछ पता नहीं चला। कब विमान बम बरसाकर चले गए—वह नहीं जानता। उसके मन में एक ही प्रश्न था—लि और काई ठीक तो हैं न ?

और जैसे ही उसे यह एहसास हुआ कि विमान आकाश पर मँडरा नहीं रहे, हो उठकर भागा।

उसका हृदय धड़क रहा था। आज पहली बार विमान उनकी बस्ती के ऐन ऊपर बम बरसाकर गए थे—ईश्वर भला करे!

छँटते हुए धुएँ में से हो भागा जा रहा था।

अब धमाके नहीं हो रहे थे, पर शोर बहुत बढ़ गया था। हर घर से रोने और चीखने की आवाजें आ रही थीं। स्थानीय स्वयंसेवक और सैनिक अधिकारी भी प्रकट हो गए थे। मोटरगाड़ियाँ इधर-उधर भागती फिर रही थीं।

अपने घर पर दृष्टि पड़ते ही हो को लगा, उसके दिल की धड़कन बंद हो जाएगी। उसके अपने घर के आँगन में बम गिरा था। हो ने जोर की एक चीख मारी और भागता हुआ घर के भीतर घुस गया। उसके गालों पर आँसू धाराप्रवाह बह रहे थे।

उसके सामने लहूलुहान लि औंधी पड़ी थी और उसके सिरहाने बैठा काई रो रहा था।

हो घुटनों के बल बैठ गया, "लि! लि!"

लि ने कोई उत्तर नहीं दिया।

बाप को देखकर काई और जोर से रो पड़ा।

हो ने विवशता से इधर-उधर देखा। आसपास कोई नहीं था। उसने लि को सीधा करने के लिए हाथ लगाया तो सहसा उसके शरीर के भीतर होती हुई उथल-पुथल को छू गया।

हो को समझ नहीं आ रहा था, वह क्या करे ?

और तभी एक अधिकारी कई स्वयंसेवकों के साथ घर के भीतर आया। हो आँसुओं-भरी आँखों और बिसूरते होंठों से उन्हें चुपचाप देखता रहा।

अधिकारी एक ही नजर में सब कुछ समझ गया। उसने झुककर लि को सीधा कर उसकी हृदय-गति देखी। और सहसा वह अपने साथियों की ओर मुड़ा, "जीवित है।"

स्वयंसेवक झुके और लि को उठाकर ले गए।

हो ने रोते हुए काई को गोद में उठाया और उनके पीछे-पीछे बाहर चला आया।

लि को उन्होंने एंबुलेंस में लिटाया। उसमें चार-पाँच घायल और भी थे। हो साथ वाली जीप में बैठ गया। काई रोना बंद कर फटी-फटी आँखों से इधर-उधर देख रहा था।

सब कुछ अपने आप ही हो गया था। किसी ने भी किसी से कुछ नहीं कहा था।

पहले जीप चली और उसके पीछे-पीछे एंबुलेंस चल पड़ी। वे हीन-होआ नगर की ओर जा रहे थे।

हो के मस्तिष्क में एक ही बात थी। ये लोग लि को साधारण घायल के रूप में ही ले जा रहे थे या यह जानते थे कि उसके शरीर के भीतर एक और नन्ही-सी जान सूर्य की रोशनी को देखने के लिए कसमसा रही है। लि की इस अवस्था के कारण नन्ही-सी जान भी खतरे में थी।

हो ने कितनी ही बार सोचा कि वह उठकर अधिकारी को यह बता दे, पर वहाँ कोई भी किसी से नहीं बोल रहा था। और हो की अपनी अवस्था भी ऐसी हो रही थी कि उसे स्वयं ही इस बात में संदेह था कि उसके गले से आवाज भी निकलेगी क्या ?

सूर्य ढल चुका था। गाड़ियाँ अस्पताल के अहाते में प्रवेश कर रही थीं और हो तब तक अधिकारी को कुछ नहीं बता पाया था।

हो बरामदे के एक कोने से दूसरे कोने तक टहल रहा था। वह रात-भर इसी प्रकार टहलता रहा और अब ऊषा की पहली किरणें धरती को छू रही थीं।

हो को पता भी नहीं चला कि रात किधर गई। वह तो यही जानता है कि डॉक्टर ने लि को सरसरी नजर से देखकर ऑपरेशन थिएटर में भेज दिया था। उसे इतना-भर बता दिया गया कि लि बम से छिटक आए हुए धातु के टुकड़े से घायल हुई थी और धातु का टुकड़ा लि के बाएँ नितंब के भीतर घुस गया था और अभी भी भीतर ही था। उसे ऑपरेशन करके निकाला जा सकता है। लि थिएटर के भीतर बंद थी और वह बाहर टहल रहा था।

काई एक बेंच पर सोया पड़ा था।

हो ने एक नजर काई को देखा। वह अपने घुटने पेट से लगाए गठरी बना सोया पड़ा था। हो के जी में आया कि उसे एक चादर ही ओढ़ा दे। पर चादर कहाँ से लाता ?

रात-भर हो टहलता रहा। और किसी ने भी उसे यह नहीं बताया था कि लि कैसी है ? वह बचेगी भी या नहीं—वह नहीं जानता था। यदि लि नहीं बची तो?

'उसके मरने से पहले मुझे उससे थोड़ी बात कर लेने दो,' वह कहना चाहता था, पर किससे कहता? यहाँ कौन था जो उसकी बात सुनता ? जिस दरवाजे के भीतर उसकी लि को ले जाया गया था, उसके भीतर उसे जाने नहीं दिया गया था और स्वयं भीतर घुस जाने का साहस वह नहीं कर पाया था।

और तभी दरवाजा खुला था।

हो पलटकर खड़ा हो गया। उसकी साँस रुकने-सी लगी।

"मिस्टर हो, आप आ सकते हैं।" खुले दरवाजे के बीच प्रकट हुई नर्स ने कहा।

नर्स उसे कई रास्तों से घुमाती हुई वार्ड में ले आई थी। घायलों के उस जंगल में उसने एक बेड पर लि को देखा।

जीती-जागती लि उसके सामने लेटी हुई थी। उसकी आँखों से आँसू टप-टप गिर रहे थे। हो को देखकर लि एक बार जोर से सुबकी और फिर उसी प्रकार शांत होकर रोती रही।

हो के सिर से मनों बोझ हट गया। उसके होंठों पर एक मुस्कान फैल गई, "लि! रो क्यों रही हो?"

वह आकर उसके सिरहाने के पास खड़ा हो गया। लि कुछ नहीं बोली। हो ने आश्चर्य से लि को देखा और फिर उसकी आँखें नर्स की ओर उठ गईं।

नर्स उसके पास आ गई थी। "हमें खेद है, मिस्टर हो! हम आपकी बच्ची को नहीं बचा सके।"

"बच्ची!" और सहसा हो को ध्यान आया कि लि अपने शरीर में एक नन्ही-सी जान को भी पाल रही थी।

हो की आँखों में आँसू उतर आए।

"आप बच्ची को देखना चाहेंगे?" नर्स उससे पूछ रही थी।

हो का सिर अपने आप ही स्वीकृति में हिल गया।

और फिर हो नर्स के पीछे-पीछे चलता हुआ बहुत सारे गलियारों को पार कर एक कमरे के सम्मुख आया।

नर्स उसे वहीं रुकने का इशारा कर स्वयं भीतर चली गई।

वह बंद दरवाजे को ताकता रहा। इस बंद दरवाजे के उस पार उसकी बच्ची थी, जो कल लि के शरीर का अंग थी।

दरवाजा खुला। नर्स के हाथों में सफेद कपड़ों में लिपटा एक बच्चा था। नर्स ने कपड़े की तहें हटा दीं।

एक गोरा-चिट्टा, स्वस्थ बच्चा कपड़े के बीच पड़ा था। उसके मुख पर रोने के-से भाव थे। शायद चीखती-चीखती ही उसकी बच्ची मर गई थी।

और नर्स ने बच्ची के सिर को एक ओर घुमाते हुए हो को बच्ची का बायाँ गाल दिखाया। गाल पर एक बड़ा-सा ताजा-ताजा घाव था। चमड़ी फटी हुई थी और नंगा लाल मांस दिख रहा था। खून चारों ओर जमकर काला पड़ रहा था।

"यह बम के उस धातु के टुकड़े से हुआ है," नर्स बोली, "जो श्रीमती लि के नितंब में घुस गया था।"

नर्स ने कपड़े से बच्ची को ढँक दिया।

"हमें खेद है, मिस्टर हो !" वह फिर बोली, "हम आपकी बच्ची को बचा नहीं सके। पर इतनी कम आयु का घायल इससे पहले कभी हमारे पास आया भी तो नहीं था !"

नर्स ने आँखें मीचकर अपनी आँखों में आए आँसू झटक दिए और दरवाजे के भीतर चली गई।

थोड़ी देर बात हो लि के बेड के पास एक स्टूल पर बैठा था। काई उसकी गोद में था, जो आश्चर्य से कभी माँ को देखता, कभी बाप को। बोल कोई भी नहीं पा रहा था।

दृष्टि-देश में एकाएक

अस्पताल के बिस्तर पर पड़े-पड़े उसका बूढ़ा शरीर थक गया था।

बिस्तर पर पड़े-पड़े भी कोई थक जाता है, यह उसे इन्हीं दिनों मालूम हुआ था। सारे अंग टूटने लगे थे। साठ वर्षों के इस लंबे जीवन में वह इतने दिनों तक कभी भी अस्पताल में नहीं रहा था। आज नौ हफ्ते पूरे हो गए थे।

अस्पताल का पहला हफ्ता। वह एक हफ्ता उसने यों इस बिस्तर पर पड़े-पड़े काटा था, अपनी बारी के इंतजार में। कोई भी काम नहीं था उन दिनों। खाली बैठे-बैठे ऊब होने लगती थी, जैसे आज हो रही थी। जब वह ऊबने लगता, तब कभी बेड नंबर सैंतीस से बातें करने लगता, कभी उनतालीस से, पर उन बातों से मन नहीं बहलता था। इस वार्ड का हर व्यक्ति अपनी तकलीफ के बारे में ही बात करता था—या फिर अपने घरवालों की तकलीफ के बारे में। हँसी-खुशी की बात कोई नहीं करता था। ऐसे वातावरण में उसे अपनी तकलीफ और भी बढ़ती हुई लगती। जी बहुत ऊब जाता तो वह उठकर टहलने लगता। पर टहलना बड़ा खतरनाक था। जमीन पर पड़ी हुई छोटी-मोटी चीजों का पता नहीं लगता था। कभी कोई गिलास लुढ़क जाता, कभी चिलमची खनक पड़ती और कभी वह स्टूल से टकरा जाता।

दूर से आते हुए किसी आदमी का भी तो पता नहीं लगता था। जब वह व्यक्ति बहुत पास आ जाता, तब कहीं पता लगता। बहुत बचने पर भी कभी-कभी टक्कर हो जाती।

अब उसने बिस्तर पर पड़े-पड़े कई खेल आरंभ किए थे। उसे पता था कि वार्ड के अंत में दीवार पर घड़ी लगी हुई है। नर्सें और दूसरे अटेंडेंट उसी से समय देखा करते थे। हर आधा घंटे बाद बजने वाली उसकी घंटियाँ भी उसने सुनी थीं।

कभी-कभी जब वार्ड में एकदम सन्नाटा होता—जैसा कि गर्मी की दोपहरियों में अकसर हो जाता है—तो उसे घड़ी की आवाज भी सुनाई देती—टिक-टिक। वह कल्पना करता—घड़ी का पेंडुलम चल रहा होगा उसी आवाज के साथ-साथ धक-धक।

उसे घड़ी के पेंडुलम से लगाव हो गया था, जैसा बीमारी में अकसर किसी न किसी से हो जाता है। उसे लगता, पेंडुलम उसका कोई बहुत निकट का संबंधी है।

सब कुछ इसी पेंडुलम पर ही तो निर्भर है। यह चलता है तो समय बीतता है। समय इसलिए बीतता है कि उसकी बारी आए। उसे लगता, उसकी बारी जल्दी लाने के लिए ही पेंडुलम चलता रहता है रात-दिन···।

घड़ी का खेल किसी कारण अच्छा न लगता तो वह आवाजों को पहचानने की चेष्टा करता। यह जोर से खाँसने वाला व्यक्ति बाईं ओर कहीं अंत में होना चाहिए। सदा कराहता हुआ यह स्वर दाईं ओर से आता है। कड़क-कड़क···दवा की ट्रॉली है। टक-टक···तीखी आवाज नर्सों के सैंडल की है। बिना आवाज के चलने का आभास डॉक्टर के क्रेपसोल के जूतों का होता है···।

एक हफ्ते के पश्चात् जब उसका ऑपरेशन हुआ तो स्थिति और भी बदल गई। इस बदली हुई स्थिति में वह पड़ा है, पूरे दो महीनों से। आँखों पर पट्टी बँध गई थी। कुछ भी नजर नहीं आता था। पहले समीप की चीजें तो दिखती थीं न ! धुँधला-धुँधला तो कुछ पता लगता था। पास खड़ा व्यक्ति, खाना देने वाला नौकर है या डॉक्टर, इतना तो मालूम हो ही जाता था। अब तो कुछ नहीं। दिन और रात तक का पता नहीं चलता।

दो महीने बड़ी मुश्किल से कटे थे।

अब तो पट्टी बँधे इतना समय हो गया था कि उसे लगता, उसने आँखों से आज तक कभी कुछ नहीं देखा। इसी प्रकार सोचते-सोचते ही यह बात उसके मन में इतनी पक्की हो गई है कि वह उस पर विश्वास कर बैठा है।

ऑपरेशन से पहले जब उसे धुँधला-धुँधला दिखता था, कितनी साध थी मन में दुनिया को साफ-साफ देखने की ! जैसे बाकी सब लोग देखते हैं। कितना बुरा लगता था उसे, जब घर में कोई ग्रुप फोटोग्राफ आता तो वह उन सारे लोगों में से अपने बेटों को नहीं पहचान सकता था, क्योंकि तस्वीरें बहुत छोटी-छोटी होती थीं। कितना बुरा लगता था, जब वह घर में एक बेटे के भ्रम में दूसरे से कुछ पूछ बैठता। या बहू के भ्रम में बेटी अथवा बेटी के भ्रम में बहू को कुछ कह देता।

जाने कब से मन में हीन भावना जमनी शुरू हो गई थी। वह स्वयं को कभी दूसरों के साथ रखकर बराबरी का दावा नहीं कर सकता था—अपनी इन्हीं आँखों के कारण। कैसे करता, जब उसके अपने ही मन ने यह कभी स्वीकार नहीं किया ? बड़े बेटे गिरीश ने जब ऑपरेशन की बात की थी, तब वह हँस पड़ा था, 'जिंदगी-भर जब कुछ नहीं हुआ बेटे! तो अब क्या होगा ? और अब करना भी क्या है ?'

हाँ ! भला क्या लाभ है ऑपरेशन का? जीवन-भर कुछ न कुछ इलाज तो वह करवाता ही आया है। तब कुछ नहीं हुआ तो अब क्या होगा ? और अब तो हालत

पहले से भी अधिक बिगड़ गई थी। दिन-प्रतिदिन बिगड़ती जा रही थी। फिर ऑपरेशन का मामला है, जाने कितना खर्च हो जाए ?

शेष सारी बातों का समाधान हो सकता था, पर पैसे? वे कहाँ से आएँगे ? और जब वह कुछ कमाता नहीं है—कमा सकता भी नहीं है, तब फिर ऑपरेशन का भारी बोझ अपने बेटों पर डालना उचित होगा क्या ? गुजारे-भर का ये मुश्किल से कमाते हैं बेचारे!

गिरीश ने कितना जोर दिया था, कितना मनाया था और अंत में जब उसने अपनी सौगंध दे दी, तब पिता का मन हठ न कर सका।

गिरीश की जिद के सामने झुककर वह आ गया था यहाँ।

ऑपरेशन के बाद होश में आने पर आँखों पर बँधी पट्टी कितनी अखरी थी। मन में एक भय धीरे-धीरे सिर उठा रहा था। बहुत कोशिश की कि वह उस भय को कुचल दे। पर वह सँपोलिया धीरे-धीरे साँप बन गया और अब नाग के समान उसके मन में फुफकारने लगा था। उसकी आँखें साफ नहीं देखती थीं। दूर की चीजें वह नहीं देख सकता था। पढ़ने में तकलीफ होती थी। अधिक सर्दी हो या गर्मी, आँखें सूज जाती थीं। पर एकदम अंधा तो नहीं था न वह !

अब उसने गिरीश के कहने में आकर ऑपरेशन करवा लिया है। आँखों पर पट्टी बँधी है और वह एक-एक दिन गिन रहा है। डॉक्टर के अनुसार ऑपरेशन ठीक-ठाक हो गया है। जिस दिन पट्टी खुलेगी, उसकी आँखें ठीक हो जाएँगी। वह दुनिया को एकदम स्वस्थ आँख वालों की तरह देख सकेगा।

पर पट्टी खुलने से पहले कोई निश्चित बात नहीं कही जा सकती। ऐसा भी हो सकता है कि कोई त्रुटि रह गई हो। पट्टी खुलने पर ही उसका पता लगेगा और तब वह दुनिया के उस धुँधले रूप को भी नहीं देख सकेगा, जिसे वह इस ऑपरेशन के पहले तक देख लेता था।

आरंभ में यह भय बहुत सशक्त हो उठा था, विश्वास की हद तक। दिन इसी चिंता में कट जाते थे। रातों को नींद नहीं आती थी। वह बिस्तर पर पड़ा-पड़ा उस बुरी घड़ी को कोसा करता, जिस घड़ी में वह गिरीश की सौगंध के मोह में आकर ऑपरेशन कराने की बात मान गया था। धीरे-धीरे आशंका पिघलने लगी थी और फिर एकदम वाष्प बन गई थी। रोज ही वार्ड में किसी न किसी का ऑपरेशन होता था। सब ठीक हो जाते थे। शायद ही कभी कोई ऑपरेशन असफल हुआ हो। फिर उसी से कोई दुश्मनी है क्या डॉक्टरों को ?

आशा की वह छोटी-सी किरण दिन-प्रतिदिन स्फीत होती गई और मन में

उल्लास घिरता गया। डॉक्टरों से अधिक विश्वास गिरीश दिलाया करता था। ऑपरेशन के बाद हफ्ते-भर तक वह उसके पास रहा था यहाँ।

दो महीनों से वह एक बच्चे के-से विश्वास से उस भविष्य को देख रहा था। आज दस बजे पट्टियाँ खुलनी थीं और बारह बजे की गाड़ी से गिरीश को भी आना था। कितना कुछ हो जाना था आज ही आज में।

और तभी वार्ड की दीवार-घड़ी ने आठ घंटियाँ बजाईं। सिर्फ दो घंटे रह गए थे पट्टियाँ खुलने में।

अपने भविष्य के विषय में इन दिनों इतना सोचा था उसने, इतना सोचा था कि एक तरह से अपने आपको पूरा विश्वास दिला दिया था कि ऑपरेशन सफल हो गया है और उसको दृष्टि मिलने वाली है—जो शायद उसके पास पहले कभी नहीं थी।

और अचानक घड़ी के पेंडुलम जैसी ही कोई चीज उसके भीतर कहीं बहुत जोर से बजी। वह धक-सा रह गया। वह इतना निश्चित कैसे हो सकता है अभी से ? माना कि प्रायः ऑपरेशन सफल हो जाते हैं, पर कोई-कोई तो बिगड़ भी जाता है न ! वह कैसे समझ बैठा है कि वह बिगड़ने वाला ऑपरेशन उसी का नहीं होगा ? यदि वाकई ऑपरेशन सफल न हुआ तो? आशाओं की ये जितनी भी छोटी-छोटी मछली पाली थीं, इनका क्या होगा ? मुर्गी के छोटे चूजों-सी ये छोटी आशाएँ उसकी मानसी सृष्टि थीं, अब इन चूजों ने आँखें खोल दी थीं। उनकी आँखों के गोल-गोल पीले दायरे कितने स्पष्ट हो गए थे ! उनके नन्हे-नन्हे शरीरों पर हलके-हलके सफेद रोएँ आ गए थे। वे सब नष्ट हो जाएँगे, एक ही झटके में। इतने सारे चूजों का इस प्रकार नष्ट हो जाना वह सह पाएगा क्या ?

सहसा उसके मन में बहुत सारा आक्रोश उमड़ आया, उसका सारा अंतर उसमें भीग गया। कोई भी अछूता नहीं था उस आक्रोश से—न गिरीश, न डॉक्टर। कितने बड़े जोखिम के कगार पर लाकर खड़ा कर दिया है उन्होंने उसे—वह सोच रहा था। संसार को साफ-साफ देखने का सपना स्वयं कभी नहीं पाला था उसने। उसे तो याद भी नहीं कि कभी उसकी आँखें ठीक भी रही हों। फिर क्या जरूरत थी कि उसे इस बुढ़ापे में इतने सुंदर सपने दिखाए जाते ? और अब, जबकि वह उन सपनों पर विश्वास कर चुका है, कहीं निराशा के इतने बड़े धक्के से हृदय की धड़कन रुक सकती है···उसने एक गहरी साँस ली। धड़कन का क्या है, वह तो दृष्टि मिलने की खुशी से बंद हो सकती है। और उसे लगा कि वार्ड के अंत में दीवार पर लगी हुई घड़ी को किसी ने वहाँ से उतारकर उसके भीतर कहीं फिट कर दिया है। उसका

पेंडुलम भीतर-भीतर, उसकी खोपड़ी की दीवारों से बहुत जोर-जोर से बज रहा है—ठक-ठक।

उसने अपने हाथों से झुर्रियों-भरे माथे का पसीना पोंछा और करवट बदल ली। वह भविष्य की बात नहीं सोचेगा। पट्टी खुलने की बात नहीं सोचेगा। दृष्टि मिलने-न मिलने की बात नहीं सोचेगा। साठ वर्ष का वह हो गया है। जाने अब और कितने दिन है वह इस संसार में ! दृष्टि मिलने-न मिलने से कोई बहुत बड़ा लाभ या हानि नहीं होगी उसको।

दृष्टि तो उसकी ऐसी ही थी बहुत पहले से। बहुत पहले से क्या, जब से उसे याद है, ऐसी ही थी। उसे आज भी वह दिन याद है, जब चौथी कक्षा में बोर्ड पर लिखी हुई रकम न पढ़ पाने के कारण वह सवाल हल नहीं कर सका था। कितना पीटा था मास्टरजी ने उसे! वह कहता रहा था कि वह बोर्ड पर लिखी रकम नहीं पढ़ सकता, उसे वह नजर नहीं आती। और मास्टरजी पीटते रहे उसे लगातार—'हाँ ! रकम क्यों नजर आएगी कमबख्त तुझे ! नजर आएगी तो सवाल न हल करना पड़ेगा ! मसखरी करता है मेरे साथ ? देखता हूँ, कैसे नजर नहीं आती रकम तुझे !'

रोता-सुबकता और पीठ सहलाता हुआ जब वह घर पहुँचा तो मार पड़ने के साथ-साथ बोर्ड पर लिखी रकम नजर न आने की बात भी घर जा पहुँची। बाबूजी कितने नाराज हुए थे उस पर ! उसने पहले ही क्यों नहीं बताया यह सब उन्हें ? बाबूजी नाराज थे—सबसे नाराज थे। मास्टरजी को बहुत फटकारा उन्होंने—उनको क्या हक था बाबूजी के फूल-से बच्चे को पीटने का ? अंग्रेजी सरकार के दफ्तर के बड़े बाबू को नाराज करके नौकरी नहीं कर सकता था ?

बाबूजी अपनी पत्नी से भी नाराज थे, क्योंकि उसी की आँखों के कारण उनके बच्चों की आँखों में भी दुर्गुण आया था। पर उसे वे क्या कहते ?

और तभी से इन आँखों को लेकर डॉक्टरों के यहाँ आना-जाना शुरू हुआ था। कई प्रकार की दवाइयाँ की गईं, पर लाभ कोई नहीं हुआ। आँखों के कुकरे थे, जो अकसर फूल जाया करते और आँख के पर्दे को घायल कर देते थे। डॉक्टर कुकरों का कुछ कर नहीं सके थे और दूसरा कोई इलाज नहीं था।

फिर बाबूजी का स्थानांतरण हुआ था और वह कुल्लू की पहाड़ियों में चले गए थे। वहाँ का एक दिन बहुत उभर-उभरकर आया करता है उसकी आँखों के सामने। बाबूजी दौरे पर बाहर गए थे और घर में अम्मा की सहेली जुबैदा चाची आई हुई थी। जुबैदा चाची बड़ी हिकमन थी। बहुत सारे टोने-टोटके जानती थी और दवा-दारू भी। शहर-भर की मसीहा वही थी। अम्मा ने अपने लाड़ले की आँखों की चर्चा भी छेड़

दी। जुबैदा चाची ने पलकों को उलट-पलटकर उसकी आँखों को देखा और हाथ झपटकर बोली—'ले बहन ! तुमने भी खामखाह काके को तंग कर रखा है। भला कुकरे भी कोई चीज है ? अभी ठीक करती हूँ...' और वह चली गई थी। जल्दी लौटी तो किसी पेड़ की जड़—ब्लेड जैसी कोई चीज लेकर। चाची का कहना था, इससे वह कुकरों को छील देगी और सब ठीक हो जाएगा।

माँ भी अपने बच्चे को जल्दी ठीक कर दूषित संतान उत्पन्न करने का दोष अपने माथे से धोना चाहती थी और दौरे से लौटे हुए अपने पति को प्रसन्न भी करना चाहती थी। जुबैदा चाची ने उस जड़ से छील-छीलकर उसके कुकरों को लहूलुहान कर दिया। कितने दिनों तक मरहम-पट्टी होती रही थी उसकी।

दौरे से बाबूजी लौटे तो उन्होंने सिर पीट लिया। घर में कुहराम मच गया। बाबूजी अपनी जाहिल पत्नी से बहुत परेशान हो उठे थे। सबसे ज्यादा परेशान तो वह खुद ही हुआ था। और आज भी हो रहा है।

उसकी जिंदगी डॉक्टरों से बँधकर रह गई। उसके दोनों छोटे भाई पढ़-लिखकर अफसर हो गए और वह बाबूजी की सिफारिश से केवल छोटी-छोटी नौकरियाँ करता रहा। जिंदगी-भर कभी कोई अच्छी नौकरी नहीं मिली उसे। इन्हीं आँखों के कारण डॉक्टरों ने भी साफ कह दिया था कि पुतली का पर्दा कुकरों के द्वारा हुए घावों के दागों से इतना धुँधला हो चुका है कि अब कुछ नहीं हो सकता।

आखिर अपनी नियति मानकर उसने जिंदगी से समझौता कर लिया था। साठ सालों की जिंदगी तक कभी यह बात नहीं उठी कि उसे कभी दृष्टि भी मिल सकती है।

और तब वर्ष बीतते गए। यहाँ तक कि वह अपने बच्चों का अभिभावक न रहा, वे ही उसके अभिभावक बन गए। उसने अपनी चिंता करनी भी छोड़ दी। तब एक दिन गिरीश अपने एक मित्र के साथ घर आया था, 'पिताजी, यह मेरे मित्र हैं, डॉक्टर कश्यप। हाल में ही इंग्लैंड से लौटे हैं आँखों की बीमारियों के विशेषज्ञ होकर।'

'अच्छा !' वह हँसा था, एक फीकी-सी हँसी, 'बड़ी खुशी हुई डॉक्टर साहब, आपसे मिलकर ! लेकिन आप बहुत देर से आए। मुझे स्वयं ही अब कोई आशा नहीं रही...'

वह समझ गया था कि गिरीश क्यों लाया है डॉ० कश्यप को। गिरीश भी समझ गया था उसके मन की बात। गिरीश जानता था कि आँखों की बीमारी उसकी दुखती रग है। उनकी बात करने से उसे कोई खुशी नहीं होती। उलटे उसके घाव हरे हो

जाते हैं। उसे याद आ जाता है, वह साफ-साफ नहीं देख सकता।

'पिताजी, माफ कीजिएगा, आपको''' गिरीश सफाई देना चाहता था शायद।

डॉक्टर कश्यप ने उसे बीच में ही रोक लिया, 'कोई बात नहीं वर्मा साहब! मरीज तो निराश हो ही जाते हैं—पर वह डॉक्टर ही क्या जो आशा छोड़ दे ? ऐसे केस ही तो हमारी कसौटी होते हैं''' और डॉक्टर कश्यप का स्वर बहुत मुलायम हो गया, 'यदि मैं आपकी आँखें देखना चाहूँ तो आपको एतराज तो नहीं होगा ?'

न जाने क्यों, वह इनकार न कर सका। बूढ़े मन में भी कहीं आशा थी—शायद इस डॉक्टर के भाग्य में यश लिखा हो।

डॉक्टर कश्यप ने आँखें उलट-पलटकर देखीं। काफी देर तक देखता रहा, फिर दूसरे दिन अपने क्लीनिक में आने के लिए कहकर वह चला गया।

क्लीनिक में आधा घंटे तक निरीक्षण करने के बाद वह मुस्कराया—'अभी कुछ नहीं बिगड़ा गिरीश! मेरी बात मानो और पिताजी को दिल्ली के 'ऑल इंडिया इंस्टीट्यूट ऑफ मेडिकल साइंसेज' में ले जाओ।'

'पर वे क्या करेंगे डॉक्टर साहब !' उसे डॉक्टर का गिरीश से बात करना अच्छा नहीं लगा था। डॉक्टर उसे क्यों नहीं समझाता? अपनी तकलीफ वह जानता है, जितने इलाज आज तक हुए हैं, उनका उसे पता है—गिरीश को क्या मालूम ?

'देखिए !' डॉक्टर ने बताया, 'आपकी पुतली की जिल्द घाव के दागों से धुँधली हो चुकी है। ऑपरेशन करके यदि उस जिल्द को ही बदल दिया जाए'''

'ऐसा भी हो सकता है डॉक्टर !' उसके मन में वर्षों से घुटी निराशा बोली थी।

'अब तो यह बड़ी मामूली बात हो गई है !' डॉक्टर मुस्कराया था।

और फिर घर में कितने दिनों तक हुज्जत होती रही थी पैसों को लेकर। जब वह अपने बेटों के लिए पिता का कर्तव्य पूरी तरह नहीं निभा पाया, तो उसे क्या अधिकार है उन पर अनावश्यक बोझ डालने का? पर गिरीश! वह किसी तरह नहीं माना था और उसे यहाँ आना पड़ा।

तभी वार्ड की घड़ी ने साढ़े नौ बजाए।

'बस, आधा घंटा और!' उसने सोचा।

जाने क्यों, सहसा उसे लगा कि ऑपरेशन सफल नहीं हुआ है। डॉक्टर पट्टी खोलेगा और पूछेगा। वह आँखें झपकाकर देखेगा और उसे कुछ भी नजर नहीं आएगा। वह हँसकर कहेगा—'डॉक्टर, पट्टी तो खोलिए' और डॉक्टर कैसा मुँह बनाकर कहेगा—'ओह, इट इज अनसक्सेजफुल !' यह खूब जोर से कहकहा मारकर हँसेगा और कहेगा—'मैंने तो पहले ही कहा था, पर मेरी कौन सुनता है ?'

खड़-खड़, घर्र-घर्र की आवाज से उसका ध्यान बँट गया। ट्रॉली लेकर कोई वार्ड में आया था। उस पर डालकर वे किसी को ले जाएँगे। जाने किसी का ऑपरेशन होना है या पट्टी खुलनी है या···टक-टक···किसी नर्स के जूते की आवाज।

उसे लगा, ट्रॉली उसी के बेड के पास आकर रुकी है। शायद उसे ही लेने आए हों। साढ़े नौ बजे तो काफी देर हो गई। हाँ, दस भी बजने वाले ही होंगे। दस बजे उसकी पट्टी खुलनी है।

नर्स के जूतों की आवाज उसके पास आकर रुक गई। फिर कागज के उलटने-पलटने की आवाज आई। उसके सिरहाने, दीवार पर लटका हुआ उसका केस-रिकॉर्ड देखा जा रहा होगा। इस तरह कितने ही लोग रिकॉर्ड देखते हैं। यदि कोई रिकॉर्ड देखे, उससे बिना बोले ही चला जाए तो उसे पता भी नहीं चलेगा कि वह कौन था—डॉक्टर, नर्स, कंपाउंडर, जमादार या कोई और।

"उठिए, बेड नंबर अड़तीस !" रिकॉर्ड देखने वाले ने कहा, "आपकी पट्टियाँ खुलेंगी।" यह इस समय रोज वाली नर्स की आवाज थी।

"उठो भैया !" यह मर्दानी आवाज जाने किसकी थी।

वह उठकर बैठ गया। वैसे इस आवाज को वह पहचानता था। यह व्यक्ति पहले भी कितनी बार उसे इस प्रकार ट्रॉली पर डॉक्टर के पास निरीक्षण के लिए लेकर गया था। वह अकसर सोचा करता था—यह व्यक्ति क्या होगा यहाँ ? कंपाउंडर, चपरासी या जमादार! पट्टी खुल जाए तो देखूँगा इसे। भीतर ही कहीं वह हँसा, जैसे आँखें ठीक हो ही जाएँगी !

उस व्यक्ति ने एक हाथ उसकी गर्दन और कंधों के बीच और दूसरा घुटनों के नीचे डालकर उसे पलंग से घसीट लिया। वह ट्रॉली पर सीधा होकर आराम से लेट गया। जब पहले दिन उस व्यक्ति ने उसे इस तरह घसीटा था, तब बड़ा गुस्सा आया था उसे—क्या है ! आदमी हूँ, कोई बिस्तर-ट्रंक नहीं हूँ ! पर शायद ये लोग सबको इसी तरह घसीटते हों। किस-किसका ध्यान करें आखिर! इनका तो सवेरे से शाम तक यही काम है! अब उसे गुस्सा नहीं आता इस व्यक्ति पर।

ट्रॉली चली—घर्र-घर्र, ठक-ठक। और साथ जूतों की खट-खट। ट्रॉली की चाल से वह अंदाजा लगा रहा था कि वे वार्ड के सिरे पर पहुँच गए हैं। और जब ट्रॉली को झटका लगा, तब वह समझ गया कि वे वार्ड से निकल गए हैं। ट्रॉली एक क्षण के लिए रुकी। वार्ड के साथ वाले ड्यूटी-रूम में थोड़ी-सी बातचीत हुई—बेड नंबर अड़तीस पट्टियाँ खोलने के लिए डॉ० शर्मा के पास। और ट्रॉली फिर चल पड़ी। घर्र-घर्र, ठक-ठक···।

बाईं ओर जाकर ढलान से ट्रॉली नीचे उतरी। अब वे डॉक्टर के पास कमरे की ओर जा रहे थे। ट्रॉली फिर रुकी। शायद कमरा आ गया था।

उसे उठाया गया और ले जाकर एक कुर्सी पर बैठा दिया गया। कमरा काफी ठंडा था और कुर्सी गद्दीदार थी। वह समझ गया, उसे कमरे के बाहर बेंच पर नहीं, डॉक्टर के कमरे में कुर्सी पर बैठाया गया है। वह बैठा रहा। उसके आसपास कोई आवाज नहीं थी।

फिर सहसा उसे आसपास किसी के होने का आभास हुआ। कपड़ों की फड़फड़ाहट थी और साथ ही जूतों की ठक-ठक।

"कैसे हैं वर्मा साहब?" डॉ० शर्मा का स्वर था।

"आपकी दया है डॉक्टर !" वह उदासीन-सा बोला।

"तो पट्टियाँ खोल दें आपकी ?" डॉ० शर्मा बड़े हलके स्वर में बोल रहे थे।

"आपकी इच्छा।"

ओह! पट्टियों की बात, जिसे वह अब तक भूलना चाह रहा था, फिर उभर आई।

डॉ० शर्मा बहुत अच्छी तरह बोलते हैं। फिर वे ऐसे उदासीन क्यों हैं ? डॉक्टर को बुरा भी लग सकता है।

"हाऊ डू यू फील मिस्टर वर्मा?" डॉक्टर के हाथों का स्पर्श उसके सिर पर हो रहा था, "एक्साइटेड?"

"यस, ए बिट डॉक्टर!" वह बहुत धीरे से बोला।

"ओ के नाऊ वी सी।" डॉक्टर ने कहा।

और उसके सिर पर पट्टियों का दबाव कम होने लगा। धीरे-धीरे पट्टियाँ खिसकती गईं। उसे लगा, वह जड़ होता जा रहा है। उसमें अब कोई संवेदन नहीं रह गया है। इस समय तो जाने क्या-क्या लगना चाहिए था उसे। पर क्या अनुभव हो रहा है उसे? कुछ भी नहीं। वह अनुभूति-शून्य है। क्या हो गया है उसे ? वह बिलकुल उत्तेजित नहीं है या उत्तेजना की अधिकता से अनुभूति-शून्य हो गया है ?

पट्टी का अंतिम सिरा और उसके साथ की रुई उसकी गोद में गिरी। पट्टी खुल चुकी थी—अब? अब?

"हाऊ आर यू?" डॉक्टर ने पूछा।

"...." वह कुछ नहीं बोला।

"डोंट गेट एक्साइटेड।" डॉक्टर ने उसकी आँखों पर हाथ फेरा, "धीरे-धीरे आँखें खोलिए।"

वह जड़-सा बैठा रहा और सहसा शरीर की सारी शक्ति लगाकर उसने पलकें खोलीं, पलकें खुलीं—और कुछ नहीं। सब अँधेरा—जैसा पट्टी बँधी होने पर था। उसने आँखें दो-तीन बार झपकीं और अँधेरे के पर्दे उठने लगे—धुँधलका-धुआँ—हटता हुआ धुआँ—और सब कुछ साफ था।

वह उठकर खड़ा हो गया।

"बी सीटेड।" डॉक्टर ने उसके कंधों पर जोर डालकर उसको बैठा दिया—"कैन यू सी?"

"एवरीथिंग डॉक्टर !" उसने नजरें उठाकर डॉक्टर को देखा, आँखों में बच्चों का-सा उल्लास था। फिर उसने पास खड़ी नर्स को देखा। कुर्सी को देखा। उसके हाथों पर रखे अपने हाथों को देखा…

"गुड ! कांग्रेच्युलेशंस।"

"थैंक यू सो मच डॉक्टर ! थैंक यू वैरी मच !"

डॉक्टर ने अपने हाथ की टॉर्च जलाई और काफी देर तक आँखों का निरीक्षण करता रहा। फिर बोला, "एवरीथिंग इज ऑल राइट। एक दवाई दूँगा आपको। महीना-भर उसे आँखों में डालते रहिए। सब ठीक है।"

"मैं घर जा सकता हूँ डॉक्टर ?" सहसा उसे लगा कि वह अब एक क्षण भी यहाँ नहीं रुकना चाहता। अपनी पत्नी और बच्चों से मिलना चाहता है। उन्हें बताना चाहता है कि अब वह सब कुछ देख सकता है…

"दो-एक घंटे आपके कागज तैयार होने में लगेंगे, फिर आप जा सकते हैं।" डॉक्टर ने कहा, "सिस्टर, साहब को बेड तक पहुँचा दो।"

"मैं खुद चला जाऊँगा।" और वह बाहर निकल आया।

सब कुछ कितना साफ है—यह बरामदा, यह कमरा, यह फर्नीचर! कितना साफ दीखता है सब कुछ ! वह स्वयं रास्ता तय कर सकता है। अब उसे सीढ़ी से गिरने का भय नहीं है। कोई भी नाली वह बिना किसी संकोच के फलाँग सकता है।

वह अपने वार्ड में आया। वह बाईं ओर के उस खाँसने वाले को देख सकता है। दाईं ओर के उस कराहने वाले को भी देख सकता है।

वह आकर अपने बेड पर बैठ गया।

गर्दन घुमाकर उसने दीवार-घड़ी की ओर देखा। अब तक वह इसी की टक-टक सुनता आया है। इसी के पेंडुलम की कल्पना करता आया है। पर अब वह घड़ी को देख सकता है। उसके पेंडुलम को हिलते हुए देख सकता है। वह किसी क्षण भी

बता सकता है कि वह बाईं ओर है या दाईं ओर। वह उस घड़ी में लिखी गिनती इतनी दूर से पढ़ सकता है। इतनी दूर से˙˙˙अपने पलंग पर बैठे-बैठे। और उस दिन चौथी कक्षा में उसके मास्टरजी ने कितना पीटा था, क्योंकि बोर्ड पर लिखी हुई रकम नहीं पढ़ी गई थी। अब दें सवाल˙˙˙अब वह क्लास में सबसे पीछे बैठकर भी सारी रकम पढ़ लेगा˙˙˙

अब मिली हैं मुझे आँखें—जब मैं साठ साल का हो चुका हूँ। अब, जबकि मैं फिर से स्कूल नहीं जा सकता। नौकरी नहीं कर सकता। जब मेरे बच्चे भी अपनी जिंदगी में इतना आगे तक चल चुके हैं ! उन्हें न अब मैं पढ़ा सकता हूँ, न लिखा सकता हूँ। अब, जबकि धक्के-मुक्के से वे जो कुछ बनना था, बन चुके हैं। यदि अब आँखें न भी मिलतीं तो क्या बिगड़ जाता ? अब कौन-सा सवाल हल न कर सकने के कारण कोई पीटेगा मुझे ?

पहले आँखें मिली होतीं तो उसके बच्चे भी अपने चचेरे-ममेरे भाइयों की तरह बड़े-बड़े अफसर होते। रिश्तेदारों के सामने वह दब्बू न बनता, स्वयं को उनसे हीन नहीं समझता। अब क्या करेगा इन आँखों का ?

वह अपने बेड पर बैठा गिरीश का इंतजार कर रहा था। गिरीश बारह की गाड़ी से आएगा। उसे देखकर कितना खुश होगा। कहेगा, 'मैं पहले ही कहता था पिताजी ! आप एकदम ठीक हो जाएँगे। आप नाहक ही मना कर रहे थे।'

ठीक तो है, गिरीश ने उसे आँखें दी हैं। उसे जताने का पूरा अधिकार है। पर उसे लगा, उसके मन में गिरीश के प्रति कहीं भी कृतज्ञता नहीं है। आक्रोश ही आक्रोश था अपने बेटे के प्रति उसके मन में। कोमल भाव नहीं था। अब तक कितना अच्छा था उसका जीवन। वह अपनी कमी को अपना भाग्य मान बैठा था। यदि उसके जीवन में, उसके बच्चों के जीवन में कोई कमी थी, तो उसका क्या दोष ? वह तो स्वयं मजबूर था। गिरीश ने उसे क्या दिया—दृष्टि ! उसे दीखता है अब साफ-साफ। हाँ, उसको दीखता है˙˙˙उसको एक जीवन मिला था, जो एक मजबूरी के कारण बहुत गलत ढंग से जिया गया। अब, जबकि जीवन का सारा रास्ता वह चल आया है, उस गलती को सुधारना चाहता है, पर सुधार नहीं सकता। कैसे सुधार सकता है ? व्यतीत जीवन दुबारा नहीं जिया जा सकता। व्यर्थ जीवन की कोंच कैसे सहेगा वह? गिरीश के प्रति वह कृतज्ञ कैसे हो सकता है ? गिरीश को क्या पता कि गिरीश ने उसे क्या दिया है !

शटल

ईशरदास कमरे में टहलता-टहलता, फिर जाकर अपनी चारपाई पर बैठ गया। चारपाई खिड़की के पास दीवार के साथ लगी हुई थी, जहाँ तकिया रखकर, उससे टेक लगा खिड़की की रोशनी में वह कुछ न कुछ पढ़ता रहता था।

जब वह स्वयं कमाता था, उसकी अपनी नौकरी होती थी—तब भी वह पढ़ता था। पर तब समय कम होता था और पुस्तकें बहुत सारी। वह बाजार जाकर अपनी मर्जी से पुस्तकें और पत्रिकाएँ खरीद लाता था। जब कभी अवकाश मिलता, पढ़ने बैठ जाता। उसकी पत्नी भागवंती कितनी-कितनी बार उसे पुकारती, तब कहीं वह खाने के लिए रसोई में जाता था। खाते हुए भी पुस्तक हाथ से नहीं छोड़ता था। भागवंती पढ़ी-लिखी नहीं थी, न उसे पुस्तकों में कोई रुचि थी। गाँव की सीधी-सादी लड़की थी, चुपचाप और खामोश—जो अब लड़की कम और औरत ज्यादा दिखने लगी थी।

भागवंती कभी-कभी चिढ़कर कहती, 'रोटी तो आराम से खा लो, किताब कहीं भागी तो नहीं जाती।' और वह अकसर उसके हाथ से पुस्तक छीन लिया करती।

ईशरदास उसकी छीना-झपटी का विरोध नहीं करता था। वह जानता था कि घर में और कोई नहीं है। वह पढ़ने लगता है तो भागवंती अकेली पड़ जाती है। वह बहुत बोलती नहीं है, इसलिए पास-पड़ोस में उसका जाना भी कम है। वह अपनी पत्नी के अकेलेपन को दूर करना चाहता था, पर भागवंती के खामोश स्वभाव के कारण वे अधिक बातें भी नहीं कर पाते थे।

और घूम-फिरकर बात पुस्तकों पर आ जाती। ईशरदास जो कुछ पढ़ता, वह भागवंती को भी सुनाता। तब भागवंती को पुस्तकों से कोई विरोध न रहा। पास-पड़ोस की औरतों की चुगली-बखीली से उसे अपनी पति की पुस्तकें ही अच्छी लगने लगी थीं।

पर जब से बढ़ती हुई बीमारी के कारण ईशरदास को काम-धंधा छोड़ना पड़ा था, तब से वह बहुत अकेला हो गया था। पुस्तकें अब भी घर में आती थीं, पर वे उसके बेटों की पसंद की होती थीं। उसकी पसंद और बेटों की पसंद में बहुत अंतर था। उसके बेटे जो प्रेम-कथाएँ पढ़ते थे, ईशरदास को वे एकदम नापसंद थीं।

फिर बेटों की बहुएँ आ गई थीं। घर में उपन्यासों की जगह फैशनेबल

पत्रिकाओं ने ले ली थी, स्त्रियोपयोगी पत्रिकाओं ने ले ली थी। स्त्रियोपयोगी पत्रिकाओं का वह क्या करता? और कल जब इनके नन्हे-मुन्ने पढ़ने लायक होंगे और घर में 'चंदामामा' और 'बालभारती' आने लगेंगी, तब वह क्या करेगा ?

आज भी ईशरदास के पास पढ़ने के लिए कुछ नहीं था। और उसे दूसरा भी कोई काम नहीं था। भागवंती बड़े बेटे के घर गई हुई थी। बड़ी बहू की तबीयत ठीक नहीं थी। बड़ा बेटा आकर माँ को ले गया था।

ईशरदास को कभी-कभी बड़े बेटे पर क्रोध आता था। जिसका भी विवाह होता है और एक-आध बच्चा आ जाता है, वही बाप से अलग होकर रहना चाहता है। अलग होना था तो हो जाता, किंतु अलग रहकर वे लोग बाप को कुछ देने को राजी नहीं थे। कहते--घर बसाकर पिता को खर्च के लिए नकद कुछ देना बड़ा कठिन है। हाँ, कोई उनके पास आ रहे तो उसका खर्च वे उठा लेंगे।

खर्च के बच्चे--ईशरदास सोचता--सारी उम्र जो अपनी कमाई से खाता-पीता रहा हो और छाती तानकर जीने का आदी रहा हो, वह अब खाने के लिए इनके द्वार जा बैठेगा ! कभी नहीं, ईशरदास भूखा मर जाएगा, पर इनके द्वार नहीं बैठेगा। नहीं दे सकते तो मत दो--कोई तुमसे आस लगाए भी नहीं बैठा।

वैसे भी वह जानता था कि बेटों का ऐसी बात से क्या मतलब होता है। वे उसे अपने पास रखकर कब खुश थे। उसे रखकर उन्हें करना भी क्या था, जो दिन-भर चारपाई पर पड़ा रहता या दिन-भर हर छपे कागज को पढ़ते रहने का प्रयत्न करता ?

वे चाहते थे कि उनकी माँ भागवंती जाकर उनके पास रहे। उनके बच्चों को सँभाले। उनकी रोटियाँ पका दिया करे। और जब वे बाहर जाना चाहें तो घर की रखवाली किया करे। सालों को साहबी सूझती है। बीवियों से काम कराने से कलेजे में टीस उठती है। इतनी ही साहबी है तो रखें नौकर, रखें आया! वह तो होगा नहीं, चाहेंगे कि माँ के रूप में रोटी-भर देकर सस्ती और विश्वसनीय नौकरानी का इंतजाम कर लें।

या फिर कोई छोटा भाई-बहन जाकर रहे उनके पास। मुंडू की तरह भाग-भागकर बाजार से चीजें ला दिया करे। या फिर उनकी मेम साहबों को चारपाई पर बैठे-बैठे पानी के गिलास या चाय के कप पकड़ाया करे। उन्हें कहीं जाना हो तो पहले ही बच्चे को घर के पिछवाड़े में ले जाकर बहलाता रहे।

ईशरदास इन बातों के लिए एकदम तैयार नहीं था। वह अपनी पत्नी या बच्चों से नौकरी करवाकर आर्थिक सहायता किसी रूप में नहीं चाहता था। जब नौकरी करने की ही नौबत आ जाएगी तो किसी और के घर नौकरी करेंगे, जहाँ नौकरी करके

मुँह खोलकर अपना हक माँगा जा सके।

पर कभी-कभी, जब दोनों बड़े बेटों में से कोई आ जाता कि उसकी पत्नी बिस्तर पर पड़ी हुई है और उसके घर में चूल्हा भी नहीं जला, तब भागवंती को जाना ही पड़ता था। ऐसे में ईशरदास भी अपने भीतर बैठे पिता को रोक नहीं पाता था और वह स्वयं ही भागवंती को कहता, 'तुम चली क्यों नहीं जाती ? आखिर हम किस दिन के लिए हैं ? कैसी माँ है तू, बेटों के दुःख में भी हाथ नहीं बँटाना चाहती ?'

और भागवंती उसे, अपने आपको, बेटों तथा बहुओं को कोसती हुई चली जाया करती। पीछे से ईशरदास कमरे में इधर से उधर चक्कर लगाया करता, सिगरेटें फूँका करता और खिड़की से बाहर सड़क की ओर ताका करता था।

वह जानता था कि वह बहुत बूढ़ा हो चुका है। उसमें और उसके बच्चों में जीवन की सामान्य आवश्यकताओं के सिवाय और कोई संपर्क नहीं रह गया है। वे दूसरी तरह के प्राणी हैं। वह उनके लिए एक ऐसी पुरानी वस्तु है जो घर में बेकार पड़ी है, पर मोह या लोक-लाज के कारण उसे किसी प्रकार बाहर फेंका भी नहीं जा सकता।

उसका कोई बच्चा उसके पास पाँच मिनट बैठकर भी खुश नहीं था। वे उसके कमरे के बाहर बैठे खुसुर-पुसुर करते रहते हैं। फिर कोई एक आकर उसे आवश्यक सूचना दे जाता है, जहाँ सब बेटे बैठे होते हैं; पर उसे देखते ही वे एक-एक कर खिसकने लगते हैं और अंत में वहाँ ईशरदास अकेला ही रह जाता है।

एक भागवंती ही है, जिससे वह कभी-कभार थोड़ी-सी बातचीत कर सकता है। वही उसकी बात समझ सकती है। वह भी उसी युग की है, जिस युग का ईशरदास है; पर उसके पास भी अधिक समय नहीं होता। वह उसके समान बेकार तो नहीं है। रसोई या गुसलखाने में पचासों काम उसकी प्रतीक्षा कर रहे होते हैं। और कुछ न हो तो वह घर की झाड़-पोंछ ही करती रहती है।

वह अभी तक घर के जीवन से जुड़ी हुई है। ईशरदास के समान धारा से निकलकर किनारे आ लगे जड़ पत्थर के समान नहीं हो गई है। घर के हर जीव को उससे कोई न कोई काम पड़ता ही रहता है। चाहे उनके काम करती हुई ही, पर वह उनसे संबंध बनाए हुए है।

पर जब दोपहर को वह आराम करने के लिए लेटती है या शाम को थककर आँगन में चारपाई डालकर पड़ी रहती है, तब ईशरदास उसके पास आ बैठता है। उन दोनों ने पैंतीस साल एक साथ बिताए हैं। उसकी बातें भागवंती ही समझ सकती है। उन्होंने मिलकर इस घर को बनाया है। ये बच्चे पैदा किए हैं। उन्हें पाला-पोसा है। पढ़ाया-लिखाया है। उनमें से तीन के विवाह भी कर दिए हैं। चौथे के विवाह

की बात चल रही है। पर बड़े दो अलग हो चुके हैं और वह जानता है कि तीसरा भी मन ही मन अलग होने के सपने सँजो रहा है। मियाँ-बीवी जो दिन-भर अपने कमरे में घुसे बातें करते रहते हैं—और क्या करते होंगे।

और जब भागवंती बड़े बेटे के पास चली जाती है तो इस घर में उससे दो बातें करने वाला भी कोई नहीं रह जाता। ईशरदास को अकेलापन बहुत अखरता है। वह अकसर सोचता है—उसके ये बेटे, जिनकी शादियों को दो-दो, चार-चार साल हुए हैं, वे यह क्यों नहीं सोचते कि उनके बाप की शादी को पैंतीस साल हो गए हैं ? ये साले अभी से अपनी बीवियों से एक दिन भी अलग नहीं रह सकते तो वह, जिसने पैंतीस साल में अपने आपको एकदम आश्रित बना लिया है—कैसे भागवंती के बिना रह सकता है। बुढ़ापे में और कोई साथ बैठकर भी प्रसन्न नहीं है—वे उसकी पैंतीस वर्षों की संगिनी को भी उससे अलग करने पर तुले हुए हैं।

अभी पिछले ही दिनों भागवंती दूसरे बेटे के घर गई हुई थी। जब हफ्ते-भर के बाद वह यह कहकर कि 'तुम्हारे बाबूजी का हालचाल पूछ आऊँ,' उससे मिलने आई थी तो कैसा भूचाल आया था घर में। ये सारे इधर-उधर मुँह छिपाते मुस्कराते फिरते थे। साले, समझते हैं कि बूढ़े सनक गए हैं। और कुछ नहीं, तो पैंतीस वर्षों के साहचर्य से उत्पन्न मैत्री भावना का तो ध्यान होता इन्हें। पर नहीं, ये तो समझते हैं कि इन्हीं के जोड़े भगवान् ने अपने हाथों से बनाए हैं। और किसी में तो लगाव है ही नहीं।

जब भागवंती चली जाती है तो ईशरदास मात्र अकेला ही नहीं रह जाता, और बातों की भी कितनी मुश्किल हो जाती है। सवेरे समय पर चाय नहीं मिलती। बहू अपने पति को चाय देकर समझ लेती है कि अब और किसी को कोई जरूरत ही नहीं रही। भागवंती सबको खिलाने से पहले, उसे रसोई में बुलाकर अपनी देख-रेख में खाना खिला देती है। वह जानती है कि उसे कौन-सी चीज नुकसान करती है, किस चीज में उसे कौन-सी चीज नुकसान करती है, किस चीज में उसे कितना नमक चाहिए और कितनी मिर्च। पर बहू उसे रसोई में बुलाकर नहीं खिला सकती। वह थाली सजाकर उसकी चारपाई पर ही रख जाती है। कभी पानी देना भूल जाती है तो कभी फुल्का। कभी सब्जी कम हो जाती है तो कभी सब्जी में नमक-मिर्च। जो कुछ मिलता है, वह चुपचाप खा लेता है। दो फुल्के खाकर पाँच-दस मिनट बैठा प्रतीक्षा करता रहता है कि शायद कोई फुल्का लेकर आए। या सब्जी कम हो जाए तो उसकी राह देखता रहता है, पर जब कोई नहीं आता तो थाली उठाकर रसोई में रख आता है। उसे रसोई में थाली रखते देखकर बहू को भी याद आ जाता है—

'बाबूजी, सब्जी ! बाबूजी, फुल्का···'

'नहीं पुत्तर !' वह कह देता है, 'बस, ठीक है, मैं खा चुका हूँ।'

वह नहाने जाता है तो किसी को ध्यान नहीं होता कि उसके कपड़े मैले हो चुके हैं, उसे धुले हुए कपड़े दे दिए जाएँ। वह स्वयं नहीं जानता कि उसके कपड़े कहाँ रखे हैं। पैंतीस वर्षों से उसे अपने कपड़ों का पता नहीं है। यह काम भागवंती का है। जब वह नहाने जाता है तो उसे गुसलखाने में कपड़े टँगे मिलते हैं। अब भागवंती अपनी किसी बहू की सेवा करने गई है, इसलिए वह कई-कई दिन मैले कपड़े पहनता जाता है···।

ऐसी ही कितनी बातें होती हैं। वह कुछ माँग नहीं सकता। भागवंती यहाँ होती है तो उसे कुछ माँगने की जरूरत नहीं होती। वह जानती है कि उसे किस समय क्या चाहिए। और कुछ माँगना पड़े ही तो पत्नी से क्या संकोच ? जब घर उसकी पत्नी के अधिकार में है तो उसे भी हर चीज पर पूरा अधिकार है। पर भागवंती के जाते ही घर पराया हो जाता है। वह अपनी किसी भी बहू से कोई चीज नहीं माँग सकता और उसकी कोई भी बहू यह नहीं जानती कि उसे किस समय क्या चाहिए, न ही कोई जानना चाहती है···।

आज फिर भागवंती को गए हुए पूरे दस दिन हो गए हैं। दस दिनों से लगातार इस तरह वह कमरे में टहल रहा है। सिगरेट फूँक रहा है और खिड़की के पार घूर रहा है। इन दिनों में उससे किसी ने सिवाय खाने के लिए पूछने के और कोई बात नहीं की है। घर के किसी पालतू जानवर की तरह उसे ठीक समय पर खाना मिलता रहा है—और बस। उसे भी किसी के संग की आवश्यकता है, उसे भी अकेलापन खलता है, यह किसी ने नहीं सोचा। इन दस दिनों में उसने एक बार भी पेट-भर ठीक से खाना नहीं खाया है और इन दस दिनों में उसने केवल एक ही बार कपड़े बदले हैं।

आखिर इस तरह वह कितने दिन काट सकता है ? बड़ी बहू की तबीयत जाने कब तक खराब चले ? कौन जानता है कि वे लोग तबीयत ठीक करना ही न चाहते हों, वह कब तक इस प्रकार घुटता रहेगा। उसे लगा, उसका कमरा किसी ने बाहर से बंद कर दिया है। और वह कमरा न रहकर पिंजरा बन गया है। फिर वह पिंजरा दिन-प्रतिदिन छोटा होता जा रहा है और वह उसमें दबता जा रहा है। वह इस घुटन में और नहीं रह सकता···

तो क्यों न वह थोड़ी देर के लिए बड़े बेटे के घर चला जाए। बड़ी बहू बीमार है तो आखिर ससुर के नाते उसका भी तो कर्तव्य है कि उसका हालचाल पूछने जाए।

जब उसकी बेटी की तबीयत ठीक नहीं होती तो क्या वह उसे देखने नहीं जाता ? आखिर बहू और बेटी में अंतर भी क्या है? फिर वहाँ भागवंती है। कुछ देर उसके पास भी बैठ आएगा। जाने उसकी तबीयत कैसी होगी ? बेचारी को इस बुढ़ापे में भी इतना काम करना पड़ता है। फिर बेटे के बच्चे से भी कुछ देर खेल आएगा।

इतने सारे काम जब इकट्ठे आ पड़े तो जाना जरूरी दीखने लगा। मन ही मन ईशरदास ने तैयारी कर डाली। जी में आया कि अभी उठे और बड़े बेटे के घर की ओर चल दे। पर यहाँ किसी को कहे बिना चले जाना भी ठीक नहीं था। अब इस समय किसको बताए कि वह बड़े बेटे के घर जाना चाहता है ?

घर पर कोई होगा भी कि नहीं ? बहू तो होगी ही, पर उसे वह कहाँ खोजता फिरे ? जाने रसोई में हो कि अपने कमरे में, गुसलखाने में या आँगन में ! उसे खोजना मुश्किल होगा। और वैसे भी बहू को कहकर चले जाना उसे ठीक नहीं जँचा। वह जानता था कि बाद में सारे लोग मिलकर उसका मजाक बनाएँगे।

अच्छा है कि वह दोपहर का इंतजार कर ले। दोपहर को जो कोई उसे खाना देने आएगा, वह उसी को कह देगा कि वह शाम को बड़े बेटे के घर जाना चाहता है; या वह जा रहा है। हाँ, ठीक है, निश्चित रूप से कह देगा कि वह जा रहा है। जिसे जो कुछ कहना होगा, कह लेगा। उसकी सूचना देने और जाने के बीच में काफी समय होगा। इन सबकी प्रतिक्रिया भी मालूम हो जाएगी। उसे प्रतीक्षा कर लेना ही ठीक जँचा।

दोपहर को जब खाने की थाली लेकर बहू आई तो उसने धीरे से कह दिया, "बहू! शाम को मैं बड़े के घर जा रहा हूँ। उधर का कोई काम हो तो बता देना।"

"नहीं, काम तो कोई नहीं है।" बहू बोली और उतावली में कमरे से निकल गई।

वह जाकर अपने पति से कहेगी—ईशरदास जानता है—और ये लोग बाकी लोगों को बताएँगे। एक-दूसरे को देखकर मुस्कराएँगे और कहेंगे, 'अम्मा के बगैर बाबूजी का अब भी मन नहीं लगता।'

पर ईशरदास उनकी परवाह नहीं करेगा। उनकी बात क्यों सोचे, जो अपनी बुद्धि से सोचने को तैयार नहीं ? वह जानता है कि उन्होंने उसे एक मनुष्य के रूप में स्वीकार करना ही छोड़ दिया है…।

थोड़ी देर में उसका तीसरा बेटा आया, "बाबूजी! सुना है, आप अम्मा के पास जा रहे हैं ?"

ईशरदास भीतर ही कहीं संकुचित हो गया—अम्मा के पास! हाँ, वह अम्मा के

पास जा रहा है। "हाँ! मैं बड़े के घर जा रहा हूँ। बहू का हाल पूछ आऊँ।" उसने दूसरे शब्दों में स्वीकार कर लिया।

"कब जाएँगे ?" लड़के ने पूछा।

"धूप ढलते ही शाम को किसी समय चला जाऊँगा।" ईशरदास इन सारे प्रश्नों का प्रयोजन नहीं समझ पा रहा था। चला जाएगा वह किसी भी समय। भला पूछताछ की क्या आवश्यकता ?

तीसरा लड़का भी शायद उसके भावों को समझ गया था। बोला, "आप इतनी दूर जाएँगे तो देर लगेगी ही। फिर कुछ देर बैठेंगे भी, इतने में अँधेरा हो जाएगा।" वह अपनी बात कहने से पहले रुका, "आप रात वहीं क्यों नहीं ठहर जाते? कल सवेरे आ जाइएगा।"

रात! ईशरदास सोच रहा था—प्रस्ताव बुरा नहीं है। इस तरह वह कुछ अधिक समय वहीं बिता आएगा। बोला, "पर मैं तो केवल उनका हाल पूछने जा रहा हूँ।"

"ठीक है।" लड़का बोला, "पर इतनी हड़बड़ी की क्या बात है। आराम से जाइए और आराम से आइएगा। आखिर वह भी तो अपना ही घर है।"

ईशरदास को इससे इनकार नहीं था। पर सामान? उसे एक-आध जोड़ा कपड़े भी चाहिए ही होंगे।

"तो मैं आपका सामान तैयार करवा दूँ ?"

और वह ईशरदास के उत्तर के बिना ही कमरे से चला गया।

थोड़ी देर में बहू उसके पास एक थैला भी रख गई थी।

क्या-क्या रखा होगा बहू ने—वह सोच रहा था—शायद कपड़े रखे हों। शेव का सामान-दातुन। वह जानती है कि वह केवल नीम की दातुन करता है। हो सकता है कि यह बड़े के घर में न मिले। वे सब साहब लोग हैं—ब्रश करते हैं, दातुन को वहाँ कौन पूछता है ?

और जाने बहू ने क्या रखा होगा ! भागवंती उसका सामान तैयार करती तो एक थैले में ही उसकी जरूरत की सारी चीजें रख देती, पर भागवंती यहाँ होती तो उसे कहीं जाने की आवश्यकता ही न होती। पर चलो, ठीक है। जो कुछ बहू ने रख दिया, ठीक ही होगा। वैसे भी वह कौन-सा परदेश जा रहा है ! बड़े के घर ही तो जा रहा है। जो चीज चाहिए होगी, वहाँ मिल ही जाएगी। वह भी आखिर घर ही है। वहाँ भी तो लोग बसते ही हैं। जरूरत की सारी चीजें मिल जाएँगी।

और वैसे भी अच्छा है कि वह वहाँ जाकर रह आएगा। तीसरे बेटे ने अच्छी ही बात सुझा दी। बड़ा यह शिकायत भी तो करता है कि वह कभी जाकर उसके

घर नहीं रहा। उसकी शिकायत भी दूर हो जाएगी। ईशरदास शाम होने के कुछ पहले ही निकल पड़ा और शाम होते ही बड़े के घर पहुँचा।

बेटा अभी दफ्तर से नहीं लौटा था। भागवंती और बहू घर पर थीं। बहू का हाल उसने पूछा। बहू ने बताया कि उसे अभी भी काफी कमजोरी है। किसी भी समय बुखार लौट सकता है।

पर ईशरदास को लगा, उसे भागवंती का हाल पूछना चाहिए, बहू का नहीं। वह जानता था कि बहू की तबीयत ठीक नहीं है और भागवंती यहाँ काम करने आई है। पर देखने से उसे लगा कि भागवंती ही बीमार है और बहू को कोई तकलीफ नहीं है। भागवंती बहुत ही कमजोर लग रही थी। उसकी तबीयत भी गिरी-गिरी थी।

"कैसी हो?" ईशरदास बहुत सारे संकोच के बाद भी उसकी चारपाई की पाटी पर बैठ गया।

"ठीक हूँ।" भागवंती ने जीभ से होंठ गीले करके बहुत मद्धिम आवाज में कहा। वह एक ओर खिसक गई, "आराम से बैठ जाओ !"

ईशरदास आराम से बैठ गया। भागवंती के विषय में उससे ज्यादा और कौन जानेगा ? उसके चेहरे का इस प्रकार मुरझा जाना, बार-बार जीभ से होंठों को गीला करना, इस प्रकार धीरे-धीरे बोलना, जैसे बोलने के लिए भी ऊर्जा का संचय करना पड़ता हो। वह देख रहा था कि भागवंती ठीक नहीं है। जब वह ठीक होती है तो इतनी सुस्त नहीं होती। आलस्य उसका स्वभाव नहीं है।

"वहाँ सब लोग कैसे हैं?" भागवंती ने पूछा।

और ईशरदास उसे एक-एक के विषय में बताता रहा। उसने अपने बारे में भी बताया कि वह वहाँ बहुत आराम से है। तीसरी बहू उसका बहुत ध्यान रखती है और उसे किसी भी प्रकार की कोई असुविधा नहीं थी।

वह बताता जा रहा था और साथ-साथ भागवंती के चेहरे की ओर देखता जा रहा था। वह जानता था कि भागवंती समझती है कि वह झूठ बोल रहा है। भागवंती उसे और अपनी बहुओं को अच्छी तरह जानती थी, पर मुख से शिकायत करने की आदत दोनों में से किसी को भी नहीं है।

ईशरदास के मन में बड़े बेटे के लिए बहुत सारा आक्रोश जमा होता जा रहा था। उसे अपनी माँ की हालत नजर नहीं आती। जाने बेचारी को कितना खटना पड़ता है ! इनकी अपनी बीवी की अंगुली भी दुख जाए तो आँखों से आँसू झरते हैं और माँ चारपाई से लग जाए तो पता नहीं लगता। बीवी का रंग लाल सुर्ख हो रहा है, पर उसे अभी कमजोरी है और इस बूढ़ी के शरीर में एक बूँद खून नहीं है, फिर

भी यह काम कर रही है।

भागवंती पर भी क्रोध आ रहा था। आखिर उसे क्या पड़ी है इनके लिए मरने की ? जब अलग हुए हैं तो खुद सँभालें अपने बीवी-बच्चों को। जब तक काम कर सकती है, करे; पर जान देने की क्या जरूरत है ?

जी में आया कि भागवंती से कहे, 'चल उठ ! तैयार हो जा। मैं तुझे अपने साथ ले चलूँगा। यहाँ रहकर मरने की जरूरत नहीं है।' पर वह जानता था कि ऐसे न भागवंती जाएगी, न उसे ले जाना उचित ही है। बड़ा बेटा नाराज हो जाएगा और ईशरदास किसी को नाराज करना नहीं चाहता।

दरवाजे पर कुछ खटका हुआ था और उसका पोता चिल्ला रहा था, "पापा ! पापा आए ! पापा···"

उसका बड़ा बेटा आ गया था।

वह चारपाई से उठ बैठा—मिल आए बेटे से। पर वह जानता था कि बेटा पहले बहू के पास जाएगा। हालचाल पूछेगा। वह उसे ईशरदास के विषय में बता देगी, तब वह स्वयं ही इस ओर आ जाएगा।

ईशरदास और भागवंती दोनों ही चुपचाप बैठे हुए थे। वह देख रहा था कि कब उसका बेटा आए। शायद भागवंती भी यही सोच रही थी।

बेटा आया, "नमस्ते बाबूजी!"

"खुश रहो।" ईशरदास बोला, "कैसे हो?"

"क्या बताऊँ ?" बेटा भी बैठ गया था, "बड़ी परेशानी में हूँ। उधर वह ठीक ही नहीं हो रही, इधर अम्मा भी कुछ ढीली हो गई हैं। समझ में नहीं आता, क्या करूँ ?"

ईशरदास चुप बैठा रहा। वह क्या कहे?

"आपका क्या हाल है?"

"ठीक हूँ।" ईशरदास ने कहा, "बहुत आराम से हूँ।"

"थैले में क्या है?" और बिना उत्तर सुने ही बेटा बोला, "आपसे कितनी बार कहा बाबूजी, कि आप कुछ न लाया कीजिए। आप जब भी आते हैं, कुछ न कुछ ले आते हैं।"

"मैं कुछ नहीं लाया पुत्तर !" ईशरदास बोला, "मेरे कपड़े हैं।"

"अच्छा।" बेटा हँसा, "मैं अभी आया।"

और वह चला गया।

ईशरदास को जरा बुरा लगा। भला वह खाली हाथ क्यों आया? ऐसे खाली हाथ आना क्या अच्छा लगता है···पर लाता भी कहाँ से? उसकी कोई अपनी कमाई है ?

बेटों के तो अपने ही इतने खर्च हैं कि कुछ बचता नहीं। उसे रोटी मिल जाती है, यही बहुत है। उसके हाथ पर कोई कुछ रखे तब तो...

उसने बेटे को बता दिया था कि वह अपने कपड़े लाया है, पर बेटे ने कुछ कहा नहीं था। जाने क्यों कुछ नहीं कहा...

"आप कब आए बाबूजी?" बेटा लौट आया था।

"हो गया घंटा-भर।" वह बोला, "अब चलूँगा। तुमसे मिलने के लिए ही बैठा था। बहुत दिन हो गए थे तुम्हें देखे।"

"मैं भी सोच ही रहा था उधर आने की," बेटे ने कहा, "पर मेरा खयाल है कि आप अँधेरा होने से पहले-पहले ही चले जाएँ, नहीं तो आपको मुश्किल होगी।"

"हाँ, ठीक है।" ईशरदास उठकर खड़ा हो गया, "ठीक वक्त पर घर पहुँच ही जाऊँ तो अच्छा है।"

"आइए, मैं बस में चढ़ा आऊँ।" बेटा बोला।

"नहीं, तुम बैठो।" ईशरदास ने थैला उठा लिया, "अभी दफ्तर से आए हो। थके होगे। फिर बहू भी अकेली है।"

बहुत दिनों के बाद उसने भागवंती को प्यार के नाम से संबोधित किया था। बेटा उसे दरवाजे तक छोड़ने आया।

"बाबूजी, यह..." उसने देखा, बेटा उसे एक रुपए का नोट दे रहा था, "बस के लिए।"

एक बार ईशरदास के जी में आया कि अपनी जेब खनखनाकर कहे, "बहुत पैसे हैं मेरे पास। पर फिर चुपचाप रुपया ले लिया। अगली बार आएगा तो बच्चे के लिए कुछ लेता आएगा।

"अच्छा भई..." और वह चल पड़ा।

बेचारी भागो–वह सोचता जा रहा था–अगर मैं रुक जाता तो उसे और भी काम करना पड़ता–एक आदमी का बोझ और। अच्छा ही हुआ, बेटे ने उसे ठहरने के लिए नहीं कहा।

रास्ते में उसने बेटे के रुपए से सिगरेट की एक डिब्बी खरीद ली। घर लौटकर भी तो कमरे में बंद होकर सिगरेट ही फूँकनी हैं–उसने सोचा–खत्म हो जाएँगी तो किससे माँगेगा ?

एक सिगरेट उसने जला ली और धीरे-धीरे बस स्टैंड की ओर चल पड़ा। थैला व्यर्थ ही उसका एक हाथ उलझाए हुए था।

नमक का कैदी

इस बात को कई महीने हो गए थे। सदा ऐसा नहीं होता था, न ही लगातार होता था। किसी-किसी समय ऐसा लगता था कि मेरी साँस फूल रही है या मेरी छाती फट रही है। जब कभी मैं जरा तेज चलता था, ऐसा हो जाया करता था। तब मैं जहाँ होता, वहीं रुक जाता, या फिर बहुत ही धीरे-धीरे डग उठाता था। दो-चार मिनटों के बाद मैं अपने आप ही ठीक हो जाता। कभी-कभी तो बिना तेज चले भी ऐसी तकलीफ हो जाया करती थी। कहीं जाना होता, बस पकड़नी होती, रेलगाड़ी में सवार होना होता, मुझे चिंता-सी लग जाती : मेरे पहुँचने से पहले कहीं बस निकल न जाए, गाड़ी में कहीं बहुत भीड़ न हो। चिंता मेरे मस्तक से उतरकर छाती में आ जाती। कहीं-कहीं सुइयाँ चुभने लगतीं। फिर दर्द होने लगता और छाती फटने लगती। दम फूल जाता, जैसे कई मीलों से दौड़ता आया होऊँ। साँस तक लेने में कठिनाई होने लगती, जैसे फेफड़े खाली भी हों और उनमें साँस समा भी न पाए। मुझे रेलगाड़ी याद हो आती। यार्ड से आ प्लेटफॉर्म पर लगती हुई, एकदम खाली गाड़ी। लोगों की भीड़ ही भीड़। सब लोग एक साथ भीतर घुसने के प्रयत्न में। छोटे-से दरवाजे में फँसे दस-दस आदमी। खाली डिब्बा और फिर भी यात्री भीतर न जा पाएँ। दरवाजे में ही जम जाएँ। ऐसे समय में लगता, मैं गिरकर बेहोश हो जाऊँगा, पर न कभी गिरा, न बेहोश हुआ।

बहू से मैंने एक दिन चर्चा कर दी। यूँ ही कह दिया था, पर बहू चिंतित हो उठी। दिन-भर वह बालकनी पर टँगी-टँगी, बेटे की प्रतीक्षा करती रही। या तो मुझे खाना देने भीतर आई, या फिर दो-एक बार यह देखने भी आई कि मेरी छाती सचमुच फट तो नहीं गई, उसमें छेद तो नहीं हो गया। जिस प्रकार फटी-फटी आँखें और मुट्ठी में अपनी साड़ी का पल्लू भींचे-भींचे वह मुझे देखने के लिए भीतर आती, उससे मुझे लगता था कि वह सोचकर आती है कि भीतर आने पर वह देखेगी कि मेरी छाती फट गई है। उसमें आर-पार छेद हो गए हैं और वह झटपट उन छेदों में अपनी साड़ी का पल्लू ठूँसकर उन्हें बंद कर देगी। पर बेचारी को ऐसा कोई अवसर नहीं मिला।

शाम को बेटा घर आया तो बहू ने उसे सीढ़ियों में ही सब कुछ बता दिया।

बेटा अपने कमरे में न जाकर मेरे कमरे में आ गया। उसने बड़ी चिंतित मुख-मुद्रा में मेरा हालचाल पूछा। मैंने उसे बता दिया। उसने अपनी नाराजगी जताई कि मैंने उसे पहले क्यों नहीं बताया और डॉक्टर को बुलाने चला गया।

बेटे ने एक नहीं, कई डॉक्टरों को बुलाया। डॉक्टरों ने मुझे देखा-भाला, ठोंका-पीटा और कहा कि मुझे कोई बीमारी नहीं है···केवल बुढ़ापे के कारण ही यह सब होता है। बुढ़ापे में आदमी के स्नायु कमजोर हो जाते हैं, इसलिए सोच-विचार से, चिंता से या शारीरिक थकावट से ऐसा हो जाता है। बुढ़ापे का कोई इलाज डॉक्टरों के पास है नहीं, इसलिए मेरी बीमारी का भी कोई इलाज उनके पास नहीं था। उन्होंने मुझे सोचने-विचारने, चिंता करने और शरीर को थकाने से मना कर दिया।

मैंने अकेले में बहुत सोचा—'क्या मैं सोचता-विचारता हूँ ? क्या मैं चिंता करता हूँ ? क्या मैं शरीर को थकाता हूँ ?' सोच-सोचकर मेरे सिर में दर्द होने लगा, पर मुझे एक भी अवसर ऐसा नहीं आया, जब मैंने जानबूझकर सोचा हो, या योजना बनाकर कभी चिंता की हो या अपने शरीर को कभी थकाया हो। मैंने तो सदा उसे आराम ही दिया है। बहुत सोचकर मैं इस निष्कर्ष पर पहुँचा कि सोच-विचार आ जाता है, चिंता लग जाती है और शरीर अपने आप थक जाता है। मेरे पास भी अपनी बीमारी का कोई इलाज नहीं था।

उस दिन मैं अपने घर के नीचे वाली सड़क के बाजार तक गया था। मेरी सिगरेट समाप्त हो गई थीं, वे तो मुझे लानी ही थीं। सिगरेटों के लिए मैं कभी भी बेटे या बहू को नहीं कहता था।

मैं सीढ़ियाँ उतरकर नीचे आ गया। इधर-उधर अच्छी तरह देखकर सड़क पार की और सिगरेट की दुकान पर जा पहुँचा। सिगरेट वालों ने मुझे देखते ही गोल्ड फ्लैक की दस डिब्बियाँ, पनामा के डिब्बे में सजाकर दे दीं। वह मुझे अच्छी तरह जानता है। इंजीनियर साहब के बाप को···यानी मुझको यहाँ के सारे दुकानदार जानते हैं। वह यह भी जानता है कि मैं केवल गोल्ड फ्लैक ही पीता हूँ। और वह यह भी जानता है कि मैं उसकी दुकान पर आता हूँ तो केवल सिगरेटों के लिए आता हूँ···क्योंकि पान मैं नहीं खाता और सिगरेटों के दस पैकेट लेता हूँ।

मैंने उसे पैसे दिए और लौट पड़ा।

सहसा मुझे लगा, मेरी छाती में फिर तकलीफ है और उसी के साथ-साथ, पहले माथे पर पसीने की हलकी-हलकी बूँदें उभरीं और फिर मेरा सारा शरीर पसीने से भीग गया। मैं खड़ा का खड़ा रह गया। सोचा, अभी मेरी तकलीफ पहले की तरह दो-एक मिनटों में ठीक हो जाएगी। पर ऐसा हुआ नहीं, वह बढ़ती गई, जैसे सिगरेट का कश

लेकर मुँह से बाहर फेंका हुआ धुआँ समय के साथ फैलता ही जाता है।

मैं सड़क के किनारे की एक दुकान की टेक लेकर खड़ा हो गया और फिर वहीं बैठ गया। मुझे इस प्रकार बैठते दुकानदार ने देख लिया था। वह दुकान से नीचे उतर आया। साथ के और दो-तीन दुकानदार भी आ गए। वे लोग मुझे उठाकर मेरे घर छोड़ गए।

घर पर अकेली बहू थी। बेटा काम पर गया हुआ था। बहू ने मेरी हालत देखी तो एकदम घबरा गई। उसने झटपट पहले डॉक्टर को फोन किया और फिर बेटे के दफ्तर।

डॉक्टर पाँच मिनटों के भीतर ही आ गया और उसके देखते हुए ही बेटा दफ्तर से आ गया। डॉक्टर ने बेटे को मुझे जल्दी से जल्दी बड़े अस्पताल पहुँचाने के लिए कहा। उसका विचार था कि मुझे दिल का दौरा पड़ा है। किसी भी समय मेरी हृदय-गति रुक सकती थी।

मेरी छाती फट रही थी और मैं हैरान होकर सोच रहा था कि इस बार तकलीफ लंबी जरूर खिंची थी, पर यह पहली बार नहीं हुई थी। दो-एक मिनटों के लिए ही होती थी। पहले तो किसी ने इसे हृदय-रोग नहीं बताया था। उन्होंने तो इसे मेरा बुढ़ापा ही कहा था। फिर इस बार···एक ही तकलीफ के क्या अलग-अलग नाम हो सकते हैं या बुढ़ापा और हृदय-रोग एक ही बीमारी के दो नाम हैं?

बेटा जिस टैक्सी में दफ्तर से आया था, वह अभी नीचे ही खड़ी थी। उसी में डाल वह मुझे बड़े अस्पताल ले गया।

मेरा दिल डूब गया था। धीरे-धीरे जैसे मैं बेहोश-सा हो गया था। मेरे चारों ओर डॉक्टरों की एक भीड़-सी घिर आई थी, जैसे बंदर या रीछ का नाच देखने के लिए बच्चों का झुंड घिर आता है। वे लोग मुझे देख रहे थे, छू रहे थे। मुझे बहुत-से यंत्र लगाए गए···टाँगों पर, बाँहों पर, छाती पर। और फिर जब मुझे लगा कि अब मेरी छाती फट जाएगी और मैं मर जाऊँगा, तब उन्होंने मुझे एक इंजेक्शन दे दिया।

रात को लोग सोने वाले थे तो मैं जागा। देखा, डॉक्टर साहब राउंड पर हैं। उन्होंने मुझे बताया, मुझे पलंग से नीचे नहीं उतरना होगा। इसलिए पलंग के चारों ओर जँगला लगा दिया गया है। तकिए के बिना सोना होगा, इसलिए तकिया हटा लिया गया है। मुझे हर समय लेटे रहना है। उठकर बैठना भी मना है। मुझे पूरी तरह आराम करना होगा। खाने के लिए मुझे दूध मिलेगा, मक्खन निकाला हुआ। और कुछ भी नहीं। नमक, घी और सिगरेट बंद।

मैं डॉक्टर साहब को देखता रहा। मेरे सामने शीशा नहीं था, पर मैं समझता

हूँ कि मेरा मुँह अवश्य ही भौचक-सा खुल रहा होगा। डॉक्टर साहब ने मेरे चेहरे से कुछ तो समझ ही लिया होगा। तसल्ली देते हुए बोले, "भगवान् का धन्यवाद करो कि समय पर अस्पताल पहुँच गए। दो-चार मिनट भी देर से आते तो तुम्हें कोई नहीं बचा सकता था। यदि कहीं रिलैप्स हो गया तो बस छुट्टी!"

डॉक्टर के जाने के बाद मुझे नींद नहीं आई। क्या सुबह ये लोग मुझे बाथरूम तक भी नहीं जाने देंगे? ये लोग चाहते हैं कि मैं यहीं लेटा रहूँ। ये लोग मुझे बिस्तर पर ही बेड-पैन देंगे। बिस्तर पर बेड-पैन! छिः! छिः! कितने गंदे हैं ये लोग! साले, कितने साफ बनते हैं और बिस्तर और टॉयलेट में कोई अंतर ही नहीं मानते !

तीन दिनों के बाद दूध पीते हुए सहसा मुझे उबकाई आ गई और मैंने सारा दूध उलट दिया।

मुझे दिन में छह बार मक्खन निकाला हुआ दूध दिया जाता था। घर से सेब और संतरे आते थे। मुझे लगा कि मैं अब और मीठा दूध नहीं पी सकता। नमकीन चीज के लिए मन बहुत तरस रहा था।

मुझे भूख लगती थी। अँतड़ियाँ कुलबुलाने लगती थीं, पर जब नर्स दूध का गिलास लेकर आती तो भूख मर जाती। दूध...दूध...मुझे उबकाई आने लगती...

एक महीने के पश्चात् उन्होंने मुझे पलंग से उतरने और टॉयलेट तक चलकर जाने की अनुमति दी। टॉयलेट जाने की मुझे कोई प्रसन्नता नहीं हुई। पर अब मैं घर जाकर कोई नमकीन चीज खा सकूँगा—इस बात की मुझे खुशी थी।

मैं पलंग से उतरा तो मेरी टाँगें काँप गईं। मैं लड़खड़ाकर फिर से पलंग पर बैठ गया। मैंने अपने शरीर को देखा। मैं पहले से बहुत दुबला हो चुका था। इस दुबले-पतले शरीर का बोझ भी मेरी टाँगें नहीं उठा पा रही थीं।

मुझे पता भी नहीं लगा कि मेरे भीतर क्या होता रहा। पर डॉक्टर को अपने सामने पा जैसे मेरे भीतर उबाल आ गया। जी में आया कि डॉक्टर को गर्दन से पकड़कर तीन-चार चाँटे लगा दूँ। पर मेरा शरीर अपने स्थान से हिला तक नहीं। बस, जीभ चल पड़ी, "तुमने मुझे भूखा रख-रखकर इतना दुर्बल कर दिया है कि मैं अपने पैरों पर खड़ा भी नहीं हो सकता। तुम मुझे मारना चाहते हो?"

डॉक्टर मुझे देखता रह गया। उसका चेहरा वैसा ही निर्विकार रहा। बोला, "धीरे-धीरे फिर शक्ति आ जाएगी।"

कुछ दिनों के बाद मैं पलंग पकड़-पकड़कर पग-पग चलने लगा। मुझे अपना पोता बहुत याद आता था। वैसे तो मैंने अपने बेटे को भी बैठते, खड़ा होते, सहारा लेकर डगमगाते हुए चलना सीखते हुए देखा था। पर मेरा पोता अभी पिछले वर्ष ही

इस प्रकार चलता था। मैं उसे अपनी अंगुली पकड़ा देता था और वह दो डग भरकर गिर पड़ता था। मैं और मेरा पोता एक ही स्तर पर आ गए थे। मैं नए सिरे से चलना सीख रहा था।

उस दिन मुझे दही और चावल खाने के लिए दिए गए। मुझे लगा, मेरे दाँत चबाना भूल गए हैं। दो-चार बार चबाने पर ही मेरे जबड़ों में दर्द होने लगता था। एक तो वैसे ही फीके-फीके दही-चावल मुझे अच्छे नहीं लगे और फिर यह थकावट ! मैंने थाली परे सरका दी।

पर दूसरे ही दिन मुझे बहुत तकलीफ हुई। यह तकलीफ पहली बार से बहुत ज्यादा थी। मेरी छाती फटी जा रही थी। मैं पसीने-पसीने हो गया था। मेरा दिल डूब रहा था और अपने चारों ओर खड़े डॉक्टरों की भीड़ में खड़े मैंने अपने बेटे और बहू को पहचाना था। वे दोनों चुपचाप रो रहे थे और मेरा पोता बेटे की गोद में हैरानी से कभी अपनी माँ को, कभी बाप को और कभी मुझे देख रहा था···

डॉक्टर ने कहा था, कोई बदपरहेजी हो गई थी, इसलिए मुझे फिर से मक्खन निकाला हुआ दूध दिया जाने लगा।

मुझसे बैठा भी नहीं जाता था। दवा पीने-भर में मैं हाँफने लगता था।

मैंने डॉक्टर को बहुत धीरे से और काफी मैत्रीपूर्ण ढंग से सलाह दी, "डॉक्टर! कोई देवा देकर मार डालो, ऐसे भूखे क्यों मारते हो?"

डॉक्टर हँस पड़ा। बोला, "हम आपका ठीक इलाज कर रहे हैं। आपको जानबूझकर दुर्बल किया जा रहा है। हम आपके शरीर की चर्बी गला रहे हैं।"

उस दिन शाम को बेटा मुझे देखने के लिए आया तो मैंने उससे कहा, "मुझे घर ले चलो।"

"डॉक्टर अभी नहीं मानते।" बेटे ने कहा।

"न मानें।" मैं बोला, "फिर भी मुझे ले चलो।"

"यहाँ आपका इलाज हो रहा है।" वह बोला।

"ये लोग धीरे-धीरे मुझे मार रहे हैं।" मैंने भेद-भरे स्वर में उसे बताया, "ये मेरी चर्बी गला रहे हैं, फिर मेरी हड्डियाँ गलाएँगे। ये लोग मुझे जीवित घर जाने नहीं देंगे। तुम अब रोज अस्पताल मत आया करो, इनसे पूछ आओ कि मेरा शरीर लेने के लिए तुम्हें कब आना चाहिए।"

बेटा रो पड़ा। उसने मेरा हाथ अपने हाथ में ले लिया।

"पिताजी, आप ऐसी बातें न सोचें।" उसने कहा, "आप ठीक हो जाएँगे। यहाँ आपका ठीक इलाज हो रहा है। और फिर देखिए न!" उसने मुझे समझाया, "यदि

उनकी इच्छा के विरुद्ध मैं आपको ले गया और आपको फिर कभी कोई तकलीफ हुई तो वे लोग आपको फिर से एडमिट नहीं करेंगे। यहाँ एक ही तो ऐसा अस्पताल है। छोटे शहरों में बड़ी तंगी है।"

बेटा चला गया।

मैंने बहुत सोचा, पर मुझे यही लगा कि बेटा मेरी बात नहीं मानेगा। वह मुझसे बहुत प्यार करता था। वह मुझे बचाकर, सँभालकर रखना पसंद करेगा; जैसे मैंने अपने परदादा की घड़ी एक डिब्बे में सँभालकर गोदरेज अलमारी की सेफ में रखी हुई थी। वह घड़ी चलती नहीं थी—बस, पड़ी थी।

डॉक्टर आया तो मेरे भीतर से जैसे कोई और बोला, "डॉक्टर ! मुझे कुछ खाने को दो।"

अपने भीतर के इस व्यक्ति को मैं नहीं पहचानता था। वह बहुत दीन था। अपनी माँ से चॉकलेट माँगते हुए भी मेरा पोता इतना दीन नहीं होता था। फिर मैं तो इतना बूढ़ा हो चुका था।

"क्या खाएँगे आप?" डॉक्टर ने पूछा।

"डॉक्टर, दूध पीते-पीते तंग आ गया हूँ।" यह मैं बोला, पर उसके बाद मेरे भीतर का वही बोला, "डॉक्टर, मुझे दे दो कोई नमकीन चीज। अच्छा, नमक का एक चम्मच ही दे दो।"

उस अपरिचित के मुँह में नमक के नाम पर ही पानी आ गया था।

"नमक आपके लिए विष है।" डॉक्टर ने कहा, "आपको नमक नहीं दिया जा सकता। आपको ब्रेड का एक सादा स्लाइस और उबली हुई बिना नमक की सब्जी मिल जाएगी।"

उबला हुआ पपीता और उबले हुए बींस मुझसे दो दिन भी नहीं खाए गए। पपीता भी भला कोई सब्जी है और बींस उबले हुए...बिना नमक के! हत्तेरी!

शाम को बेटा आया तो मैं बरस पड़ा, "तुम मुझे घर ले जाना नहीं चाहते। अस्पताल में ही मरा हुआ देखना चाहते हो। मुझे कुछ खाने को नहीं देते। तरसा-तरसाकर मारना चाहते हो। ऐसे मर गया तो खाने के लिए प्रेत बनूँगा मैं, प्रेत!"

बेटा चुपचाप मुझे देखता रहा। कुछ भी नहीं बोला। और जब मैं बोल-चालकर शांत हो गया, वह मुझे दफ्तर के बारे में बताने लगा।

बेटे के जाने के बाद मेरे भीतर बहुत हलचल रही। मुझे किसी नाटक का रिहर्सल याद आ रहा था, जिसमें बहुत शोर-शराबा होता है, डाँट-डपट होती है और विशेष प्रकार का ठीक-ठाक अभिनय करने का बार-बार प्रयत्न होता है।

डॉक्टर के आने पर फिर मेरे भीतर का अजनबी जागा। उसने हाथ जोड़ दिए और बहुत विनीत स्वर में बोला, "डॉक्टर साहब! मुझ पर दया कीजिए।"

डॉक्टर ने बहुत आश्चर्य से मेरी ओर देखा। मैंने आज तक उससे इस प्रकार बात नहीं की थी।

"क्या चाहिए आपको ?" उसने पूछा।

मैंने स्टेशन जाने वाली सड़क के मोड़ पर एक मैला-सा कपड़ा बिछाकर बैठे एक बूढ़े को कई बार देखा था। उसकी दाढ़ी बढ़ी होती थी। आँखों में गीद जमी होती थी और मुँह के दो किनारों से लार बह रही होती थी। वह जमीन पर सिर टेककर कहा करता था, 'एक पैसा, बाबा !'

मैंने पाया कि वह बूढ़ा अपना कपड़ा झाड़कर अपने स्थान से उठ बैठा है और आकर मेरे भीतर बैठ गया है।

वही बूढ़ा डॉक्टर से बोला, "मुझे भूखा न मारो। मुझे कुछ दो खाने के लिए। यह सब मुझसे नहीं खाया जाता।"

"मछली खाएँगे आप?" डॉक्टर ने पूछा।

"मछली!" मेरे मुँह में पानी आ गया, "मछली! हाँ, डॉक्टर! मछली।"

डॉक्टर कागज पर लिखकर चला गया।

मैं अपने पलंग पर लेटा हुआ मछली का स्वाद याद करने का प्रयत्न कर रहा था। मुझे मछली खाए बहुत दिन हो गए थे। मेरे मुँह में उसका स्वाद नहीं आ रहा था। पर फिर भी मैं अच्छी तरह जानता था कि मछली बहुत स्वादिष्ट चीज है···

मैं कैसा भुक्खड़ हो गया हूँ—मोड़ पर बैठने वाले बूढ़े को अपने भीतर से बाहर धकियाकर मैंने सोचा—यदि लोगों को पता चल जाए कि मैं खाने के विषय में क्या-क्या सोचता हूँ, तो मेरी क्या इज्जत रह जाएगी ! मेरे बेटे के विषय में लोग क्या सोचेंगे कि उसका बाप कैसा व्यक्ति है !

पर मैं अधिक देर यह सब नहीं सोच सका। मेरे मस्तिष्क में मछली तैरने लगी थी और मेरे भीतर वह मोड़ वाला बूढ़ा आ बैठा था। कभी मछली ऊपर-ऊपर तैरती, कभी तह में चली जाती। कभी उसका सारा शरीर दिखता और कभी केवल मुँह।

वे लोग मछली के पकौड़े तल देते तो और भी अच्छा रहता—मैंने सोचा।

खाना देने वाली नर्स ने खाने की ट्रॉली रोककर मेरी थाली में मछली रखी तो मैं उसे देखता रह गया। मछली उबली हुई थी, सफेद-सफेद ! बिना नमक की—जैसे कच्ची हो।

मैंने नाविकों के विषय में पढ़ रखा था कि समुद्र में भटक जाने पर जब उन्हें

खाने के लिए कुछ भी नहीं मिलता, वे लोग कच्ची मछलियाँ खाते हैं। पर मैं···मैंने मछली का टुकड़ा मुँह में डालकर निगलने का प्रयत्न किया···जी में आया, नर्स से कहूँ, पानी का एक टब दे जाए, मैं यह मछली उसमें तैराऊँगा।

मैं रात-भर पानी में तैरती मछलियों के स्वप्न देखता रहा।

दूसरे दिन खाने वाली ट्रॉली के साथ एक नई नर्स थी।

उसके वार्ड में घुसते ही मैंने देख लिया था कि वह नई है। इस वार्ड में उसे मैंने पहले कभी नहीं देखा था।

मैंने अपने आपको तैयार करना शुरू किया। उसको जरा-सा भी शक हो जाता तो बात बिगड़ जाती। पर शक हो ही क्यों? मैंने इधर-उधर देखा। किसी का भी ध्यान मेरी ओर नहीं था। मैंने अपने बिस्तर के पैताने पड़ी हुई थाली उठाई और खिसककर साथ वाले खाली पलंग पर बैठ गया।

इस पलंग का मरीज आज सवेरे ही डिस्चार्ज हुआ था और मैं तभी से इस विषय में सोच रहा था।

वह खाने की ट्रॉली ठेलती हुई आई और मेरी थाली में भी रोटियों के साथ उबले हुए आलू का नमकीन भुरता और मसालेदार कीमा डालकर चली गई।

उसके आगे बढ़ते ही मैं फिर अपने पलंग पर खिसक आया। रोटियों को मैंने छुआ नहीं। एक चम्मच कीमा मुँह में डाला। मुँह से लार बह निकली। दो महीनों के बाद मेरी जीभ को नमक मिला था। नमक तो नमक! इसमें तो और भी मसाले थे। सहसा मेरी रीढ़ की हड्डी पर भय की छिपकली रेंग गई। किसी ने भी मेरी थाली में कीमा और आलू का नमकीन भुरता देख लिया तो मेरी थाली छिन जाएगी।

मुझे लगा कि मेरे भीतर हिंस्र पशु है, जिसके नाखून और दाँत बहुत पैने हैं और वह किसी को चीर-फाड़कर खा जाने को तैयार बैठा है। यदि किसी ने मुझसे मेरी थाली छीनी तो मैं उसको अवश्य मार बैठता।

नई नर्स को वार्ड के अंत तक जाते-जाते अपनी भूल का अहसास हो गया। मैंने जल्दी-जल्दी कीमा निगलते हुए देखा, वह बार-बार अपने कागज उलट-पलट रही थी।

फिर वह तेजी से लौटी और आकर मेरे पलंग के पास खड़ी हो गई। भय की छिपकली मेरी रीढ़ की हड्डी में चिपक गई थी। मैंने थाली को अपने हाथों से पूरी शक्ति से पकड़ रखा था।

पर मैंने देखा, नर्स मेरी ओर नहीं बढ़ रही थी, न ही वह मेरी थाली छीन रही थी। वह अपने हाथों में कागज पकड़े भौचक खड़ी थी। उसकी दृष्टि मेरे पलंग के

साथ लगे हुए टीन के बोर्ड पर थी, जिस पर लिखा था 'बॉयल्ड'।

मेरी पकड़ अपनी थाली पर ढीली हो गई।

मैंने अपने चेहरे पर मुस्कान लाने का प्रयत्न किया और धीरे से बोला, "सिस्टर, डरो नहीं ! मैं किसी को नहीं बताऊँगा।"

वह अपनी स्तंभित अवस्था में से उबरी, "किसी को मत बताना, प्लीज!"

मैंने स्वीकृति में सिर हिला दिया और वह चली गई।

अब कोई जल्दी नहीं थी। मैंने अपनी थाली को देखा। कीमा मैं खा चुका था। आलू का भुरता मैं मजे-मजे में खा रहा था। बचपन में इसी प्रकार चॉकलेट मुँह में डालकर चूसा करता था और जब अचानक याद आता कि चूसने से चॉकलेट समाप्त हो जाएगी, तो चूसना भी बंद कर देता था। बस, उसे मुँह में रखे-भर रहता था।

जब मुझे लगा कि थाली में भुरता कम रह गया है, मैंने चम्मच से कम-कम लेना आरंभ कर दिया और बहुत देर तक भुरते का आनंद लेता रहा।

मैं बहुत दिनों के बाद आज मुस्कराया था। मेरा मन कर रहा था, मैं जोर-जोर से हँसूँ, पूरे वार्ड में दौड़ता फिरूँ और चीख-चीखकर डॉक्टरों से कहूँ, 'तुम सब पागल हो।'

शाम को फिर पुरानी नर्स ड्यूटी पर थी। ट्रॉली आकर मेरे पास रुकी तो उसने मेरी थाली में उबली बींस के साथ कई टुकड़े उबली हुई मछली के डाल दिए।

"सिस्टर, प्लीज !" मैंने कहा।

मुझे लगा, मेरे भीतर आ बैठने वाला अजनबी अब मेरे साथ एकाकार हो गया था। मैं अब उसे स्वयं से अलग नहीं कर पाता था।

"क्या है?" नर्स ने पूछा।

"सिस्टर, थोड़ा-सा कीमा !" मैं घिघियाया, "मुँह का टेस्ट बदलने के लिए।"

"ओह, नो।" उसने ट्रॉली आगे ठेली, "नॉट फॉर यू।"

मैंने बड़ी कठिनाई से स्वयं को थाली को उसके सिर पर पटक देने से रोका।

मेरे बाएँ वाले पलंग पर भी एक मरीज आ गया था और दाईं ओर के पलंग वाले मरीज से भी मैंने काफी जान-पहचान कर ली थी और मेरा मस्तिष्क सुबह से एक योजना पर काम कर रहा था।

नर्स खाना देकर चली गई।

"इतनी सारी चीजें !" मैंने कहा।

मैंने देखा, बाईं ओर वाले मरीज ने मेरी बात सुन ली थी और मेरी थाली की ओर देख रहा था।

"आप मछली खाएँगे ?" मैंने मुस्कराकर बड़ी आत्मीयता से पूछा।

उसने कुछ नहीं कहा। सोचता रहा कि क्या कहे ?

मैंने अपने पलंग से उठकर मछली के तीन-चार टुकड़े उसकी थाली में डाल दिए।

उसने मुझे बहुत मना किया, पर मैं नहीं माना।

"यह आपने ठीक नहीं किया।" वह बोला, "अब आप क्या खाएँगे ?"

"मेरे पास काफी है।" मैंने कहा।

वह नहीं मांना और उसने जबर्दस्ती अपनी गोभी की सब्जी मेरी थाली में डाल दी।

हल्दी में रँगी पीली-पीली नमक-मिर्च वाली गोभी मेरी थाली में पड़ी थी। मैंने पहले जीभ अपने होंठों पर फेरी और फिर मुँह में आया पानी गटक गया। जी में आया, अपने पलंग से उतरकर अपने पड़ोसी मरीज के पैर पकड़ लूँ और कहूँ कि वह रोज इसी प्रकार अपनी थोड़ी-सी सब्जी मुझे दे दिया करे।

उसी शाम को बेटा मुझे घर ले आया। घर आकर उसने बताया कि डॉक्टर कई दिनों से मुझे डिस्चार्ज करने की सोच रहे थे, पर उसने मुझे बताया नहीं था कि कहीं मैं और जल्दी न मचाऊँ।

मैं घर आकर बहुत प्रसन्न था। हर घड़ी की चिक-चिक समाप्त हुई। अस्पताल में तो दवा पीकर या खाना खाकर एक मिनट के लिए भी बिस्तर पर बैठा नजर आ जाऊँ तो वार्ड के कोने से सिस्टर इंचार्ज की आवाज आती थी, 'लेट जाइए।' और फिर खाना...सिगरेटों को भी जी तरसकर रह गया था।

घर पर भी जब मेरे सामने बिना नमक-मिर्च की, उबली हुई सब्जियाँ आईं तो मुझे गुस्सा आ गया। मैंने प्लेट उठाकर पटक दी। प्लेट खन्-न्-न् करती हुई टुकड़ों में बँट गई और सब्जियाँ सारे कमरे में बिखर गईं। मैंने देखा, बहू अपना बायाँ पैर बार-बार दबा रही थी। शायद उसे टूटी हुई प्लेट का टुकड़ा लग गया था, पर मुझे एकदम दया नहीं आई। मैं इतने गुस्से में था कि यदि वह मेरी बहू न होती, कोई और होती तो मैं टूटी प्लेट के टुकड़े या और जो कुछ मेरे हाथ में आता, उसे उठा-उठाकर मारता।

"यही सब खिलाना था तो घर क्यों लाए ?" मैंने कहा और उसी प्रकार फुफकारता हुआ गुस्से में लेट गया।

बहू ने कुछ नहीं कहा। वह जाकर बेटे को बुला लाई। बेटे को देखते ही मैं उठ बैठा। बेटा मेरी ओर देखता रहा। उसने कुछ कहा नहीं।

मैंने ही कहा, "भूखे रहकर जीने से मैं खा-पीकर मरना अच्छा समझता हूँ।"

"पिताजी, आप हमारी मजबूरी समझिए।" अंत में बेटे ने कहा, उसकी आँखों में आँसू थे, "हम अपने हाथों से आपको विष नहीं दे सकते।"

वे दोनों कमरे से चले गए। मुझे कुछ कहने का अवसर उन्होंने नहीं दिया। मैं भन्नाता हुआ लेट गया।

नौकरानी आकर कमरा साफ कर गई और बहू दोबारा मेरा खाना लाई। इस बार वह वही सब्जियाँ स्टील की थाली में लाई, ताकि मैं बर्तन न तोड़ सकूँ।

मैं तभी समझ गया, बेटा और बहू अपनी जगह पर पक्के हैं, वे मुझे नमक नहीं देंगे। डाँट-डपट या क्रोध से काम नहीं चलेगा। 'दोस्त !...' मैंने अपने आपको समझाया, '...बुद्धि से काम लो।'

दूसरे दिन बेटा दफ्तर चला गया और बहू अपने कमरे में कुछ पढ़ने लगी तो मैंने खेलने के बहाने अपने पोते को बुला लिया। जितने दिन मैं अस्पताल में रहा था, पोता मुझसे मिला नहीं था। लगता था, मेरी बीमारी की चिंता में बेटे और बहू ने पोते का एकदम ध्यान नहीं रखा था। वह बड़ी ललक से मेरे पास आया।

"चॉकलेट कौन खाएगा?" मैंने उसे गोद में लेकर पूछा।

"बबलू!" उसने कहा।

"तो पहले बबलू बेटा रसोई से थोड़ा नमक लाए।" मैंने उसे गोद से उतारकर फर्श पर खड़ा कर दिया।

मुझे आशंका थी कि तीन वर्ष का बबलू नमक कैसे लाएगा, फिर भी प्रयत्न करने में क्या हर्ज है ? मैं बबलू की प्रतीक्षा करता रहा।

बबलू आया तो उसकी मुट्ठी में चुटकी-भर नमक था। मैंने बड़े यत्न से सारा नमक उससे लिया, उसकी नन्ही हथेली को जीभ से चाट लिया। फिर नमक अंगुली-अंगुली चाटा और शेष अखबार के टुकड़े में लपेटकर अपने तकिए के नीचे रख लिया।

"बबलू, नमक कहाँ से लाया ?" मैंने पूछा।

"मीना ने दिया।" उसने कहा।

मीना हमारी नौकरानी है।

'यह तरीका फिर भी काम कर सकता है'—मैं सोच रहा था—'यदि मैं मीना को ही रुपया-दो रुपया दे दिया करूँ, तो वह मुझे नमकीन चीजें दे सकती है। शायद वह मुझे सिगरेट भी ला दे। सिगरेट...'

"चॉकलेट!" बबलू अपनी माँग कर रहा था।

"पापा शाम को बाजार से ला देंगे।" मैंने उसे कमरे से बाहर कर दिया। मेरे दिमाग में सिगरेट का धुआँ था···

बबलू बुरा-सा मुँह बनाकर चला गया। उसे मुझसे इस धोखे की आशा नहीं थी।

सिगरेट—मैं सोच रहा था—'जिस दिन मुझे अस्पताल ले जाया गया था, उस दिन मैं गोल्ड फ्लैक के दस पैकेट लाया था। वे मेरी अलमारी में होने चाहिए।'

मैंने अपने कमरे का दरवाजा बंद कर लिया और अलमारी खोली। सामने ही दसों पैकेट पड़े थे। साथ ही माचिसें भी थीं। मैंने एक पैकेट निकाल लिया और सदा खुली रहने वाली अलमारी को ताला लगाकर चाबी अपनी जेब में डाल ली। बेटा मेरी सिगरेटों के पैकेट नहीं छीन सकता।

शाम को मैं सिगरेट पी रहा था। मैंने बेटे के आने की आहट सुनी। मैंने झट से सिगरेट बुझा दी···पर सहसा मेरे मस्तिष्क में बिजली कौंधी।···मैंने सिगरेट फिर से जला ली और दीवार से टेक लगाकर आराम से कश खींचने लगा।

बेटा मेरे कमरे के द्वार पर आया। उसने परदा हटाया, "कैसे रहे, पिता···"

उसने मुझे सिगरेट पीते हुए देख लिया था।

वह झपटकर आया और उसने मेरे हाथ से सिगरेट छीन ली।

"आपको सिगरेट कहाँ से मिली ?" उसने पूछा।

मुझे अधिक प्रयत्न नहीं करना पड़ा। बड़ी सुविधा से मैं कह गया, "बहू ने मँगवा दी थी।"

अब झूठ बोलने में मुझे कठिनाई नहीं होती थी। काफी अभ्यास कर लिया था।

बेटा मेरे कमरे में रुका नहीं, वह अपने कमरे में चला गया। मैं अपने कमरे में बैठा बेटे और बहू की लड़ाई सुनता रहा। बेटा जोर-जोर से चीख रहा था। बहू पहले तो धीरे-धीरे बोलती रही, फिर वह भी तेज हो गई। वह किसी बात से बार-बार इनकार कर रही थी···

फिर मुझे लगा, जैसे बेटे ने बहू को चाँटा मार दिया हो! चीखना बंद हो गया। लड़ाई थम गई।

मैं अपनी चारपाई पर लेटा-लेटा मुस्कराया। मैं बहू को बहुत अच्छी तरह जानता हूँ। कल से मुझे नमकीन सब्जियाँ भी मिलेंगी और सिगरेट भी।

'मेरा बेटा एकदम उल्लू है।' मैंने मन ही मन कहा।

निचले फ्लैट में

वह अँधेरे में आँखें फाड़े एकटक छत को घूर रही थी। वस्तुतः वह आँखों से काम नहीं ले रही थी। वे तो ऐसे ही खुली थीं। उसकी सारी ऐंद्रिय शक्तियाँ उसके कानों में सिमट आई थीं। वह केवल सुनने का प्रयास कर रही थी, वह कैसी आवाज थी ? सचमुच कोई आवाज थी भी या केवल उसका भ्रम ही था?

सहसा उसकी पूरी खुली आँखें और भी फैल गईं, पर उनमें से स्थिरता का भाव बदल गया था। उनमें भावशून्यता के स्थान पर अब एक निश्चित भाव आ गया था। यह भय था। उसके चेहरे की तनी रेखाएँ शिथिल पड़कर भय से विकृत हो गई थीं। अँधेरे में भी उसके चेहरे का रंग बदलता-सा लग रहा था, पीलेपन की ओर।

काफी प्रयत्न के पश्चात् उसने जीभ से अपने होंठ गीले किए और एकदम निःशब्द करवट बदल ली। उसने बहुत धीमे से अपने पति को छुआ। गहरी नींद में पति पर छुअन का कोई प्रभाव नहीं पड़ा। उसने पूरी ताकत से अपनी अंगुलियाँ पति की बाँह में गड़ानी आरंभ कर दीं।

पति ने झपाक से आँखें खोल दीं। उन आँखों में जिज्ञासा का भाव था। शायद वह समझ नहीं पाया था कि उसकी नींद कैसे टूट गई ! उसने आँखें खोल-भर दी थीं, पर जाग जाने का कोई भाव अभी उसके चेहरे पर नहीं आया था।

वह बहुत धीरे से फुसफुसाकर बोली, "जरा सुनना! मुझे तो नीचे कुछ खटका-सा सुनाई पड़ रहा है।"

पति ने भी उसके ही समान नीचे की ओर कान लगा दिए। उसके उनींदे चेहरे पर भी खिंचाव आ गया, जैसे अकस्मात् ही वह पूरी तरह जाग गया हो। पर फिर उतनी ही तेजी से उसके चेहरे पर निश्चिंतता पुत गई।

"कुछ भी नहीं है।" उसने कहा और करवट बदल ली।

वह कुछ देर चुपचाप, निष्क्रिय-सी अपने पति को देखती रही और फिर जैसे किसी भीषण आशंका से एकदम सहम गई। पति को जगाकर उसके मन में जो बल और चेहरे पर कुछ बेफिक्री आई थी, वह फ्यूज उड़ गए बिजली के बल्ब के समान तुरंत ही बुझ गई। वह पहले से भी अधिक डर गई थी—यह करवट बदलकर अभी

सो जाएगा और वह उसी तरह जागती रहेगी, अकेली की अकेली। और तभी उसके मन में भय के साथ खीझ भी घुल गई। साथ के पलंग पर उसका पति सोया हो तो फिर क्यों वह इस प्रकार भयभीत काँपती रहे ?

उसने कुछ सख्त हाथों से अपने पति को हिलाया। उसकी आवाज भी भय के स्थान पर खीझ से भर गई थी, "मैं कहती हूँ, नीचे कोई है। तुम्हारे करवट बदलकर सो जाने से वे लोग भाग जाएँगे क्या ?"

उसके पति ने घूमकर उसे देखा, "तुम्हें भ्रम हो रहा है। खुद भी डर के मारे सो नहीं पातीं और मुझे भी सोने नहीं देतीं।"

पर अब उसकी आवाज में निश्चिंतता नहीं थी। वह समझ गई कि जो कुछ वह कह रहा है, उसमें स्वयं भी वह विश्वास नहीं रखता। "तुम देखो तो सही कि कोई है या नहीं ?" वह बोली।

पति ने उठने का कोई उपक्रम नहीं किया। वह वैसा का वैसा ही लेटा रहा, "यदि कोई है भी तो नीचे के फ्लैट में ही है न! तुम्हें क्या चिंता है? तुम्हारे घर में तो नहीं आया! तुम चुपचाप सो रहो।"

उसे लगा, धीरे-धीरे उसके मन से चोरी की आशंका समाप्त होती जा रही है और अपने पति के प्रति उसकी खीझ बढ़ती जा रही है। सहसा वह कुछ सचेत भी हो गई। कहीं वह जोर से चीख ही न पड़े। नीचे पता नहीं कोई चोर आया है या नहीं ! हो सकता है, घरवालों में से ही कोई किसी कारण से जगा हुआ हो, कहीं वह जोर से बोल पड़ी तो रात के इस सन्नाटे में उसकी आवाज उसके कमरे में ही सीमित नहीं रहेगी। कहीं लोग यही न समझ बैठें कि वे दोनों पति-पत्नी रात के इस समय भी लड़ते रहते हैं।

इस फ्लैट के विषय में उसने पहले ही पड़ोसियों से काफी सुन रखा था। सब लोगों का विचार था कि यहाँ जो भी दंपती आते हैं, आपस में अवश्य लड़ते हैं। अब तक वे बचे हुए थे। फिर क्यों आधी रात को चीखकर वह बदनामी मोल ले ? कल सुबह ही सुबह पड़ोस की औरतें कानाफूसी करती फिरेंगी कि रात को उनकी लड़ाई हुई थी।

नीचे फिर कोई आवाज हुई थी। शायद अलमारी खोलने की। हाँ···निचले फ्लैट के पिछले बेडरूम से ही आवाज आ रही थी। उसी कमरे में उन्होंने लोहे की अपनी बड़ी अलमारी रखी हुई थी। नीचे वाली मिसेज चाँद ने उसे बताया था कि पिछली बार घर बदलते हुए वह अलमारी सीढ़ियों में फँस गई थी और एक ओर से उसमें चिब्ब-सा पड़ गया था। तभी से खोलने-बंद करने में उसका दरवाजा आवाज करने

लग गया था।

यह आवाज भी वैसी ही थी, जैसे किसी ने उस अलमारी का दरवाजा खोला हो। पर इस समय उन्हें अलमारी खोलने की क्या आवश्यकता थी ? कहीं ऐसा तो नहीं कि चोरों ने छुरा या पिस्तौल दिखाकर चाँद साहब से अलमारी की चाबियाँ ले ली हों और अब अलमारी का सारा सामान निकाल रहे हों…

उसका हाथ अचानक ही फिर पति की बाँह पर जा पड़ा, "सुनो ! नीचे किसी ने अलमारी खोली है। तुम एक बार देखो तो।"

पति ने मुड़कर उसकी ओर देखा भी नहीं। वह उसी प्रकार लेटा रहा, "कोई अपने घर में अपनी अलमारी खोले तो मेरा देखना जरूरी है क्या ?"

"कोई इस समय अपनी अलमारी क्यों खोलेगा ?" उसकी आवाज कुछ तेज हो गई।

"देखो," उसका पति उसकी ओर मुड़ा, "तुम पढ़ी-लिखी और समझदार औरत हो। पुरुषों के समान, उनकी बराबरी करती हुई नौकरी करती हो। अब औरतों वाली इन घटिया बातों को छोड़ दो। यह किसी इंटेलिजेंट और इंट्लैक्चुअल महिला का-सा व्यवहार नहीं है…"

"क्या मतलब?" उसकी भवें प्रश्न में तन गईं।

"क्या तुम्हें नहीं लगता," पति ने कहा, "कि लोगों के कामों में इस प्रकार हस्तक्षेप करना या उनकी ऐसे खोज-खबर रखना छिछोरापन है। कोई अपने घर की अलमारी कब और क्यों खोलता है—तुम्हें इससे क्या मतलब? और न ही अलमारी बनाने वाली कंपनी ने ऐसा कोई नियम बनाया है कि रात को दस बजे के पश्चात् अलमारी नहीं खोली जा सकती।"

वह झेंप-सी गई। पति ने फिर उसकी दुर्बलता की ओर संकेत कर दिया था। वह इस तथ्य के प्रति बहुत सचेत थी। बहुत प्रयत्न करने पर भी उससे कुछ न कुछ ऐसा हो जाता था कि उसके पति को उसे अबौद्धिक कहने का अवसर मिल जाता था। उसे अपने ऊपर भी झुँझलाहट हो आई। आखिर वह क्यों आधुनिक जीवन को अपना नहीं पाती? वह अपने आसपास के लोगों से क्यों उदासीन नहीं हो पाती? यदि नीचे के फ्लैट में चोर घुस ही आए हैं, तो उसे क्या ? वे उसके घर में तो अभी नहीं आए हैं। तो फिर वही क्यों पुरानी मुहल्लेदार औरतों के समान सबकी खोज-खबर रखती है…

और तभी, नीचे जैसे किसी नारी-कंठ से निकलती घुटी-घुटी चीख को किसी ने सख्त हाथों से दबा दिया…वह घबराहट में ही उठकर पलंग पर बैठ गई।

उसने अपने पति की ओर देखा। वह अब भी उसकी ओर पीठ किए पड़ा था। उसने अपने दोनों हाथों में उसकी बाँह कसकर पकड़ ली और फिर पूरी ताकत से अपनी ओर खींच लिया। उसने देखा, उसका पति पूरी तरह जागा हुआ था। उसकी आँखें भय से फैली हुई थीं। उसके चेहरे का रंग एकदम रक्त-शून्य-सा हो गया था और वह एकदम डूबा-डूबा-सा लग रहा था…

तो चीख उसने भी सुनी थी!

सचमुच ही नीचे चोर आए हुए हैं क्या? उसकी आशंका ठीक है। नीचे कुछ बहुत भयंकर घट रहा है। हो सकता है, उन्होंने किसी की हत्या कर दी हो। या फिर चाँद साहब की जवान लड़की रत्ना…

"उठकर जरा देखो तो।" उसने बहुत धीमे और डरे हुए स्वर में पति से कहा।

वह उसी प्रकार फटी-फटी आँखों से उसे देखता रहा और फिर हकलाकर बोला, "हो सकता है, उनका अपना कोई घरेलू झगड़ा हो।"

"तो भी तुम देखो।" वह फिर फुसफुसाकर बोली।

"मान लो," पति ने थूक निगला, "कि चोर हुए भी, तो क्या मैं उनसे हाथापाई करूँगा !" और वह कुछ उत्तेजित हो उठा, "तुम यह पसंद करोगी कि कल सवेरे अखबार में लोग यह पढ़ें कि एक प्रोफेसर साहब शहर के बदनाम गुंडों से हाथापाई करते पाए गए ? हमारी कुछ इज्जत है। प्रोफेशन की कुछ डिगनिटी है, मैं इतना गिर नहीं सकता।"

उसने देखा, उसके पति के चेहरे और उसके मुँह से निकलते हुए शब्दों में कोई सामंजस्य नहीं था।

वह निष्क्रिय, जड़-सी बैठी अँधेरे में घूरती रही। उसके भीतर कहीं सूक्ष्म वायवीय भावनाएँ स्थूल रूप धरती जा रही थीं।…नहीं…वह इसका भ्रम या संदेह मात्र ही नहीं था, सचमुच ही नीचे कुछ हो रहा था। और जो कुछ हो रहा था, वह साधारण या सहज नहीं था…और उसके पेट की निचली सतह से ऐंठन-भरी एक पीड़ा-सी उठी…

नीचे की स्तब्ध नीरवता के विरुद्ध किसी की बहुत हलकी-हलकी सिसकियाँ उठ रही थीं। वे इतनी हलकी और धीमी थीं कि नीरवता को भंग भी नहीं कर पा रही थीं—उसके धकेलने के-से भाव से छू मात्र रही थीं…और फिर शायद कोई पुरुष-कंठ, बहुत धीरे-धीरे कुछ कह रहा था, समझाने के-से अंदाज में।

पति ने उसकी ओर देखा। वह फिर कोई लंबी बात कहने जा रहा था, "देखो, दुनिया में सब तरह के लोग होते हैं और सब तरह की बातें होती रहती हैं। हम उनका क्या कर सकते हैं ? किसी तरह अपनी इज्जत बनी रहे, यही काफी होता है। शरीफों

का ढंग यह होता है कि ऐसी बातों से बचकर, कतराकर निकल जाएँ।···तुम समझती हो कि हमारे घर में कोई चोर घुस आएगा तो लोग हमारी सहायता को आएँगे···"

पति पता नहीं क्या-क्या कहता जा रहा था। वह उसकी बात नहीं सुन रही थी। नीचे क्या हो रहा था, वह बात भी उसके मस्तिष्क ने किन्हीं अज्ञात धुँधलकों में धकेल दी थी। उसे लग रहा था कि वह बहुत भयभीत है···भय जैसे किसी चालाक बिल्ली के समान उसके घर की सीढ़ियाँ बहुत हलके-हलके चढ़ रहा था।

उसने अपनी दृष्टि फिर पति पर टिका दी। वह कह रहा था, "आखिर इतने सारे दुष्ट देशों की बिरादरी में हमारा देश भी तो जी रहा है न! लोग चाहे कुछ भी करें, मगर यही सही तरीका है। तुम ही बताओ, और कौन-सा रास्ता हो सकता था···"

"यदि वे लोग हमारे घर में घुस आए तो ?" वह बोली, "ड्राइंगरूम का शीशा तोड़कर भीतर घुसना भी कुछ कठिन नहीं है। वे लोग बड़ी सुविधा से हम तक पहुँच जाएँगे···" उसका गला एकदम सूख गया था, "पता नहीं वे कितने लोग हैं। उनके पास छुरे भी हो सकते हैं, पिस्तौलें भी···आजकल यह सब कितना आम हो गया है···"

पति के चेहरे पर कुछ वैसे ही भाव जमा हो रहे थे, जैसे बहुधा उसके विरुद्ध कुछ कहने पर उसके चेहरे पर आ जाते थे। और सहसा ही वह चुप हो गई। पति के चेहरे से लग रहा था, जैसे वह अभी रो पड़ेगा। उसके चुप होते ही, पति जैसे रोते-रोते चीख पड़ा, "आखिर इस समय इस सारी बकवास का क्या मतलब है ? यदि छुरे और पिस्तौलें दिल्ली में आम हो गई हैं तो क्या इसमें मेरा दोष है ? तुम्हारा खयाल है कि मैं यहाँ का पुलिस कमिश्नर लगा हुआ हूँ। सरकार के निकम्मेपन के लिए मुझसे ज्यादा तुम जिम्मेदार हो। मैंने चुनाव के समय कहा भी था कि इस पार्टी को वोट मत दो। पर तुम मेरी कोई बात मानती भी हो ?"

"तुम अजीब आदमी हो।" बहुत रोकने पर भी उसकी घुटन जैसे बह निकली, "जब भी कोई मुश्किल आ पड़ती है, तुम मुझसे लड़ने लगते हो। इस सब में मेरा दोष है ? देश की सरकार निकम्मी है, पुलिस बेईमान है तो मेरा दोष है ? नीचे के फ्लैट में चोर घुस आए हैं तो क्या उन्हें मैं बुलाकर लाई हूँ ? वे लोग हमारे घर में घुस आएँगे तो उसमें भी मेरा दोष होगा ?"

"तुम्हारा नहीं तो मेरा दोष होगा क्या ?" पति ऐसे झपटकर उठा, जैसे उसे मार बैठेगा, "जब मैं कह रहा था कि शीशे वाली खिड़कियों में लोहे की ग्रिल्स लगवा लेते हैं और शीशे के दरवाजों के पीछे लकड़ी के दरवाजे, तो तुम्हीं ने मना कर दिया था। तब तो तुम्हें घर की सुंदरता चाहिए थी। तब क्यों नहीं सोचा था कि कोई रात

को शीशा तोड़कर, छुरे समेत घर के भीतर घुस सकता है !"

वह हतप्रभ-सी उसे देखती रही। वह ठीक कह रहा था, उसी ने ग्रिल्स लगवाने का विरोध किया था, पर वह बात और थी। यह तो इसकी पुरानी आदत थी।

"अच्छा चलो, ग्रिल्स के लिए मैंने मना किया। पर तुम मेरी बात मान क्यों गए ? बात असल में ग्रिल्स की नहीं है। तुमको कोई अवसर मिलना चाहिए मुझे डाँटने का।" वह बोली, "कल बाजार में जब तुमने मुझे डाँट दिया था, तो उसका कोई कारण था क्या··· ?"

सहसा ही दोनों एकदम चुप हो गए। नीचे फिर कुछ हलचल हुई थी। कुछ लोगों के बाहर निकलने का-सा स्वर था। फिर शायद किसी ने ऊपर आने वाली सीढ़ियों के दरवाजे को छुआ था, कुछ जोर भी लगाया था।

वे दोनों एक-दूसरे की ओर देखते रहे।

"अब हमें सो जाना चाहिए।" पति ने कहा।

"क्या वे लोग ऊपर भी आएँगे ?" पत्नी ने घुटी-घुटी-सी आवाज में कहा।

"पता नहीं।" पति ने अपनी आँखों का पानी पोंछ लिया। उसके मुँह में जबड़ों की पेशियाँ कुछ खट्टा-खट्टा-सा पानी छोड़ रही थीं, उसका जी हो रहा था, वह रो पड़े जोर-जोर से।

पत्नी ने दोनों हाथ अपनी छाती पर रख लिए थे। वह उठकर खड़ी हो गई थी।

"मैं क्या करूँ ? मैं क्या करूँ ?" उसने अपने हाथ जोर-जोर से झटकने आरंभ कर दिए। उसकी आवाज फट गई थी और वह रोने लगी थी। उसकी इच्छा हो रही थी कि उसका पति उसका सिर अपनी गोद में रखकर उसे प्यार करे। पर वह कुछ भी नहीं कर रहा था।

सहसा पति रोते-रोते नाराज हो गया, "तुम बिस्तर में आकर लेट क्यों नहीं जातीं! ऐसे उन्हें पता लग जाएगा कि हम जाग रहे हैं !"

"वे आ जाएँगे। वे आ जाएँगे।" पत्नी फिर हाथ पटक-पटककर रोने लगी।

"तुम जाकर लेट जाओ।" पति ने डाँटा, "वे आ जाएँगे तो क्या हुआ ? जो उनके मन में आएगा, उठाकर ले जाएँगे। हमारे घर में रखा ही क्या है ?"

"रखा क्यों नहीं।" पत्नी फटी हुई आवाज में बोली, "अभी आज सुबह ही तो मैं अपना वेतन लाई हूँ। पूरे पाँच सौ रुपए घर में पड़े हैं। और फिर तुम उन्हें रोकोगे भी नहीं।"

पति फिर से नाराज हो गया, "मैं तो बहुत दिनों से समझता आ रहा हूँ कि तुम्हें अपने रुपए मुझसे अधिक प्यारे हैं। तुम जानती हो कि उनके पास हथियार

हैं, फिर भी तुम चाहती हो कि मैं तुम्हारे पाँच सौ रुपयों के लिए उनसे लड़ूँ। तुम चाहती हो, मैं इतने-से रुपयों के लिए अपने प्राण दे दूँ।"

पर पत्नी पर कोई प्रभाव नहीं पड़ा। वह उसी प्रकार रोती रही, "तुमको मरने को कौन कहता है। पर मैं तुम्हें कब से जगा रही थी। तब तुम उठे होते, तो अब तक पुलिस को भी बुला लाते।"

"पुलिस !" पति ने घृणा से नाक सिकोड़ी, "एक तो वे लोग मुझे पुलिस तक पहुँचने ही नहीं देते। और फिर पुलिस भी उनसे मिली हुई होती है।"

वह चुप हो गया, जैसे हलक सूख गया हो।

सीढ़ियों के दरवाजे पर जोर कुछ अधिक पड़ने लगा था।

पत्नी ने पति की ओर देखा। अब किसी के भी चेहरे पर शिकायत नहीं थी। वह आकर चुपचाप उसके पास लेट गई।

"अब क्या होगा ?" उसने पूछा।

"कुछ नहीं होगा।" वह बोला, "तुम चुपचाप लेटी रहना, जैसे सोई पड़ी हो। वे जो चाहे ले जाएँ। हम चीजों के पीछे अपने प्राण तो नहीं दे सकते। आखिर अच्छा-खासा कमाते हैं। भगवान् हमें और देंगे।"

"और यदि...यदि...." पत्नी का कंठ फिर से छिलने लगा, "उन्होंने मुझे छेड़ा ?"

एक क्षण के लिए पति मौन रह गया।

"नहीं, तुम्हें नहीं छेड़ेंगे।" वह बहुत धीरे से बोला, "तुम अब उतनी जवान नहीं हो।"

"फिर भी, फिर भी यदि वे छेड़ें तो ?" पत्नी और भी डरी हुई थी।

"फिर क्या ?" पति बड़े दार्शनिक स्वर में बोला, "कोई क्या कर सकता है ? जो भाग्य में होगा, होकर रहेगा। प्राण देने में तो कोई समझदारी नहीं है !"

"हाँ ! मैं अभी मरना नहीं चाहती।" वह पति के साथ सट गई।

"हाँऽऽ !" पति ने उदासीनता से कहा, "आखिर चाँद साहब भी तो सारी बात छिपा ही जाएँगे न !"

नींद आने तक

वह अपनी व्याकुलता में इधर-उधर टहलता रहा। अब तक कितनी ही बार वह अपनी कलाई पर बँधी घड़ी देख चुका था। बीच-बीच में उसने मेज पर पड़ी टाइम-पीस में भी समय देखा था, पर बेचैनी किसी भी प्रकार कम नहीं हुई थी। कितनी ही बार दरवाजे तक जा-जाकर लौट आया था। कितनी ही बार उसने बाहर जाने का विचार छोड़ दिया था और जाकर सोफे पर बैठ गया था या दीवान पर लेट गया था। पर चैन उसे किसी भी तरह नहीं पड़ रहा था।

अंत में उसने अपने कपड़े बदल डाले। वह पतलून-कमीज पहनकर तैयार हो गया। बूट भी उसने पहन लिए थे। उन पर कपड़ा रगड़ते हुए वह सोच रहा था—अब तो जाना ही पड़ेगा, अब और प्रतीक्षा वह नहीं कर सकता था।

सहसा उसे अपने पर्स का ध्यान आया। पर्स में कुल चार-पाँच रुपए ही थे। इतने में गुजारा नहीं चलेगा। हो सकता है, उसे काफी दूर जाना पड़े—शीला के दफ्तर तक भी जाना पड़ सकता है। इस समय शायद और कोई सवारी न मिले। टैक्सी ही लेनी पड़ेगी। वैसे भी किसी को खोजने जाने के लिए बस कोई अच्छा साधन नहीं है।

उसने अलमारी खोलकर लॉकर में से दस-दस के पाँच नोट निकाल लिए। हो सकता है, सवारी के अतिरिक्त भी कहीं कुछ और खर्च करना पड़े। जाने क्यों उसके सामने किसी बड़े अस्पताल का ट्रीटमेंट-रूम बार-बार उभर आता था। वह बार-बार अपने को बाजारों में, रात के समय खुली रहने वाली कैमिस्टों की दुकानों पर खड़ा पाता था।

उसने अपना सिर झटक दिया। पता नहीं वह क्या-क्या सोचता रहता है।

उसने जल्दी-जल्दी बाहर के दरवाजे पर लगाया जाने वाला ताला उठाया और कमरे से बाहर निकल आया। पर दरवाजा बंद कर ताला लगाने से पहले वह जरा रुका…

आखिर इस समय वह कहाँ जाएगा? रात के अँधेरे में सड़क पर नजर आने वाली प्रत्येक महिला-आकृति को वह घूरता रहेगा और किसी को भी पहचान नहीं पाएगा। पता नहीं उसकी अपनी आँखों में कोई दोष आ गया है या चश्मे का नंबर

बदल गया है···या फिर शायद सबके साथ यही होता है···वह दूर से किसी को भी नहीं पहचान सकता और कुछ समीप आते-आते उसे हर आदमी वही लगता है, जिसे वह खोज रहा होता है।

पिछली बार इसी प्रकार उतावली में वह शीला को खोजने के लिए चल पड़ा था और उसके घर से निकलते ही वह आ गई थी। जब तक वह टैक्सी पर पंद्रह रुपए खर्च कर भटक-भटक वापस घर पहुँचा था, तब तक शीला उसकी प्रतीक्षा में बरामदे में खड़ी-खड़ी हद दरजा बोर हो चुकी थी।

फिर दोनों में काफी लड़ाई हुई थी, कसकर। वह नाराज था कि शीला इतनी देर करके क्यों आती है ? वह परेशान हो उठता है और शीला उसकी उतावली से तंग आ चुकी है। आखिर वह सैर-सपाटे को तो जाती नहीं, नौकरी ही तो है, देर हो ही जाती है। और जब कोई थक-थकाकर रात को घर लौटे और घर में ताला लगा पाए, तो ?

उसे लगा कि उसे कुछ देर और प्रतीक्षा कर लेनी चाहिए। शायद शीला थोड़ी देर में आ ही जाए। बड़ा शहर है और घटिया परिवहन-व्यवस्था। देर हो ही जाए तो क्या बड़ी बात है ? आखिर वह यही क्यों समझता है कि कोई दुर्घटना शीला को घेरकर इसी प्रतीक्षा में बैठी होगी कि वह आए और उसे बचा ले···नहीं, उसे कुछ देर और प्रतीक्षा कर लेनी चाहिए···

उसी और थोड़ी देर की प्रतीक्षा में उसने देखा कि कोई छाया-सी इस स्क्वायर की ओर मुड़ी थी, जो धीरे-धीरे चल रही थी—थके-से अंदाज से। यह कोई स्त्री ही थी, शायद शीला ही हो। जैसे-जैसे वह आगे बढ़ती जा रही थी, उसे विश्वास होता जा रहा था कि वह शीला ही है। और वह सचमुच शीला ही थी।

उसकी छाती पर से एक बोझ हट गया। देर से ही सही, शीला आ गई थी। देर का क्या है—कामकाजी आदमी को देर हो ही जाती है। उसे लगा, उसे एक और धरातल पर भी राहत का अनुभव हो रहा है। अब उसे रात के इस अँधेरे में बाहर सड़कों पर बिखरी हुई अपरिचित आशंकाओं के चेहरे पर से चादर हटाकर उनकी आँखों में नहीं देखना होगा। वह एक बड़ी परेशानी से बच गया था।

पर एक हलकी खीज···शीला यह क्यों नहीं सोचती कि वह उसके पीछे चिंतित हो जाता है और···

शीला ने एक विचित्र-सी दृष्टि से उसे देखा और बिना कुछ कहे या उसके पास रुके, बरामदा पार कर कमरे में चली गई। न वह अपनी मुसीबत सुनाने के लिए रुकी थी, न कैफियत देने के लिए और न अपनी गलती मानते हुए, डाँट सुन लेने की मुद्रा में आकर उसके पास चुपचाप खड़ी हो गई थी···

उसकी नजर शीला के साथ-साथ कमरे में चली गई थी और अब उसी के समान अनिश्चित-सी ठहरी हुई थी। शीला न कुछ कह रही थी, न सुनने की मुद्रा में थी और न ही जाकर धड़ाम से सोफे पर गिर गई थी, जैसे कुछ न हुआ हो। कुछ हुआ तो था, पर शायद वह अभी तय नहीं कर पाई थी कि किस रूप में उसे कहेगी।

खीज की छुरी ने उसकी आवाज को छीलकर तेज कर दिया, "तुम···"

"हाँ ! मैं आ गई हूँ।" शीला की आवाज किसी असाधारण धरातल पर से आ रही थी। इस धरातल पर से वह पहले कभी नहीं बोली थी। फिर जैसे चिढ़ाती हुई बोली, "मुझे देर हो गई है न ?"

उसकी खीज ने छिपकली के समान मुँह छिपा लिया, "देर तो बहुत हो गई है पर तुम्हें···"

"तुम मुझे खोजने नहीं गए ?" शीला का स्वर बहुत व्यंग्यात्मक था।

वह लज्जित-सा हो गया। शीला फिर उसकी भावुकता का मजाक उड़ा रही थी शायद। पर फिर उसने अपना बल इकट्ठा किया। यदि वह अपनी पत्नी के लिए इस प्रकार चिंतित हो ही जाता है, तो क्या बुरा है ? यह उसका स्वभाव है। इसके लिए शीला उसका मजाक नहीं उड़ा सकती। वह सहज होकर बोला, "जाने की सोच ही रहा था। देखो, यह ताला और चाबी मैंने उठाए ही थे।"

"देर होती रही और तुम सोचते रहे ?" शीला का स्वर और भी गहरा हो गया था।

उसने तमककर शीला की ओर देखा। शीला भी सीधे उसी को देख रही थी और कमरे की रोशनी में उसके चेहरे और माथे पर की खरोंचें, चोट के नीले-नीले दाग साफ-साफ देखे जा सकते थे।···वह सिहर गया···शीला के बाल भी बिखरे हुए थे और कपड़े भी···तो क्या शीला कहीं गलत आदमियों से घिर गई ? नहीं, शायद··· हाँ, उसे रोज मना करता था चलती बस में भीड़ में···

"तुम्हें क्या हुआ है ?" वह पूछ-भर सका।

और शीला ने जैसे अपने चेहरे की रेखाओं को ढील दे दी। अब तक शायद वह सोच रही थी कि वह उसका सामना कैसे करे ? अब सामना हो गया था।

"तुम रोज सोचते थे न कि कहीं एक्सीडेंट न हो जाए। मैं रोज तुम्हें समझाती थी। पर···"

"आज हो गया न! मैं पहले ही घबरा रहा था।" वह उसके पास चला आया, "चोट ज्यादा तो नहीं आई ? कुछ लगा दूँ, डिटॉल···"

उसका स्वर बहुत मुलायम हो गया था, जैसे घावों को सहलाना चाहता हो।

शीला ने कोई उत्तर नहीं दिया। वह आगे बढ़कर सोफे पर बैठ गई, "नहीं, डिटॉल वाली कोई चोट नहीं है।...मैं बहुत थक गई हूँ।"

उसने निढाल होकर आँखें बंद कर लीं और सोफे पर पूरी तरह से लेट गई।

उसे लगा कि वे लोग अब आरंभिक दूरी तय करके ऐसे स्थान पर आ चुके हैं, जहाँ वह उस घटना के विषय में पूछ सकता है और शीला बता सकती है। वह उसके पास आ गया, "पर क्या हुआ ?"

शीला वैसे ही आँखें बंद किए लेटी रही और धीरे से बोली, "वही, बस का चक्कर।"

उसकी दबी खीझ उकस पड़ी, "चलती बस में चढ़ने की कोशिश की थी न...मैंने तुम्हें कितनी बार समझाया है..."

शीला ने उसकी बात काट दी, "नहीं! चलती बस में चढ़ी-उतरी नहीं हूँ। तुम्हारे समझाने को मैं समझ गई हूँ। तुम्हारा समझाना खाली नहीं जाता।"

उसका स्वर कुछ ठंडा और अपने आप में इतना पूर्ण था कि वह हतप्रभ हो गया। पर फिर किसी प्रकार स्वयं को सँभालकर बोला, "फिर क्या हुआ? भीड़ में गिर पड़ी क्या ?"

शीला के स्वर में पहली बार झुँझलाहट आई, "नहीं, भई..."

और उसकी आवाज बाकायदा तीखी हो गई, "तो फिर बताती क्यों नहीं ? चोटें लगाकर आ गई हो और अब आकर चुपचाप लेट गई हो। कुछ बताती क्यों नहीं ? पहले मैं इंतजार में मरता रहा, अब पूछता हूँ तो कोई उत्तर नहीं मिलता।"

शीला की आँखें झटके से खुल गईं और वह उठकर बैठ गई, जैसे कोई बहुत तीखी बात कह देगी। पर सहसा ही उसका मन बदल गया। जितनी ही उग्र होकर वह उठी थी, उतनी ही शांत होकर सोफे में धसक गई, "बताती हूँ। पहले एक गिलास पानी पिलाओ, प्लीज !"

वह पानी लेने भीतर चला गया और शीला जैसे एक बार चैतन्य होकर उठ बैठी। उसने अपने पर्स में से कंपेक्ट बॉक्स निकाला और उसके शीशे में अपने चेहरे को ध्यान से देखा, जैसे किसी व्यतीत घटना का निरीक्षण कर रही हो। फिर उसने खरोंचों और नीले निशानों पर उँगलियाँ फेरकर जैसे उनका अनुभव किया।

वह पानी ले आया था। शीला ने कंपेक्ट बॉक्स बंद किया और उसे पर्स में डाल पर्स बंद कर दिया। उसने पानी पिया और खाली गिलास सोफे के साथ रखी तिपाई पर टिकाकर फिर लेट गई। उसने फिर से आँखें बंद कर ली थीं।

वह प्रतीक्षा करता रहा कि शायद शीला कुछ कहेगी। पर वह आँखें बंद किए

बहुत शांत मुद्रा में लेटी हुई थी, फिर भी इतना आभास मिल जाता था कि उसके भीतर कुछ बहुत तेजी से घट रहा है, शायद घटनाओं की जुगाली···जैसे किसी पुरानी फिल्म की कोई रील चल रही हो···वह और प्रतीक्षा नहीं कर सका। बोला, "तुम मुझे कुछ बताने वाली थीं।"

शीला का ऊपरी होंठ उसका मजाक उड़ाता-सा उठ गया, "तुम आज इतनी देर से आने के लिए मुझे डाँटोगे नहीं? भले घर की औरतें इतनी देर गए तक बाहर नहीं रहतीं।"

उसका मन रोने-रोने को हो गया। शीला उसके प्रेम का मजाक उड़ा रही थी। पर वह रोया नहीं। उसे लगा, इस समय वह एक लंबा भाषण देना चाहता है, हलके अभिनय के साथ, 'तुम जानती हो, आदमी जिससे जितना अटैच होता है, उसके लिए उतना ही आशंकित रहता है। तुम्हें देर होने लगती है तो मेरे मन में भयंकर कल्पनाएँ जन्म लेने लगती हैं। मैं अपनी कल्पना में देखता हूँ कि तुम बस पकड़ने के लिए बीच सड़क में दौड़ रही हो और पीछे से कोई दूसरी बस, कोई ट्रक या कोई कार आकर तुम्हें टक्कर मार देती है। तुम बीच सड़क में खून में लथपथ पड़ी हो और कोई तुम्हारे पास भी नहीं आ रहा। या फिर तुम बस स्टॉप पर खड़ी हो, खड़ी हो···पर कोई बस ही नहीं आती। साढ़े दस बजते हैं, ग्यारह बजते हैं, साढ़े ग्यारह बजते हैं···और फिर तुम किसी मुसीबत में फँस जाती हो।'

पर उसने यह सब कुछ नहीं कहा, केवल इतना ही कह पाया, "तुम्हें देर होती है तो मैं बड़ी भयंकर-भयंकर कल्पनाएँ करने लगता हूँ।"

"कल्पनाएँ करके तुम क्या करते हो ?" शीला ने बड़े भावशून्य स्वर में पूछा।

वह भौचक-सा शीला को देखता रह गया, क्या वह सचमुच जिज्ञासा कर रही है या मात्र उसे धिक्कार रही है। उसे लगा, शीला के मन में कहीं न कहीं यह बात है कि घटना के लिए वह जिम्मेदार है···और सचमुच वह जिम्मेदार है। वह शीला से नौकरी न करवाता···पर नौकरी तो शीला शादी से पहले से कर रही थी···

वह फिर अपनी पहली मुद्रा में लौट आया, "बस, अपनी कल्पनाओं में बहुत कुछ देखता रहता हूँ, सोचता रहता हूँ, उद्विग्न होकर टहलता रहता हूँ। बाहर के दरवाजे पर खड़ा प्रतीक्षा करता रहता हूँ। पर जानता हूँ कि यह सब यथार्थ नहीं है, मेरी आशंकाएँ ही हैं। इसलिए कुछ करता नहीं हूँ।"

शीला फिर एक बार उठकर सोफे पर बैठ गई। उसने अपने चेहरे पर का पहला भाव जैसे धो डाला था। दूसरा कोई भाव अब वहाँ नहीं था—था केवल भावशून्य चेहरा। शीला बड़े तटस्थ स्वर में बोली, "मैं दस बजे अपनी ड्यूटी समाप्त कर

निकली। सवा दस तक मैं बस स्टॉप पर पहुँच चुकी थी। दस बीस हुए, दस पच्चीस हुए, साढ़े दस हो गए, पर मेरी बस नहीं आई। इसका मतलब यह था कि आखिरी बस या तो समय से पूर्व ही निकल गई थी, या फिर मिस थी। मुझे कोई दूसरी बस पकड़नी चाहिए थी। पर इधर आने वाली कोई दूसरी बस भी नहीं मिल रही थी। मैं खड़ी रही थी। स्कूटर या टैक्सी लेकर रात को अकेले आने का साहस मैं नहीं कर पा रही थी।" शीला ने क्षण-भर रुककर उसके चेहरे को पढ़ने का प्रयत्न किया और फिर बोली, "पौने ग्यारह के करीब एक बस आई। मैंने हाथ उठा दिया। बस रुक गई। उस पर आगे बोर्ड नहीं लगा था। मैं नहीं जानती थी, वह कहाँ जा रही है..."

"डिपो जा रही होगी," उसने सिगरेट सुलगाई और सुनने की मुद्रा में बैठ गया।

शीला ने उसे पहला कश लेने का समय दिया और फिर बोली, "हाँ ! कंडक्टर ने बताया कि बस डिपो जा रही है। मैंने कहा, कोई बात नहीं, मुझे रिंग रोड पर उतार देना।"

"बस में और कोई नहीं था ?" उसने सशंक होकर पूछा।

"नहीं ! दो व्यक्ति और भी थे।" शीला ने कहा।

"फिर भी तुमने बड़ी हिम्मत की।" वह आश्वस्त हो गया। उसने सिगरेट का दूसरा कश ले लिया था।

"हाँ।" वह बोली, "पर वे दोनों व्यक्ति भी अगले स्टॉप पर उतर गए। जब वे दोनों आदमी उतर गए और बस फिर चली तो कंडक्टर, ड्राइवर के पास जाकर कुछ फुसफुसाया। मुझे तभी शक पड़ा कि वे लोग कुछ शरारत करेंगे। मुझे लगा कि मुझे इस प्रकार खाली बस में नहीं बैठना चाहिए था।"

उसकी पीठ ने कुर्सी की टेक छोड़ दी। वह तना हुआ आगे की ओर झुका, "उन्होंने शरारत की क्या ?"

शीला का चेहरा कुछ क्षुब्ध-सा हो गया, "मुझे देखकर तुम्हें क्या लगता है ?"

वह जैसे उबल पड़ा, "मैं तो जानता ही हूँ कि लोग अकेली औरत को पाकर छेड़छाड़ जरूर करते हैं। हमारे देश का तो चरित्र ही इतना गिर गया है कि क्या कहें। कोई साला विश्वास-योग्य ही नहीं रहा।" उसने स्वयं को नियंत्रित कर स्वर बदला, "फिर क्या हुआ ?"

"ड्राइवर ने बस के भीतर की बत्तियाँ बुझा दीं।" वह बोली।

"तुमने मना नहीं किया ?" उसका स्वर काफी उत्तेजित था।

"नहीं।" शीला ने फिर उसी प्रकार भावशून्य स्वर में कहा, "मैं बहुत डर गई थी। मेरे मुँह से आवाज ही नहीं निकल रही थी। वैसे भी मैं उनसे लड़कर उन्हें

चिढ़ाना नहीं चाहती थी। मैंने मन ही मन भगवान् से कहा कि यदि मैं ठीक-ठाक घर पहुँच गई तो कल ही मैं सवा रुपए का प्रसाद कनॉट प्लेस वाले हनुमान मंदिर में चढ़ाऊँगी।"

उसने विद्रूप की मुद्रा बनाई, "तो इसका मतलब है, कल सवा रुपए का प्रसाद भी चढ़ाना पड़ेगा और कनॉट प्लेस के हनुमान मंदिर भी जाना पड़ेगा।"

शीला का सारा आक्रोश जैसे उसके चेहरे पर घनीभूत हो गया, "तुम्हें मैं ठीक-ठाक घर पहुँच गई लगती हूँ ?"

वह एकदम झेंप गया। शीला का आक्रोश एकदम सही था। वह एक झेंपू-सी हँसी हँसकर रह गया।

शीला फिर उस घटना की ओर लौट गई। सहसा ही जैसे वह उस घटना से असंपृक्त-सी हो गई थी। उसके मन में न तो ग्लानि थी, न आक्रोश। वह तटस्थ हो गई थी—जैसे घटना उसके साथ नहीं, किसी और के साथ घटी हो। उसका संबंध जैसे घटना सुनाने तक ही हो। वह घटना को पूरी सूक्ष्मता और विस्तार के साथ सुनाने को उत्सुक हो। जैसे-जैसे घटना वह सुनाएगी, वैसे-वैसे ही घटना का विस्तार उसके भीतर से निकलकर बाहर संसार में खो जाएगा⋯

"ड्राइवर ने बत्तियाँ बुझा दीं तो कंडक्टर 'प्यार किया तो डरना क्या' गुनगुनाता हुआ पीछे की ओर लौटा और आकर मेरे साथ बैठ गया। मुझे उसकी बदतमीजी पर बहुत क्रोध आया और उस क्रोध में भय न जाने कहाँ छिप गया ! मैं तमककर बोली, 'सारी बस खाली पड़ी है, आप कहीं और क्यों नहीं बैठते ?' "

उसकी नसों में एक सनसनी-सी दौड़ गई। घुटी-सी आवाज में बोला, "वह उठ गया क्या ?"

शीला का स्वर अब भी कोल्ड था, "नहीं ! उठा कहाँ ? उसने मेरी बात पर कोई ध्यान ही नहीं दिया, उलटे मेरे और पास सरक आया, बल्कि एकदम सटकर बोला, 'मेरी जान! इतनी नाराजगी भी क्या ?' "

वह उत्तेजना में उठकर खड़ा हो गया। उसने झटके से सिगरेट फेंककर बूट से कुचल दी, "अच्छा! तुमने उस बस का नंबर नोट किया है ?"

शीला पर उसकी उत्तेजना का कोई प्रभाव नहीं पड़ा। उसने जैसे बहलाते हुए कहा, "हाँ ! नंबर तो मेरे पास है। पर सुनो अभी⋯मैं समझ गई कि आज कुछ न कुछ होगा। मैंने उसे जोर का धक्का दिया। वह सावधान नहीं था। सीट से नीचे गिर पड़ा। मैं जोर से चीखकर बोली, 'ड्राइवर, गाड़ी रोको !' " वह जड़-सा उसकी ओर देखता रहा और शीला कहानी सुनाने के अंदाज में बोलती गई, " उसने बस

नहीं रोकी, उलटे और तेज कर दी।

" सड़कें खाली थीं। बाहर कोई भी नहीं था। बस में मैं अकेली थी। बस की बत्तियाँ बुझी हुई थीं और बस सड़क पर तेजी से भागी जा रही थी। "

"फिर तुम छूटीं कैसे ?" उसने धीरे से हलक में अटका थूक निगलकर पूछा।

"फिर कंडक्टर उठा और एकदम मुझ पर झपट पड़ा। मैंने अपना सैंडल उतार लिया। पहनकर भी आज स्टील हिल वाली गई थी, चांस की बात है। खूब पीटा उसे। उसके चेहरे पर काले-नीले दाग पड़ गए। उसके सिर से खून निकल आया।"

"अच्छा किया तुमने।" वह तनावपूर्ण हँसी हँसा, "मैं होता तो और पीटता।"

शीला ने उसकी ओर देखा। वह उसे ऐसे देख रही थी, जैसे कोई वयस्क शेखी मारते हुए बच्चे को देखता है, "हाँ, मैंने भी सोचा था कि तुम होते तो और पीटते। पर उन्होंने मुझे इतना अवसर नहीं दिया कि मैं तुम्हें घर से बुलाकर ले जाती। मुझसे जितना हुआ, मैंने उसे पीटा।"

उसने फिर सिगरेट जलाई। बोला, "अच्छा किया। अच्छा किया।"

"मैं उसे पीटती गई, पर उसने मुझे छोड़ा नहीं। फिर उसने मेरे ब्लाउज में हाथ डाल उसे खींचा। टिच बटन थे। एक ही झटके में सारे खुल गए···"

"क्या ?" उसके रोंगटे खड़े हो गए, "लाओ, मुझे बस का नंबर दो। मैं अभी कुछ करता हूँ।···हॉरिबुल ! इस देश में कोई कैसे रहेगा ? यहाँ किसी माँ-बहन की इज्जत सुरक्षित नहीं है।"

शीला ने उसकी चिंता नहीं की। वह ऐसे बोलती जा रही थी, जैसे सब कुछ बताकर ही चुप होगी, "तब तक ड्राइवर ने एकांत देखकर बस एक जगह खड़ी कर दी। फिर वह भी आ गया। दोनों ने मेरा मुँह एक कपड़े से बाँधकर बंद कर दिया। मेरे हाथ भी बाँध दिए···"

उत्तेजना के मारे उसका गला रुँध गया था। आँखों में पानी आ गया था और शीला अब भी शांत बैठी थी, जैसे अपने साथ घटी घटना न सुना रही हो, कोई कहानी सुना रही हो।

"फिर भी तुम कैसे बच गईं ?" अंत में उसने फँसे गले से पूछा।

"बची कैसे?" शीला एक विचित्र-सी हँसी हँसी, "बची कहाँ" और वह हँसते-हँसते रो पड़ी। पहली बार उसे लगा कि यह सब उसी के साथ घटा है। और जो कुछ घटा है, वह उसे बहुत गहरे कहीं काट गया है, "उन दोनों ने बारी-बारी···" उसने अपने हाथों से चेहरा ढँक लिया। वह सिसकियाँ ले-लेकर रो रही थी।

वह हतप्रभ-मूढ़-सा खड़ा रह गया, जैसे सब कुछ सुन्न हो चुका हो और फिर

धीरे-धीरे जड़ता की चादर के नीचे से कुछ भाव उदित हुए। उसके मन में आक्रोश था, पर उसके साथ-साथ एक भय भी था। उसने काफी देर के पश्चात् पहचाना कि इस सारी घटना को सुनकर वह केवल भयभीत हुआ था और जो आक्रोश था, वह भी शीला के प्रति ही था।

"तुमने उन्हें रोका क्यों नहीं? तुमने उनका विरोध क्यों नहीं किया ?" उसने काफी चीखकर ही कहा।

शीला रोते-रोते सहसा चुप हो गई। उसकी आँखों में अब वेदना नहीं थी। उसे लगा कि इस बात की आशंका उसे कहीं पहले से ही थी। उसके मन ने स्वीकार नहीं किया था, पर उसकी चेतना को शायद मालूम था कि उसका पति कदाचित् ...शायद उसे अपने पति से लड़ना पड़े, अपनी ईमानदारी जताने के लिए...। वह खीझकर बोली, "जो कुछ मैंने तुम्हें बताया, उसमें किस बात से तुम्हें लगा कि मैंने उनका विरोध नहीं किया ?"

पर शीला की बात से उसका क्रोध कम नहीं हुआ, "जब तक ड्राइवर नहीं आया था, कंडक्टर अकेला था, तुम बस से क्यों नहीं कूद पड़ीं ?"

शीला की आँखें आश्चर्य से कुछ फैल गईं, "तुम्हारा मतलब है, मैं पूरी स्पीड से भागती हुई बस में से कूद पड़ती। तुम तो कहते थे कि चलती बस में उतरा-चढ़ा मत करो।...तुम शायद अंदाजा भी नहीं लगा सकते कि बस कितनी तेजी से जा रही थी। यदि मैं कूद पड़ती तो अवश्य ही मर जाती। मुझे कोई ताकत नहीं बचा सकती थी।"

उसने शीला को घूरकर देखा, "क्या तुम्हारा मर जाना अधिक श्रेयस्कर नहीं था ? तुम मुझे किस मुँह से बताने आई हो कि तुम्हें दो पुरुषों ने...यदि तुम पहले न मरीं, तो बाद में मर जाना चाहिए था।"

शीला को लगा, उसकी चेतना का कोई अंश इन सारी बातों, आरोपों और झगड़ों के लिए पहले से तैयार था। वह सहसा ही एकदम नाराज हो गई, "बकवास बंद करो। तुम मुझे यह सब कहने वाले होते कौन हो, कल तुम्हें दो आदमी कहीं घेरकर पीट जाएँ, तुम्हारे हाथ-पैर तोड़ जाएँ, तुम्हारी एक आँख निकालकर ले जाएँ या तुम्हारी नाक काटकर ले जाएँ तो मैं तुम्हें ये सारी बातें कहूँगी, जो तुम मुझे कह रहे हो।...बड़ी मर्दानगी है, अपनी स्त्री के सम्मान का इतना खयाल है तो जाओ, उन लोगों का सिर उतारकर ले आओ।"

वह काँप गया। शीला क्या कह रही है ? वह किसी का सिर उतार सकता है क्या ? उसे खून देखकर दहशत होने लगती है, तभी तो उसने मांस खाना भी छोड़

दिया है। कैसी उबकाई-सी आने लगती है।

"यह कैसे हो सकता है ! अब कोई राज···" वह स्वयं ही ठहर गया। हाँ, अब राजपूती युग नहीं है कि वह किसी का सिर उतार ले। तो फिर वह शीला को ही मरने की सलाह क्यों दे रहा है—"मैं पुलिस में रिपोर्ट जरूर कर सकता हूँ। लाओ, बस का नंबर दो।"

शीला का स्वर फिर से व्यंग्यात्मक हो गया था, "पुलिस में जाकर क्या रिपोर्ट करोगे—दो पुरुषों ने···"

वह तमककर मुड़ा, "मैं यह बात कैसे कह सकता हूँ ?"

शीला का स्वर और भी गहरा हो गया, "तो और क्या कहोगे? यह कि दो लोगों ने मेरी पत्नी के साथ छेड़छाड़ की है। स्वयं इतनी-सी बात नहीं कह सकते और मुझे मारना चाहते हो ?"

"तुम्हें मारना कौन चाहता है? वह स्वतःचालित ढंग से कह गया, "पर यह अपमानित जीवन···"

"इसमें अपमानित जीवन क्या है ?" शीला बोली, "मैंने अपनी इच्छा से यह सब होने दिया होता तो तुम मेरे चरित्र को बुरा कह सकते थे, पर जिन परिस्थितियों में यह सब हुआ, उससे मेरे चरित्र पर तुम कोई लांछन नहीं लगा सकते। फिर चरित्रवती होकर भी मैं क्यों मरूँ ? नहीं मरती। ऐसे ही जी लेंगे। न तुम किसी को बताओ, न मैं किसी को बताऊँ।"

उसे पता ही नहीं चला कि वह कब इतना दीन हो गया था। आँसू उसके गालों तक बह आए थे, "मैं किसी को मुँह दिखाने लायक न रहा। मैं किसी को कैसे मुँह दिखाऊँगा···"

शीला ने उसे घूरा, फिर जैसे डाँटकर बोली, "क्यों, तुम्हें क्या हुआ है ? तुम तो रेप नहीं हुए। जो मेरे साथ हुआ, वह मेरे साथ है। तुम्हारे मुँह को उससे क्या हो गया ?"

इस डाँट से वह नाराज हो गया। उसका क्रोध फिर से लौट आया था। दाँत पीसकर बोला, "चुप रहो तुम! तुम्हारे स्थान पर कोई और स्त्री होती तो उसने अब तक सिर पटक-पटककर प्राण दे दिए होते और तुम मजाक कर रही हो !"

"देखो ! जो कुछ मेरे साथ हुआ, उससे मैं खुश नहीं हूँ।" वह ठंडे स्वर में बोली, "पर उसमें मेरा रत्ती-भर भी दोष नहीं, इसलिए मेरे भीतर ग्लानि नहीं है। इतनी-सी बात के लिए मैं मरना नहीं चाहती। मैं मरने से इनकार करती हूँ···अब रही तुम्हारी बात ! तुम चाहो तो उन लोगों को खोजकर उनकी हत्या कर दो। न हो सके तो पुलिस में रिपोर्ट कर दो। यह भी न हो सके तो मुझसे अलग हो जाओ।"

"मार्ग-निर्देशन के लिए तुम्हारी आवश्यकता नहीं है मुझे।" वह अपनी दीनता से उबर आया था। शीला से यह शिकायत उसे बहुत पहले से थी। वह कभी भी अपना दोष नहीं मानती थी और उलटे उसे निर्देश दिया करती थी। "तुम समझती हो कि इतना कुछ होने पर भी हम पति-पत्नी के रूप में रहेंगे ! मैं तुम्हारे साथ रहूँगा ! लोग मेरी ओर अंगुली उठाकर कहेंगे–यह वह व्यक्ति है, जिसकी पत्नी का एक कंडक्टर और एक ड्राइवर ने रेप किया था। मेरा तुमसे संबंध तभी से टूट गया, जब तुमने मुझे यह बात बताई। अब तुम्हारा मेरा कोई रिश्ता नहीं। तुम मेरे घर में नहीं रह सकती।"

शीला ने उसे देखा, वह सचमुच बहुत नाराज था। शायद वह इतने क्रोध में था कि उसे धक्के मारकर घर से निकाल सकता था। उसके मन में शायद उन दो पुरुषों के विरुद्ध कुछ भी नहीं था। सारी शिकायतें शीला के विरुद्ध ही घिर आई थीं। शीला के जी में आया कि वह हँस पड़े। पर वह हँसी नहीं, बड़े शांत स्वर में बोली, "तुम्हारा मेरा कोई रिश्ता नहीं। मैं तुम्हारे घर में नहीं रहूँगी। पर मैं तुमको इतना कंसेशन दे सकती हूँ कि अपना सामान यदि तुम अभी न ले जा सको तो सवेरे उठवाकर ले जाना। तुम्हें शायद याद हो कि यह क्वार्टर मेरे नाम है।"

वह एकदम चौंक पड़ा। सारी बातें यह मोड़ ले लेंगी, यह उसने सोचा ही नहीं था। क्वार्टर की बात की ओर भी उसका ध्यान नहीं गया था। उसने यह बात पहले सोच ली होती तो अच्छा था। क्वार्टर शीला का था, वह यहीं रहेगी। घर की अधिकांश चीजें भी यहीं रहेंगी। वह बहुत करेगा तो अपने उपयोग की सारी चीजें ले जाएगा। पर कहाँ ? सड़क पर? प्लेटफॉर्म पर ? इतने महँगे शहर में अपना सारा वेतन देकर कहीं दो कोठरियाँ किराए पर लेने का मूर्खतापूर्ण साहस वह नहीं कर सकता। वह सरकारी नौकरी में भी नहीं है कि सरकारी क्वार्टर की बात सोचता···तो फिर कहाँ ? किसी होटल में ? किसी मित्र के घर ? पर कब तक ?

वह कुछ नहीं बोला। जोर-जोर से साँस लेता हुआ वह टहलता रहा···कमरे के एक सिरे से दूसरे सिरे तक। थोड़ी ही देर में उसकी साँस की आवाज और पैरों की चटक मंद पड़ गई। उसके जी में आ रहा था, वह एक बार हँस पड़े और कहे–'छोड़ो इन फालतू बातों को। चलो, सो रहें।'

पर उसके भीतर के किसी अकड़ाव ने उसे हँसने नहीं दिया। वह टहलते-टहलते शीला के सामने जाकर रुक गया, "मैं कल सवेरे अपना सामान लेकर चला जाऊँगा।" उसके नथुने कुछ और अधिक फैल गए, "तुम कान खोलकर सुन लो, तुम मुझे इस प्रकार ब्लैकमेल नहीं कर सकती। इस तरह तो कल मैं फ्लश खराब होने की रिपोर्ट लिखाने नहीं जाऊँगा या दाल के डिब्बे में घुसा हुआ चूहा नहीं मार सकूँगा, तो भी

तुम ब्लैकमेल करोगी। तुम्हारे किसी और पुरुष से संबंध हो जाएँगे, तो भी तुम ब्लैकमेल करोगी···"

शीला को लगा कि उसका भीतर जैसे चटककर दो भागों में बँट गया है। एक भाग जैसे अपने पति को मना लेना चाहता है। वह जानती है कि उसके पति का भीतर भी उसी के समान चटक चुका है और उसका भी एक ही भाग लड़ रहा है···ऊपरी तौर से ही और वह भी इसलिए कि उसे मना लिया जाए···

सहसा वह रो पड़ी, 'मैं कितनी दुखी हूँ। यदि आज हम समझौता भी कर लें तो क्या! कल हमारे बच्चे होंगे। उन्हें जब पता चलेगा कि उनकी माँ के साथ क्या हुआ, तो क्या वे लोग आत्महत्याएँ नहीं करेंगे। हे भगवान् ! मेरे कारण मेरे पति और मेरे बच्चे···'

उसका अकड़ाव कहीं से पिघल गया। पहली बार शीला ने दोष अपने सिर लिया था। पहली बार वह दीन हुई थी। उसने देखा, वह अब भी सिर झुकाए रोती जा रही थी।

वह उसके पास चला गया। सांत्वना देता हुआ-सा बोला, "अब सो जाओ। तुम भारत की महान् नारी हो। रात बहुत हो गई है। तुमसे लोग प्रेरणा लेंगे···कैसे एक निहत्थी स्त्री ने दो-दो नर-पशुओं से लड़ाई की। पर फिर भी तुम सो जाओ। दिन-भर की थकी हुई हो। कल भी तो काम पर जाना है।"

शीला ने सिर उठाया और आँसू पोंछ लिए, "सो जाती हूँ। पर तुम सवेरे अपना सामान लेकर तो नहीं जा रहे न ?"

"उसे फिर देखेंगे। तुम सो जाओ।" वह बोला, "जरा शीशे में देखो तो तुम्हें पता चले, तुम्हारा चेहरा कितना कुम्हला गया है।"

शीला ने हलके से मुस्कराने का प्रयत्न किया और ठुमककर बोली, "नहीं ! पहले तुम कहो कि कल सवेरे तुम नहीं जा रहे हो; नहीं तो मुझे यह सोच-सोचकर नींद नहीं आएगी कि कल से इस क्वार्टर में मुझ अकेली को रहना है।"

"हाँ ! तुम डरती बहुत हो।" उसने शीला की बात मान ली, "अच्छा, नहीं जाऊँगा। वैसे भी तुम्हें अकेली को बहुत परेशानियाँ होंगी। तुम अकेली मुकदमा कैसे लड़ोगी ?"

शीला ने उसे फिर देखा—यह अभी तक मुकदमे की बात कर रहा है। ऐंठ की कोई गाँठ अभी बाकी है शायद !

"अच्छा, सो जाएँ अब ?" शीला ने पूछा।

"हाँ, चलो, सो जाएँ। मुझे भी नींद आ रही है।" उसने कहा और चुपचाप अपने पलंग पर जा लेटा।

संचित भूख

शाम के झुटपुटे में वे दोनों तेजी से साइकिलें चलाते हुए भागे जा रहे थे।

रास्ते में कहीं कोई इक्का-दुक्का व्यक्ति मिला तो उन्हें देखकर चौंक गया। क्षण-भर उन्हें स्तब्ध दृष्टि से देख फिर अपनी राह चला गया। उन्हें इक्के-दुक्के आदमी से डर नहीं लगता था, फिर भी वे अपनी साइकिलें तेज कर लेते थे। रास्ते में उन्हें कोई आग लगाती हुई भीड़ या हथियारबंद लोगों का झुंड नहीं मिला था। संयोग ही था कि पुलिस या मिलिट्री का कोई ट्रक भी नहीं दिखा था, नहीं तो कैंप से डिप्टी के बाग का फासला कम नहीं था।

वे ट्रंकों वाले बाजार तक आ गए थे। उनकी गली अब बीस गज से अधिक नहीं थी। सहसा उन दोनों ने अपनी साइकिलें धीमी कर दीं। गोपाल ने मुड़कर बिरजू की ओर देखा और मुस्कराया।

बिरजू के चेहरे से घबराहट धुल गई। वह काफी आश्वस्त हो गया था। असावधान वह फिर भी नहीं लग रहा था।

"साइकिल की घंटी मत बजाना गोपाल बाबू !" बिरजू फुसफुसाया।

"क्यों ?" गोपाल ने अपनी घनी काली भवें ऊपर उठाईं।

"यहाँ कोई छिपा बैठा हो तब ?" बिरजू ने कहा, "आप घंटी बजाएँगे और वह अँधेरे में ही छुरा पेट के आर-पार कर देगा।"

"यहाँ कोई नहीं है।" गोपाल ने साइकिल का अगला पहिया अपनी गली की कूचाबंदी के भीतर कर दिया, "अपनी गली में क्या डर ?"

गली के पहले घर 'कृष्णा कॉटेज' की ड्योढ़ी में से सहसा कोई झपटकर निकला और उनके सामने खड़ा हो गया, "कौन हो ?"

दोनों ने देखा, सामने खड़ा व्यक्ति कोई दंगाई नहीं था। एक सैनिक बंदूक पर संगीन चढ़ाए तना हुआ खड़ा था⋯बलोच था शायद ! हाँ, बलोच ही था। उसका सुर्ख कठोर चेहरा, उसके लंबे भूरे बाल, उसकी लाल टोपी और फिर वह कड़कती आवाज ! हाँ, बलोच ही था। तो उनका मुहल्ला भी मिलिट्री के अधिकार में था !

"कौन हो ?" उसने धमकाकर पूछा और बंदूक उठाई।

"मैं गोपाल हूँ और यह बिरजू।" गोपाल ने थूक गटककर अपना निरर्थक परिचय दिया और उसका चेहरा ताकने लगा।

"यहाँ क्या करने आए हो ?" बलोच ने पूछा। उन्हें घबराया हुआ देख उसने अपनी बंदूक नीची कर ली थी।

गोपाल कुछ आश्वस्त हुआ···नहीं, वह उनको मारेगा नहीं। वह मिलिट्री का सिपाही था, गुंडा नहीं था।

"हम अपने घर आए हैं।" गोपाल ने कुछ खुले गले से कहा, "गली का पाँचवाँ मकान हमारा है।"

"अपने मकान में लौटना था तो पहले छोड़कर भागे क्यों थे ?" बलोच हँसा।

"कल मुहल्ले पर मुसलमानों ने हमला कर दिया था।" गोपाल ने कहा, "दो मकानों को तो आग भी लग गई थी, इसीलिए भाग गए थे।"

"तो आज क्या करने आए हो ?" बलोच के स्वर में जिज्ञासा कम, व्यंग्य अधिक था।

गोपाल डरी आँखों से क्षण-भर उसे ताकता रहा, फिर सिर झुकाकर बोला, "मेरी माँ बहुत बीमार है। वह बिना बिस्तर के सो नहीं सकती। हम बिस्तर लेने आए हैं।"

बलोच खूब जोर से हँसा, "लड़के, तुम्हारी माँ को अपना बिस्तर तुम्हारी जान से ज्यादा प्यारा है। रास्ते में कोई छुरा मार दे या···" वह रुका, "···कर्फ्यू में घूमने के जुर्म में मैं ही बंदूक दाग दूँ तो कयामत तक बिना बिस्तर के सोए रहोगे।"

वह अपने हाथ में बंदूक तौल रहा था।

दोनों सन्न रह गए। थोड़ी देर पहले तक की उनकी निश्चिंतता जम गई थी। बिरजू के जबड़े कस गए थे और उसके मुँह में बदमजा खट्टा-खट्टा पानी जमा होने लगा था।

और स्वयं उसे पता नहीं चला कि कब उसका निचला होंठ फैल गया। वह रो रहा था, "मैं तो नौकर हूँ। गोपाल बाबू अपनी माँ के लिए बिस्तर लेने आ रहे थे, मुझे भी लालाजी ने साथ कर दिया कि कुछ चीजें ले आऊँ।"

"नौकर !" बलोच ने बंदूक फिर नीची कर ली और सहसा उसका स्वर बदल गया। गहरी रोबदार आवाज में वह बोला, "अच्छा, जाओ अपने मकान में। रात-भर चुपचाप भीतर पड़े रहो। अंदर से दरवाजा बंद मत करना और बाहर भी मत निकलना। कर्फ्यू लगा है। सुबह तक बचे रहे तो कर्फ्यू खुलने पर चुपचाप कैंप को लौट जाना। और देखो, कोई सामान-वामान लेकर नहीं जाना है। सामान ले जाने में जान का खतरा है। जाकर उन बेवकूफों को समझा दो, जिन्होंने तुम्हें भेजा है।"

वे दोनों बहुत धीरे से साइकिलें ठेलते हुए आगे बढ़ गए। बिरजू पलटकर पीछे देख रहा था, कहीं उनके आगे बढ़ते ही बलोच पीछे से गोली न मार दे। पर वैसा कुछ नहीं हुआ। बलोच अपनी जगह खड़ा चुपचाप उन्हें देखता रहा और फिर दो-तीन छलाँगों में कृष्णा कॉटेज की ड्योढ़ी में गायब हो गया।

बिरजू ने गोपाल की चिंता नहीं की। झपटकर उसने अपने मकान का दरवाजा खोला और ड्योढ़ी में जा पहुँचा।

"गोपाल बाबू! अब तुम भी इधर ही आ जाओ।" उसने कहा और भीतर गायब हो गया।

गोपाल उसके पीछे-पीछे भीतर चला गया। बलोच ने कहा था—कर्फ्यू में बाहर नहीं जाना है और फिर सुबह भी कोई सामान लेकर नहीं जाना है। फिर वह अपने मकान के ताले खोलकर क्या करेगा? गली में बलोच मिलिट्री है और गली के बाहर फसादी मुसलमान! वह अपने मकान में अकेला क्या करेगा? दो ही तो वे जने हैं। अच्छा है कि दोनों एक ही मकान में साथ-साथ रहें।

उसने अपने पीछे आँगन का दरवाजा भिड़ा दिया। बलोच ने कहा था—दरवाजा अंदर से बंद मत करना। कहीं वह देखने ही न आ जाए। उसकी बात मानने में ही उनकी भलाई थी, नहीं तो एक बार बंदूक दागना उसके लिए क्या मुश्किल था!

वह आँगन में आकर खड़ा हो गया।

बिरजू भी उसे देखकर बाहर निकल आया। वह शायद गुसलखाने में छिपा हुआ था। उसके चेहरे का रंग एकदम सफेद था और उसकी आँखें अभी भी फटी हुई थीं।

"वह हमको मारेगा तो नहीं?" उसने बहुत धीरे से पूछा।

"अपनी नाक पोंछ ले, बह रही है।" गोपाल ने कहा।

गोपाल धीरे-धीरे चलता हुआ ड्राइंगरूम में चला गया। यह लालाजी की बैठक थी। उन्होंने अपनी दोनों पत्नियों की तस्वीरें बड़े समारोह से दीवारों पर टाँग रखी थीं।

"गोपाल बाबू! वह····"

उसने बिरजू को देखा। वह भी उसके पीछे-पीछे ड्राइंगरूम में आ गया था और शायद अब भी जानना चाहता था कि बलोच सिपाही उन्हें मारेगा तो नहीं ?

गोपाल उसे पिछले दो वर्षों से देख रहा था, जब से वह लालाजी के घर नौकर हुआ था, पर शायद उसने इतने ध्यान से उसे कभी भी नहीं देखा था। बारह-चौदह वर्ष का यह पहाड़ी लड़का, साफ-सुथरे कपड़े पहनता तो शायद सुंदर कहलाता। रंग

उसका गोरा था, नाक तीखी थी, उठी हुई और पता नहीं उसकी आँखों का रंग हलका नीला कैसे था। इस समय वह डरे हुए चूजे के समान उसके पीछे-पीछे मँडरा रहा था।

"देख बिरजू !" गोपाल ने कुछ स्थिर स्वर में कहा, "हमें रात यहीं काटनी है, तू जानता है। फिर भूखे तो नहीं रहा जाएगा। कुछ खाना-वाना पका और बलोच की बंदूक को भूल जा।"

"खाना !" बिरजू ने नाक से सड़ूँ किया और आँखें उलटी हथेली से पोंछ डालीं, "कैंप में चलकर बना दूँगा। गोपाल बाबू, पहले यहाँ से निकलो।" वह बहुत दीन हो गया था, "मुझे उस बलोच से बहुत डर लगता है।"

"देख बिरजू !" गोपाल ने उसे समझाया, "डरने से काम नहीं चलेगा। रात को हमें यहाँ रहना ही है। रात-भर टिके रहे तो शायद सवेरे बचकर निकल जाएँ। रात को निकलने की कोशिश की तो बस ठायँ !"

"ठायँ !" बिरजू के मुँह से अनायास निकला। उसकी आँखें जैसे फट-सी पड़ीं और वह गिरने के-से अंदाज में जमीन पर बैठ गया। उसके चेहरे पर इस मौसम में भी पसीने की बूँदें उभर आई थीं। वह बदहवास-सा गोपाल को अपनी फटी आँखों से घूरे जा रहा था।

गोपाल उसकी हालत देखकर परेशान हो गया। वह पहले ही कम चिंतित नहीं था। यह पता चलने पर कि दो हिंदू अभी भी इस मकान में हैं⋯कोई भी आकर इस मकान पर मिट्टी का तेल या पेट्रोल छिड़क आग लगा सकता था। मकान को आग न भी लगे तो भी उसके लिए छुरे का एक हाथ ही पर्याप्त था। या फिर बलोच सिपाही की गोली⋯उसने कहा था, 'अगर सवेरे तक बचे तो⋯' पता नहीं सवेरे तक बचना है या नहीं! और ऊपर से बिरजू की हालत⋯!

कल रात जब मुहल्ले पर एक बड़ी भीड़ ने हमला कर दिया था तो मुहल्ले की सुरक्षा समिति का सारा प्रबंध क्षण में ही छिन्न-भिन्न हो गया था। भीड़ के एक दहाड़ते हुए नारे—'अल्लाहो अकबर' के उत्तर में सुरक्षा समिति के स्वयंसेवकों ने बहुत डरे हुए स्वर में 'जय बजरंगबली' कहा था, पर लड़ाई नहीं हो सकी थी। दो मकानों को आग लगी और लोग भाग खड़े हुए।

उस समय शायद किसी ने भी कोई सामान साथ नहीं लिया था। सबको अपनी-अपनी जान की पड़ी थी, सामान की कौन सोचता ? तब वह स्वयं कैसे अपनी बीमार माँ के साथ कैंप तक पहुँचा था, उसे याद नहीं। सारी की सारी रात भाग-दौड़ में कट गई थी। पर सवेरे से जब कैंप में कुछ स्थिरता आई और डोगरा मिलिट्री के

पहरे में उन लोगों में सुरक्षा की भावना आई, तब से उसके मन में यह चिंता घर कर गई थी। माँ पिछले पाँच वर्षों से बीमार चली आ रही थी। उस कैंप में मिलिट्री वालों की दी हुई केवल एक दरी बिछाकर सुलाने से क्या अच्छा नहीं था कि वह उसे घर पर ही छोड़ आता। जब तक जीती, आराम से रहती और फिर किसी दंगाई के हाथों मारी जाती।

दिन-भर वह माँ की तकलीफ देखता रहा था और सोचता रहा था। जब शाम ढलने लगी तो उसके सम्मुख एक लंबी रात आ खड़ी हुई, तब माँ को सुलाने की समस्या उसके सामने थी। यदि माँ को इसी प्रकार रात काटनी पड़ती तो शायद वह सवेरा न देखती। और सारे कैंप में कोई ऐसा आदमी नहीं था, जो उसे एक खेस या चादर भी दे सकता।

ऐसे ही क्षणों में उसने वापस लौटने का निर्णय लिया था। उसे पूरा विश्वास था कि उनके घर जले नहीं होंगे, लुटे नहीं होंगे। वे जैसे ताले बंद करके आए हैं, वैसे ही होंगे।

उसने चाहा था कि कुछ लोग और भी उसके साथ चलें, पर एक बार निकलकर फिर कोई मौत के पंजों की ओर लौटने को तैयार नहीं था। केवल उसके पड़ोसी लालाजी ने अपने नौकर बिरजू को साथ कर दिया था कि वह भी अपने कुछ कपड़े ले आएगा। बिरजू या तो अपने मालिक की बात अस्वीकार नहीं कर सका था या फिर शायद उसे अंदाज ही नहीं था कि घर लौटना कितने जोखिम का काम है। और गोपाल ने भी साथ पा लेने के भाव से उसे स्वीकार कर लिया था।

उसने हाथ पकड़कर बिरजू को उठाया—"उठ बे, क्या पागलपन कर रहा है ?"

"बाबूजी ! गोपाल बाबू !" बिरजू हकलाता जा रहा था। वह अपने पैरों पर खड़ा नहीं हो पा रहा था।

गोपाल ने अपनी पूरी ताकत से उसे उठाकर खड़ा कर दिया, "उठ, खड़ा हो !"

वह खड़ा हो गया और फिर गोपाल और बिरजू की नजर एक साथ ही उसके गीले पाजामे पर जा पड़ी। गोपाल समझ गया कि वह खड़ा क्यों नहीं हो रहा था।

"जा, जाकर कपड़े बदल!" गोपाल ने कुछ सख्त आवाज में कहा।

"मेरे पास और कपड़े नहीं हैं।" बिरजू शायद रो रहा था, "लालाजी ने कल ही कहा था कि वह मुझे नया पाजामा बनवा देंगे।"

गोपाल सहसा खीझ उठा, "पागल मत बन ! सारे घर की चाबियाँ तेरे पास हैं। चाहे लालाजी की गर्म पतलून पहन ले, तेरा कोई हाथ पकड़ लेगा ?"

"लालाजी को पता चला तो ?" बिरजू ने कहा।

"अबे, लालाजी अब लौटेंगे क्या !" गोपाल बोला, "सब कुछ पाकिस्तान में ही रह जाएगा। जो पहन सकता है, पहन ले। जो खा सकता है, खा ले। कोई कुछ नहीं कहेगा। सारा घर तेरा है।"

गोपाल की बात का बिरजू पर चमत्कारिक प्रभाव पड़ा। उसके चेहरे का रंग बदल गया। वह जैसे अपनी खुशी रोकने का प्रयत्न कर रहा था। उसकी आँखों में एक शैतानी मुस्कराहट आ गई थी। वह भूल गया था कि अभी कुछ देर पहले उसने डर के मारे पाजामे में पेशाब कर दिया था। कोई बात उसके होंठों तक आ-आकर रुक रही थी और वह बार-बार गोपाल की ओर देखकर आँखें झुका ले रहा था।

"क्या बात है ?" गोपाल ने पूछा।

"मैं लालाजी की गर्म पतलून पहन लूँ ?" उसने कहा।

गोपाल ने क्षण-भर उसे ताका—तो यह बात थी! उसे बिरजू की मूर्खता पर हँसी भी आ रही थी और क्रोध भी।

"पहन ले।" उसने कहा।

"और अगर लालाजी नाराज हुए ?" बिरजू ने फिर पूछा।

"कह देना, गोपाल बाबू ने कहा था।"

"और⋯"

"अब और क्या है ?" गोपाल के जी में आया, उसे एक चाँटा लगाकर कहे, 'साले, यह तेरे नखरे करने का समय है।'

"और⋯और⋯" बिरजू फिर वैसे ही मुस्करा रहा था, "मैं अपने लिए भी बासमती के महीन चावलों का पुलाव बना लूँ, जैसे लालाजी के लिए बनाया करता था।"

"बना ले साले, बना ले।" गोपाल दाँत पीसकर भिंचे हुए स्वर में बोला। बिरजू ने नजर उठाकर उसे देखा। मद्धिम-सी हँसी हँसा और बरफ-मलाई खाने के लिए माँ से पैसे लेकर गली की ओर जाते हुए खिलंदड़े लड़के के समान भाग गया।

गोपाल फिर अपने विषय में सोचने लगा था। वह यदि कैंप तक लौट नहीं पाया तो उसकी बीमार माँ⋯क्या इससे अच्छा यह नहीं था कि वह माँ के आराम की चिंता छोड़ अपने जीवन की चिंता करता। माँ को अधिक नहीं जीना था और उसके सामने अभी सारी जिंदगी पड़ी थी। अभी तो दंगे-फसाद के बीच में वह अपने भविष्य के विषय में सोच नहीं पाता था, पर कभी तो शांति होगी। हिंदुस्तान में जाकर तो वे नया जीवन आरंभ कर सकते थे। जब वहाँ जाकर सरला को पता चलेगा कि वह माँ के लिए बिस्तर लेने के लिए वापस घर लौटा था और फिर उसे किसी ने नहीं देखा था, तो वह क्या करेगी⋯

सरला···सरला किस कैंप में होगी···

और सहसा उसकी नाक में तेज गंध आई···! क्या घी ? हाँ, शुद्ध देसी घी था, जिसकी खुशबू चारों ओर फैल रही थी। शायद बिरजू पुलाव बना रहा था।···साला, मरवाएगा मुझे भी···वह आशंकित हो उठा···यह नहीं कि सादा-सा कुछ बना ले, जो खाकर हम पड़े रहें। उलटे असली घी की गंध उड़ा-उड़ाकर अपने यहाँ होने का विज्ञापन कर दंगाइयों को बुला रहा है। अभी एक छुरा पेट की आँतें निकालकर थाली में सजा देगा तो फिर खाता रहे पुलाव !

वह बिना आवाज किए पैर दबा-दबाकर जितनी जल्दी संभव था, लालाजी की रसोई में पहुँचा।

इतनी ही देर में बिरजू एकदम बदल गया। वह बीच रसोई में पालथी मारकर निश्चिंत बैठा था। उसके चारों ओर रसोई की हर चीज बिखरी पड़ी थी। मिर्च-मसाले, घी, दालें, कल की लाई हुई सब्जियाँ, विभिन्न प्रकार के चावल, जैसे वह उनमें चुनाव करता रहा हो। स्टोव पर चढ़े हुए पतीले में वह मस्त होकर प्याज भून रहा था शायद।

सहसा बिरजू को किसी के वहाँ होने का अहसास हुआ और वह अचकचाया हुआ आँखों में आशंका लिए मुड़ा। पर उसकी आँखों में वह भय नहीं था, जो थोड़ी देर पहले गोपाल ने देखा था।

बिरजू उसके आर-पार देखता रहा, जैसे उसे पहचान न पा रहा हो, फिर उसकी आँखों में पहचान लौटी। वह खिसियानी-सी हँसी हँसा, "मुझे लगा, जैसे बीबीजी आ गई हैं। तभी तो समझ नहीं सका कि बीबीजी ने अपनी सुत्थन की जगह लालाजी का पाजामा क्यों पहन रखा है···?"

गोपाल के जी में आया, कहे, 'साले, तुझे बीबीजी और लालाजी का डर लग रहा है, छुरे और बंदूक का डर नहीं है···?'

पर उसने कुछ कहा नहीं। बिरजू लालाजी की गर्म पतलून पहने अपनी रसोई में निश्चिंत था। उसे फिर से बाहर खड़ा बलोच सिपाही याद दिला दिया जाता तो इस बार शायद वह रसोई भी गंदी करता।

गोपाल चुपचाप लौट आया। अच्छा है कि अब वह बिरजू के मारे परेशान नहीं था। वह बिना डिस्टर्ब हुए सोच सकता था और कैंप तक लौटने की समस्या पर ध्यान दे सकता था।

यह निश्चित था कि वह सुबह तक यहाँ रुकना नहीं चाहता था। पता नहीं, सुबह की नौबत भी आए या नहीं ? और फिर सूरज के उजाले में यहाँ से कैंप तक जाने का कोई अर्थ ही नहीं था। वह अगले मुहल्ले तक भी नहीं पहुँच पाएगा। रात

में यदि वे लोग कूचाबंदी के भीतर वाले सिपाही की नजर बचाकर ट्रंकों वाला बाजार पार कर सकें तो बहुत है। बाहर सड़क पर कर्फ्यू के कारण कोई नहीं मिलेगा। पुलिस या मिलिट्री का कोई सिपाही मिला भी तो यदि वे लोग भागने की कोशिश न करें और पकड़े जाएँ और यह प्रकट करें कि हमला होने पर वे घर से भागे हैं तो वे लोग या तो उन्हें किले वाली जेल में ले आएँगे या कैंप में। दोनों ही स्थितियों में वे सुरक्षित हैं।···पर यदि रात वाले बलोच ने कूचाबंदी से बाहर निकलते हुए देख लिया तो वह समझ लेगा कि वे जानबूझकर भाग रहे हैं। वह अवश्य उन्हें गोली मार देगा।

वह सिहर-सा गया। कच्ची और ठंडी मिट्टी पर बिछी दरी पर तड़पती हुई माँ उसकी आँखों में घूम गई और फिर सरला···सरला ने गोटे वाली साड़ी पहन रखी थी, जो उसने फेरों के लिए बनवाई थी, सुच्चे गोटे वाली साड़ी···!

"गोपाल बाबू ! आ जाओ ! रोटी खा लो !" उसने बिरजू की आवाज सुनी और वह उछलकर अपनी जगह खड़ा हो गया।

"आहिस्ता गधे ! आहिस्ता !" वह बुदबुदाया और भागता हुआ रसोई में चला गया।

बिरजू ने दो बड़ी-बड़ी थालियाँ परोस रखी थीं। बढ़िया बारीक बासमती चावल, तैरता हुआ शुद्ध देसी घी, इलायची, दालचीनी, मटरों तथा धनिए का ढेर।

बिरजू सातवें आसमान पर उड़ रहा था। उसे इतना निश्चिंत और प्रसन्न गोपाल ने पहले नहीं देखा था। बिरजू उसे देखकर हँसा, "घी और डालूँ गोपाल बाबू ?" उसने देसी घी के पीपे में हाथ डाला।

"बस, ओए बस !" गोपाल ने उसे झिड़क दिया, "इतना कौन खाएगा ? तू तो दावत करने बैठा है।"

"और खाओ गोपाल बाबू !" बिरजू को परिस्थितियों का कोई एहसास नहीं था, "अभी तो बहुत सारा है।"

गोपाल के मन में वितृष्णा-सी घिर आई थी। उसका मन खाने को नहीं कर रहा था। एक बार तो जी में आया कि वह खाने को मना कर दे, पर फिर टाल गया। खाने की बात उसी ने तो चलाई थी। अब कैसे कह दे कि उसे भूख नहीं है ?

"अरे, ठहरो गोपाल बाबू !" बिरजू सहसा उठ गया, "मैं तो भूल ही गया।"

वह उसे देखता ही रह गया और बिरजू मियानी की सीढ़ियाँ चढ़कर ऊपर चला गया। ऊपर से उसके गुनगुनाने का स्वर भी आ रहा था और गोपाल का मन डूबता जा रहा था···इस लड़के की हरकतों से आज कोई अनर्थ होगा।

बिरजू लौटा तो उसके एक हाथ में गोभी के मीठे अचार का मर्तबान था और

दूसरे में सेब के मुरब्बे का।

"चाँदी के वरक भी हैं। लाऊँ ?" उसने कहा, "मुरब्बे पर लगाकर खाएँगे।"

"बैठ यहाँ !" गोपाल को आखिर कहना ही पड़ा, "ज्यादा हुड़दंग मत मचा कि बलोचों की नीयत खराब हो और वे तेरी दावत खाने आ पहुँचें। वे एक ही गोली में तेरा पेट भर देंगे।"

बिरजू ने क्षण-भर को बुरा-सा मुँह बनाया और अपनी थाली की ओर झुक गया। पुलाव के दो-चार बड़े-बड़े कौर खाते ही उसका मूड ठीक हो गया। उसने मुरब्बे के कई टुकड़े अपनी थाली में डाल लिए थे। वह बहुत तेजी से खाता जा रहा था।

"बिरजू !" गोपाल ने कहा, "इस हिसाब से खाना कि तबीयत खराब न हो।"

"परवाह मत करो, बाबूजी !" बिरजू पुलाव से भरे हुए मुँह से गपगपाता हुआ बोला, "लालाजी रोज खाते थे, उनकी तबीयत कभी खराब नहीं हुई। उलटे, देख-देखकर मेरी ही तबीयत खराब होती रहती थी।"

"सुन ओए !" गोपाल का स्वर कुछ और तीखा हो गया था, "हमें सोना नहीं है, रात-भर जागना है। बारी-बारी पहरा देना है और अवसर मिलते ही खिसक जाना है। हमें रातों-रात कैंप पहुँचना है···"

"अच्छा।" बिरजू ने बड़ी बेरुखी से कहा और दो चम्मच घी के अपनी थाली में और डाल लिए।

"मुझे काफी देर से भाबड़ों के मुहल्ले में हलचल-सी सुनाई पड़ रही है। वहाँ शायद आज रात हमला हो। हो सकता है, यहाँ भी कोई आ जाए।" गोपाल ने उसे फिर चेताया।

"अच्छा-अच्छा !" उसने बेरुखी से कहा और पानी का गिलास पीकर लंबी-सी डकार ली और फिर खाने में जुट गया।

गोपाल ने अब तक जो दो-चार कौर खाए थे, वे उसकी छाती पर ही पड़े थे। उसे उबकाई-सी आ रही थी। और खाता तो शायद उलटी हो जाती।

उसने अपना हाथ रोक लिया। वह और नहीं खाएगा।

वह उठा और बाल्टी से पानी लेकर हाथ धोने लगा। बिरजू ने एक बार 'अरे, और खाओ न, गोपाल बाबू' से अधिक कुछ नहीं कहा। वह खाता रहा।

गोपाल उठकर ड्योढ़ी में चला गया। उसने भिड़ाया हुआ बाहरी दरवाजा हलके से खोला और बाहर झाँका। गली में अँधेरा और शांति थी। कूचाबंदी सिपाही बाहर आया था। उन्होंने शायद वहाँ आग जला रखी थी। थोड़ी-सी रोशनी गली में झाँक रही थी।

इधर से बाहर नहीं जाया जा सकता—उसने सोचा।

गली के दूसरे सिरे पर गुज्जरों के कुछ घर थे। उधर भी हलकी-हलकी आवाजें आ रही थीं। उधर से जाना भी मुश्किल था। एक ही रास्ता था कि वह चाची रेशमा के घर चला जाए। वह मुसलमान थी तो क्या हुआ ? वह उससे कितना प्यार करती थी। और फिर जब उसके बेटे सलामत की मृत्यु हुई थी, उसने गोपाल को लगभग अपना बेटा ही माना था।···और कोई रास्ता नहीं था। चाची रेशमा का घर गुज्जरों के घरों के साथ मिला हुआ था। वह चाहेगी तो अभी या बाद में किसी भी समय उन्हें बाहर निकाल देगी···

उसने हलके-से दरवाजा भिड़ा दिया और घर के भीतर लौट आया।

बिरजू रसोई में नहीं था। वह बैठक में भी नहीं था। गोपाल को वह लालाजी के सोने के कमरे में मिला। वह लालाजी के गद्देदार पलंग पर रजाई ओढ़े पड़ा था। पलंग की साथ वाली तिपाई पर लालाजी का हुक्का पड़ा था। नली हाथ में लिए बिरजू हुक्का गुड़गुड़ा रहा था। चारों ओर सुगंधित तंबाकू की गंध उड़ रही थी।

"बिरजू !" गोपाल ने अपने गले से निकलती चीख को बड़ी कठिनाई से भींचा।

"आओ गोपाल बाबू !" बिरजू ने खिसककर उसके लिए जगह बनाई, "आओ, बैठो ! हुक्का पियोगे ?"

गोपाल को लगा, बिरजू ने घी नहीं खाया, अफीम खाई है। उसकी आँखों में गुन्नोदगी थी। वह आधा सोया हुआ लग रहा था। जैसे सोए-सोए या गहरे नशे में से बड़ी मुश्किल से उसने आँखें खोली हों और वे फिर से झपक जाने को तैयार हों।

गोपाल उसे घूरता रहा, पर बिरजू पर कोई प्रभाव नहीं पड़ा। वह पहले ही सो चुका था और सोए-सोए ही हुक्का गुड़गुड़ा रहा था, जैसे छोटा बच्चा सोए-सोए आदतवश ही दूध पी लेता है।

"बिरजू, हमें सोना नहीं है।" गोपाल ने झुककर उसके कान में कहा, "हमें रात-भर बारी-बारी पहरा देना है।"

"अच्छा !" बिरजू वैसे ही नशे में बोला, "दे लेंगे। पहले थोड़ा आराम कर लूँ।"

और गोपाल के देखते-देखते ही बिरजू हुक्के की नली मुँह में लिए करवट बदलकर सो गया।

गोपाल हतप्रभ-सा खड़ा उसे देखता रहा। उसके कान बाहर से आने वाली आवाजों पर लगे हुए थे। किसी दूर के मुहल्ले से चीख-पुकार की आवाजें आ रही थीं, जो बलोच सिपाहियों के ऊँचे कहकहों में डूब गई थीं।

संकट

संदीप की नींद जल्दी ही खुल गई। यह उसका स्वभाव भी था और अभ्यास भी। भैया उससे भी पहले उठे हुए थे और भाभी को जगाने का प्रयत्न कर रहे थे। उनका भी यह अभ्यास ही था। वे इसे अपना रोग मानते थे। रात्रि के पहले पहर में वे जितना सो लेते थे, सो लेते हैं। एक बार उनकी नींद उचट जाती है तो फिर सो नहीं पाते। यही कारण है कि वे रात को जल्दी सो जाना चाहते हैं। रात को जल्दी सो पाएँ, न सो पाएँ; पर प्रातः उनकी नींद कभी तीन बजे उचट जाती है और कभी चार बजे। वे प्रयत्न करते हैं कि सो न भी सकें, तो लेटे तो रहें, ताकि जो सो रहा है, उसे किसी प्रकार की बाधा न हो। पर अकारण लेटे रहना भी तो निष्क्रियता के जीवन की लंबी साधना के पश्चात् ही संभव हो पाता है। भैया के लिए अकारण लेटे रहना बहुत बड़ी यातना थी। परिणाम यह होता था कि वे भाभी को जगाना आरंभ कर देते थे। वे मना करती थीं, उपेक्षा कर जाती थीं, गहरी नींद में होने का नाटक करती थीं, पर वे उन्हें जगाकर ही मानते थे, 'उठो अब ! चाय बनाकर दो एक कप। बहुत देर से प्रतीक्षा कर रहा हूँ, पर तुम्हारी तो नींद ही पूरी नहीं होती।'

भैया ने घर के अनेक प्रकार के दायित्व स्वयं ओढ़ रखे थे, किंतु रसोई उनके लिए निषिद्ध क्षेत्र था। इसलिए प्रातः उठकर चाय बनाने और अपने साथ-साथ अपनी पत्नी को भी प्रातः की चाय पिलाने का गौरव वे कभी प्राप्त नहीं कर पाए। इन बातों के लिए वे भाभी पर ही निर्भर रहते थे। भाभी की पाककला की प्रशंसा उन्होंने चाहे कभी न की हो, किंतु रसोई सँभालने का दुस्साहस भी उन्होंने कभी नहीं किया।

जागकर वे अपनी विविध व्यस्तताओं में उलझे रहते थे। उन्हें चाय पीनी थी। शौच करना था। भाभी से पूछकर उस दिन बाजार से लाई जाने वाली वस्तुओं की सूची बनानी थी। उनके ध्यान में यह भी रहता था कि उनके कारण किसी को किसी प्रकार की कोई असुविधा न हो। इसलिए वे प्रतीक्षा करते रहते थे कि स्नानघर खाली हो तो वे नहाने जाएँ। साधारण दिनों में तो वे उस समय समाचार-पत्र पढ़ना अथवा आकाशवाणी के समाचार सुनने का भी काम कर लेते थे। इन दिनों उन्होंने यह सब स्थगित कर रखा था। घर में इतने अतिथि आए थे। चाहे अवसर शोक का था, किंतु

घर तो उनका था और जो आए थे, वे उनके अतिथि थे। उनकी देखभाल करना उनका काम था। वे आतिथ्य का स्तर भी नहीं गिराना चाहते थे। चाहे आँखों में आरंभिक मोतिये के कारण उन्हें दूर तक और स्पष्ट देखने में कठिनाई होती थी। चाहे सूजे हुए घुटनों के कारण सीढ़ियाँ चढ़ने-उतरने और चलने-फिरने में उन्हें कष्ट होता था। चाहे सड़सठ वर्ष की आयु में उन्हें थकान होने लगी थी और मन विश्राम के लिए अकुलाने लगा था। पर अपने अतिथियों की देखभाल तो वे करेंगे ही। वे स्वयं को असमर्थ मानकर शांति से एक ओर बैठ जाएँ और अपने अतिथियों को किसी और की कृपा पर छोड़ दें, यह अभी तो उनके लिए संभव नहीं था।

संदीप को इस प्रकार का कोई काम नहीं था, जो उसे रोके रखता। न उसे चाय पीनी थी, न शौच करना था। चाय छोड़ देने और दाढ़ी बढ़ा लेने के कारण वह भवबंधन से मुक्त हुआ हो या न हुआ हो, कुछ कर्मबंधनों से तो मुक्त हो ही गया था। प्रातः उठकर वह सबसे पहले नहा-धोकर तैयार हो जाता था। अपने घर में तो उसको पूजा-पाठ के लिए भी एक घंटे की आवश्यकता होती थी। यहाँ उतना न सही, पर प्रदीप की शब्दावली में थोड़ा बहुत पाखंड तो उसको यहाँ भी करना ही होता था। उसके बिना उसका दिन आरंभ ही नहीं होता था।

नहा-धोकर संदीप पलंग पर ही बैठ गया। जो मानसिक पूजा और पाठ कर सकता है, यहीं से कर लेगा। भैया के घर में मंदिर तो था, पर वही अलमारी संस्कृति वाला। एक अलमारी में फर्श से चार फुट ऊपर के एक खाने में कुछ चित्र और छोटी मूर्तियाँ रखी हुई थीं, जहाँ भाभी दिन में धूप-दीप जलाती थीं; और भैया भी खड़े-खड़े कुछ प्रार्थना कर भगवान् को हाथ जोड़ लेते थे। संदीप को वह पर्याप्त नहीं लगता था। उसे बैठने का स्थान भी चाहिए था। बिना बैठे न तो मन कुछ स्थिर होता था, न ध्यान ही लगता था। बैठकर वह सब हो ही जाएगा, इसकी कोई आश्वस्ति नहीं थी; किंतु खड़े होकर तो हाथ जोड़कर मस्तक ही झुकाया जा सकता था, माथा टेकना तक संभव नहीं था। उसे पूजा और पाठ मानना संदीप के लिए संभव नहीं था।

उसने पलंग पर बैठकर ही आँखें बंद कर लीं और स्मृति से ही प्रार्थना, स्तुति इत्यादि मन ही मन दोहराने लगा। वह जानता था कि इस प्रकार वह आधी पूजा भी नहीं कर पाएगा। घर पर वह अधिकांशतः विभिन्न पुस्तकों से उनके कुछ अंश पढ़ता था। वे पुस्तकें यहाँ उसे उपलब्ध नहीं थीं। फिर यहाँ एकांत भी नहीं था। बाहर अनेक प्रकार के स्वर थे। कुछ स्वर ध्यान को भी खींच लेते थे। इसी से प्रदीप उसे उसका पाखंड कहता था। धर्म अथवा पूजा-पाठ से उसका कोई विरोध नहीं था, चाहे उसके अपने नित्यकर्म में पूजा के लिए कोई स्थान नहीं था। इसलिए वह पूजा करने वालों

को 'पाखंडी' कहकर बहुत प्रसन्न होता था। उससे वह स्वयं को कहीं उनसे कुछ श्रेष्ठ अनुभव करने लगता था। वह पूजा नहीं करता था, पर पाखंड भी तो नहीं करता था। प्रदीप पहले तो ऐसा नहीं था। हठी वह आरंभ से ही था, पर इस प्रकार सनका हुआ नहीं था। जबसे नौकरी छोड़ दी थी, संदीप को तो वह आतंक-सा ही लगने लगा था।

संदीप ने पूजा पूरी की। उठकर वह प्रणाम करने के लिए मंदिर वाली अलमारी के सम्मुख आ खड़ा हुआ। पहली दृष्टि में यह तो दिखाई दिया कि वहाँ अनेक देवी-देवताओं के चित्र हैं। कुछ बहुत छोटी-छोटी मूर्तियाँ भी थीं, जिनको उस अँधेरे खाने में पहचानने के लिए भी प्रयत्न करना पड़ता था। फिर भी उसने पहचाना, जिस चित्र पर लाल चुनरी चढ़ाई गई थी, वह माता वैष्णोदेवी का चित्र था। एक दशभुजा दुर्गा का चित्र था। एक ओर हनुमान जी का चित्र था। राम दरबार की भी एक झाँकी थी। वेणुगोपाल का भी एक चित्र पहचान में आ रहा था। शिव परिवार का एक पूरा चित्र था।…और उन सबके सम्मुख किंतु आकार में उनसे कुछ छोटा किसी विदेशी महिला चेहरे का चित्र था। उसके सिर पर इंग्लैंड के राजा जॉर्ज पंचम के ताज जैसा ताज था और उस पर बड़ी प्रमुखता से ईसा की सलीब चित्रित थी।

संदीप चौंका। इस मंदिर में इस चित्र का क्या काम?

क्या किसी बच्चे ने लाकर इस चित्र को अपनी नासमझी में इस मंदिर में रख दिया है ? किसका चित्र है यह ? और भैया-भाभी ने इस चित्र को यहाँ से हटाया क्यों नहीं ?

संदीप हाथ जोड़कर वहाँ से हट गया।

घर में उसके लिए कोई काम नहीं था। संदीप जब इस प्रकार प्रवास के लिए निकलता था तो अपना लिखने-पढ़ने का काम साथ नहीं लाता था। वह जानता था कि इस प्रकार के अवसरों पर कहीं भी उसे ऐसा समय और परिवेश नहीं मिल सकता था कि वह अपने लिखने के विषय में कुछ सोच सके। चारों ओर की गतिविधियों के तीव्र आघात, मन में बनी किसी रचना अथवा किसी विचार-बिंब को छिन्न-भिन्न ही कर सकते थे। एक-एक मिनट में तो प्रदीप के ही आघात हो रहे होते थे। वह न स्वयं चुप रहना चाहता था और न किसी और को चुप रहने देना चाहता था। उसके भीतर ऊर्जा का अजस्त्र स्रोत था, किंतु उसने किसी भी प्रकार का कोई भी काम न करने का संकल्प कर लिया था। बस, एक ही काम था—घर में बैठे रहना और किसी न किसी को ललकारते रहना। वह उस वाग्मल्ल के समान था, जो प्रत्येक व्यक्ति को चुनौती दे रहा था कि आओ और मुझसे पंजा लड़ा लो। वह अखाड़ेबाजों के समान हर क्षण अपनी विजयपताका फहराने का प्रयत्न करता रहता था। यह दूसरी बात

थी कि उसके वाक्युद्ध का आधार तर्क अथवा ज्ञान न होकर ऊँचा बोलना और अपनी हठ पर अड़ जाना ही था। जब वह तर्क पर टिक नहीं पाता था तो विरोधी को गिराने के लिए संवाद का स्तर गिराने पर आ जाता था। कुछ अधिक स्थूल और अपरिष्कृत बातें कह देने में वह संकोच नहीं करता था। विपक्षी उस स्तर पर नहीं उतरना चाहता था, इसलिए चुप हो जाता था और प्रदीप उसे अपनी जीत मानकर बहुत प्रसन्न होता था। कोई भी काम करने अथवा कहीं आने-जाने में उसने अपनी असहमति घोषित कर रखी थी। पर कुछ तो करना था, इसलिए दिन-भर किसी न किसी से उलझता रहता था।

इस समय सुबह-सुबह संदीप उससे उलझना नहीं चाहता था। ऐसे में संदीप के लिए एक ही रास्ता था कि वह समाचार-पत्र लेकर एक कोने में बैठ जाए और नाश्ता बनने की प्रतीक्षा करे। पर समाचार-पत्र का भी तो अपना नशा होता है। दिल्ली में उसके घर-परिवार के चार सदस्यों के लिए चार समाचार-पत्र आते थे, उनकी अपनी-अपनी रुचि और आवश्यकता के अनुसार। उन चार समाचार-पत्रों को संदीप पंद्रह मिनटों में उलट-पलटकर एक ओर फेंक देता था। उसका मन उन समाचारों में नहीं रमता था। न तो राजनीति की धूर्तताएँ उसको अच्छी लगती थीं और न ही मिर्च-मसाले वाली अपराध-कथाएँ उसे लुभाती थीं। उसे सदा से शिकायत रही थी कि समाचार-पत्रों में जीवन का सुंदर रूप कभी चित्रित नहीं होता। वे लोग जीवन की विकृतियों को ही समाचार मानते हैं और जीवन का सुंदर और सात्त्विक रूप उनकी दृष्टि से सदा ओझल ही रहता है। अपने पत्रकार मित्रों से कभी ऐसी बात कह देता तो उन लोगों का अहंकार जाग उठता और वे पत्रकारिता को साहित्य से भी ऊँची चीज प्रमाणित करने में जुट जाते या समझौता इस आधार पर करते कि पत्रकारिता जल्दी में लिखा गया साहित्य ही तो है…।

संदीप को श्रीरामकृष्ण परमहंस की बात स्मरण हो आती थी। वे समाचार-पत्र को सांसारिकता का निकृष्टतम रूप मानते थे और जिस कमरे में समाचार-पत्र रखा हुआ हो, उसमें बैठते तक नहीं थे। गिरीशचंद्र घोष के आग्रह पर उसके घर गए तो द्वार पर ही खड़े हो गए। सबने उनकी ओर देखा तो उन्होंने समाचार-पत्र की ओर संकेत किया, 'पहले इसे हटाओ।'

संदीप को उनकी बात बहुत ही सत्य और बहुत ही उपयोगी लगती थी। क्या था समाचार-पत्रों में कि जिसके लिए देश का प्रत्येक पढ़ा-लिखा व्यक्ति ब्रह्ममुहूर्त से ही प्रतीक्षा करने लगता था, जिससे वह अपने दिन का शुभारंभ करना चाहता था ? क्या जानने को इतना आतुर रहता था वह, कि पिछले चौबीस घंटों में उसके क्षेत्र

में कितनी हत्याएँ हुईं ? कितने बलात्कार हुए? कितने डाके पड़े? अधिकांशतः अपराधियों के नामों, कृत्यों और चित्रों से भरा-पूरा वह समाचार-पत्र व्यक्ति को जीवन के विषय में कौन-सा उपयोगी मार्ग दिखा सकता था।···और इस समय तो वैसे भी शोक का अवसर था। मन अवसाद से घिरा हुआ था। ऐसे में समाचार-पत्र उसको तनिक भी आकर्षक नहीं लगा।

घर में आए हुए कुछ लोग फ्रांस में हो रहे विश्व फुटबॉल के संदर्भ में जानने के लिए बहुत उत्सुक थे। पर संदीप के लिए किसी भी स्थान पर होने वाली कोई खेल प्रतियोगिता मनोरंजन का साधन मात्र थी। वह उसे संसार का सबसे बड़ा समाचार मानने को तैयार नहीं था। यह तो विज्ञापन के युग का ही चमत्कार था कि कुछ प्रत्यक्ष दर्शकों का मनोरंजन आज विश्व का सबसे बड़ा समाचार और गौरव का विषय बना हुआ था।

भाभी नहाकर अपने मंदिर में धूप-दीप जलाने आ गईं। भैया भी उनको खोजते-खोजते वहाँ आ गए थे—कुछ पूछने अथवा कहने के लिए। भाभी को मंदिर के सम्मुख हाथ जोड़े खड़े देखकर रुक गए। भाभी ने बिजली का एक बटन दबाया। एक छोटा-सा लाल बल्ब जल उठा। अगरबत्तियाँ जलाईं, दीप प्रज्वलित किया और हाथ जोड़कर आँखें बंद कर प्रार्थना करने लगीं।

संदीप के मन में अनायास ही एक प्रश्न जागा—भाभी प्रार्थना में क्या कह रही होंगी ? क्या माँग रही होंगी? युवती पुत्री के इस प्रकार के कष्टदायक और शोकपूर्ण देहांत के पश्चात् व्यक्ति ईश्वर से क्या कह सकता है और क्या माँग सकता है ? निश्चित रूप से इस समय वे ईश्वर की कृतज्ञ नहीं होंगी। वे उसका धन्यवाद नहीं कर रही होंगी। वे अपना शोक दूर करने की याचना कर रही होंगी, या अपने शेष परिवार की सुरक्षा और प्रसन्नता के लिए प्रार्थना कर रही होंगी; अथवा वे अपनी पुत्री की आत्मा की शांति के लिए प्रभु से विनती कर रही होंगी।···पर ऐसी बातें पूछने का यह कोई अनुकूल अवसर नहीं था। वे पहले ही इतनी दुखी थीं। उनसे यह सब पूछकर उनको और दुखी करने का कोई अर्थ नहीं था।

भाभी ने अपनी प्रार्थना समाप्त की और आँखें खोल दीं।

"भाभी !" मंदिर में सबसे आगे यह सलीब और ताज वाला चित्र किसका है ?" संदीप के मन में दबा प्रश्न सहज ही उसकी जिह्वा पर आ गया।

भाभी कुछ संकुचित तो दिखीं, पर कुछ प्रयत्न कर बोलीं, "एक ईसाई संत का है। उनका नाम मुझे स्मरण नहीं रहता। किसी ने मुझे यह चित्र दिया था और कहा था कि इनकी पूजा करने से प्रिया स्वस्थ हो जाएगी।"

"किसने दिया था चित्र? किसी ईसाई पादरी ने?"

"नहीं, मेरी एक सहेली की बहन ने।"

"वह ईसाई है?"

"नहीं ! वह स्वयं तो ईसाई नहीं है, उसका पति ईसाई है।"

"वह अपने संप्रदाय का प्रचार कर रही थी और आप उसकी बातों में आ गईं ?" संदीप बोला।

भाभी कदाचित् समझ रही थीं कि संदीप क्या कह रहा है। वे उसका सामना नहीं कर पा रही थीं। अपने लिए कोई ओट ढूँढ़ते हुए भाभी ने कहा, "कोई हो, उससे क्या अंतर पड़ता है। भगवान् तो एक ही है। उसे किसी भी रूप में पूजो।"

संदीप उनकी मानसिकता समझ रहा था। उनकी पुत्री गंभीर रूप से रोगग्रस्त होकर उनके घर में पड़ी थी और उनके सारे प्रयत्न निष्फल जा रहे थे। वे अपनी बच्ची को तिल-तिल मरते देख रही थीं। वे चिकित्सकों से निराश होकर पूजा-पाठ की ओर झुकी होंगी। धार्मिक वृत्ति की तो वे पहले से ही थीं। संदीप को स्मरण था कि भाभी ने उसे बताया था कि उन्हें भगवान् शिव के प्रत्यक्ष दर्शन भी हुए थे। इस बात का विश्वास संदीप ने कभी नहीं किया था, किंतु भाभी को विश्वास था कि उनकी भक्ति से प्रसन्न होकर भगवान् शिव स्वयं उनके सम्मुख प्रकट हुए थे। वह घटना स्वयं उनके लिए भी इतनी अप्रत्याशित थी कि वे घबरा गई थीं, कुछ कह नहीं सकी थीं। यहाँ तक कि उन्हें प्रणाम भी नहीं कर पाईं और वे चले गए। उन्हें यह भी विश्वास था कि उनकी भक्ति के कारण उनके परिवार का, उनके पति और बच्चों का कोई अनिष्ट नहीं हो सकता। प्रिया के लिए भी उन्होंने भगवान् से प्रार्थना की होगी। सारे देवी-देवताओं को मनाया होगा। उनकी देहरी पर अपना माथा फोड़ा होगा। आर्त व्यक्ति तो वैसे ही प्रभु का भक्त हो जाता है।...उस पर भी जब पुत्री के स्वास्थ्य में सुधार नहीं हुआ और किसी ने उन्हें उस ईसाई संत का चित्र यह कहकर पकड़ा दिया कि उनकी पूजा से सारे रोग दूर हो जाते हैं तो भाभी उस समय इस मनःस्थिति में तो नहीं ही होंगी कि उस महिला से पूछ सकतीं कि फिर कोई ईसाई तो रोग से नहीं ही मरता होगा?

और इस समय वे कह रही थीं कि भगवान् तो एक ही है। उसे किसी भी रूप में पूजा जा सकता है।

इस महान् और उदार सिद्धांत वाक्य का विरोध वह नहीं कर सकता था। किंतु उन्हें बताना चाहता था कि इस एक उदार और निर्दोष वाक्य के पीछे वे क्या-क्या ढाँकने का प्रयत्न कर रही थीं।

"ठीक कह रही हैं आप।" संदीप ने कहा, "ईश्वर तो एक ही है, उसे विभिन्न रूपों में पूजा जाता है। आप भी अब तक उसके अनेक रूपों को बिना किसी भी भेद-भाव के पूज रही थीं। पर अब इस एक नए चित्र को ईश्वर के एकत्व के नाम पर यहाँ रखकर, आपने अब तक अपने पूजित रूपों को तिरस्कृत कर दिया है। उनकी असफलता घोषित कर दी है। यदि आप अपने पहले उपास्य देवों से असंतुष्ट न होतीं तो आपको एक नए रूप को उपास्य के रूप में यहाँ प्रतिष्ठित करने की आवश्यकता ही न होती।"

"ऐसा कुछ नहीं है।" भैया ने कहा, "तुम बेबात की बात कर रहे हो।"

"जो मैंने कहा है, वह तो है ही।" संदीप ने कहा, "उससे भी बड़ी बात यह है कि जिन लोगों ने यह चित्र आपको दिया है, वे एक ईश्वर में विश्वास करते तो हमारे उपास्य देवों को भी अपने चर्च में रखते। ईश्वर के एकत्व में उनका विश्वास होता तो वे हमारे उपास्य देवताओं पर अपने उपास्य को आरोपित करने का प्रयत्न इतने सुनियोजित और सुव्यवस्थित ढंग से न करते।"

"बात तो प्रिया के उपचार की थी।" भाभी ने कुछ आहत होते हुए कहा, "तुम जाने उसे कहाँ ले जा रहे हो।"

"वे लोग न तो प्रिया के रोग का उपचार कर रहे थे और न ही करुणा से द्रवित होकर किसी रोगी के कष्ट को दूर करने का कोई ईमानदार प्रयत्न। वे न तो ईश्वर के एकत्व की धारणा की प्रतिष्ठा कर रहे थे और न मानव समाज में विश्वबंधुत्व की स्थापना। वे तो अपने धर्म को हमारे धर्म पर आरोपित कर रहे थे। हमारी संस्कृति, हमारे चिंतन, दर्शन—सबको समाप्त करने का प्रयत्न कर रहे थे। वे आपको कुछ दे नहीं रहे थे, जो कुछ आपके पास है, उसे छीनने का प्रयत्न कर रहे थे और अपना धर्म, अपने उपास्य, अपना चिंतन आप पर आरोपित कर रहे थे। हमारे लिए मानसिक दासता की भूमिका तैयार कर रहे थे। उन्हें न ईश्वर से कुछ लेना-देना था, न धर्म से और न मानवता के उत्थान से।"

भाभी की मुद्रा कह रही थी कि वे संदीप की आपत्ति को समझ नहीं पा रही हैं और भैया ने इस मुद्रा में उपेक्षा से सिर फिरा लिया था कि वे उसकी बकवास को और नहीं सुनना चाहते थे।

"आपने ईश्वर के एकत्व की स्थापना के लिए यह चित्र यहाँ रखा है ?" संदीप ने पूछा।

"हाँ ! पूजा ही करनी है। किसी नाम से, किसी रूप में कर ली जाए।"

"नहीं ! ऐसा नहीं है।" संदीप बोला, "भाभी! यह तो उपासना नहीं है। यह

एक सौदा है। पहले के पूज्य रूपों ने आपको आपका मनचाहा वरदान नहीं दिया, तो आप अपने लिए एक नया उपास्य ले आईं। इसे पूजा नहीं कहते और न यह भक्ति है। यह तो ईश्वर की इच्छा पर अपनी इच्छा को आरोपित करने का एक तरीका है। आप अपने उपास्य देवों को यह बताना चाह रही हैं कि वे आपको आपकी इच्छानुसार वरदान दें, नहीं तो आप उनकी पूजा बंद कर किसी नए देवता को यहाँ प्रतिष्ठित कर देंगी। जैसे किसी दुकानदार को कहा जाए कि हमारे दाम पर हमारी काम्य वस्तु दो, नहीं तो हम तुम्हारी दुकान से सामान खरीदना बंद कर देंगे। किसी अन्य दुकानदार के पास चले जाएँगे। धमकी दे रही हैं आप अपने अब तक के पूजित देव-रूपों को।"

"नहीं ! यह बात नहीं है।" वे रुष्ट स्वर में बोलीं, "पर क्या हमें अपनी पुत्री का जीवन माँगने का भी अधिकार नहीं है ?"

"जीवन और जीवन का सुख माँगने का अधिकार तो सबको है, किंतु ईश्वर का विधान बदलने का अधिकार तो किसी को भी नहीं है।"

"हमने कौन-सा विधान बदल दिया ईश्वर का ?"

"विधान तो आप नहीं बदल सकतीं, न आपके इस नए देवता ने बदला है। इस नए अपरिचित उपास्य की पूजा आरंभ करने के बाद यदि कहीं नियतिवश आपकी पुत्री कुछ ठीक हो जाती, उसके जीवन का सूत्र कुछ लंबा हो जाता, तो आप इस देवता की प्रतिष्ठा में मंदिर बनवातीं, इसका गुण गातीं और अपने समाज में इस नए उपास्य का प्रचार करतीं। जिन्होंने आपको यह चित्र दिया है, उन प्रचारिकाओं ने आपको धर्मांतरण के द्वार पर लाकर तो खड़ा कर दिया है। यह तो कहिए कि भावी ही प्रबल थी कि आपकी पुत्री का जीवन पूर्ण हो गया और इस नए देवता के प्रति आपकी भक्ति अधिक दृढ़ नहीं हो पाई। वैसे यह चित्र अभी भी आपके मंदिर में सुरक्षित रखा है। इसका अर्थ यह तो है कि अपनी पुत्री का जीवन न पाने के बाद आपने इस नए देवता को अपने देवताओं के समान मान लिया है। जबकि यह आपकी भक्ति दृढ़ करने के लिए नहीं, आपका धर्म-परिवर्तन करने के लिए किया गया एक षड्यंत्र था।"

"बेकार की बातें हैं।" पत्नी को असहाय पाकर भैया उनकी सहायता को आए, "वे मदर्स जिस प्रकार हमारे पास आती रहीं, हमें और हमारी पुत्री को सांत्वना देती रहीं, अपना समय और अपना प्यार हम पर लुटाती रहीं--वह सब करने तुम्हारा कोई पंडित तो हमारे घर नहीं आया।"

संदीप कुछ चौंका और उससे भी अधिक आहत हुआ।...तो बात यहाँ तक आ

पहुँची थी। भाभी तो केवल यह बता रही थीं कि वह चित्र उन्हें उनकी किसी सहेली की बहन ने दिया था, जिसका पति ईसाई था। यह तो भैया के मुख से फूटा है कि उनके घर ईसाई संप्रदाय की प्रचारिकाएँ भी आती रहती थीं। वे कितनी वितृष्णा से 'तुम्हारा पंडित' कह रहे थे, जैसे वह उनका पंडित नहीं था। वे सारे पंडितों को पराया मान रहे थे। स्वयं को उनसे पृथक् कर चुके थे।...और उन विधर्मा प्रचारिकाओं को 'मदर्स' कह रहे थे। माँ जैसा पवित्र संबोधन उन लोगों के लिए, जो केवल उनके धर्म परिवर्तन की इच्छुक थीं।

"उन पंडितों से आपका कोई संपर्क नहीं था, इसलिए वे नहीं आए। यदि उनका आपसे संपर्क होता तो वे भी आते।"

"उन मदर्स का भी हमसे कोई संपर्क अथवा संबंध नहीं था, वे फिर भी आईं। हम उनको जानते भी नहीं थे, फिर भी वे आईं। हमने उनको दान के रूप में भी कुछ नहीं दिया, फिर भी वे आईं...।"

"संभवतः प्रिया उनसे पढ़ी हो। संभवतः प्रिया ने उनके साथ अथवा उनके स्कूल में पढ़ाया हो।"

भैया कुछ आवेश में थे। वे न कुछ सुनने को प्रस्तुत थे, न कुछ सोचने को। संदीप जानता था कि प्रिया स्थानीय कॉन्वेंट में पढ़ी थी। उसने कितने ही वर्ष ईसाई प्रचारकों के एक स्कूल में पढ़ाया भी था। संभवतः ये प्रचारिकाएँ उस समय वहाँ न रही हों, किंतु उनका संबंध तो उस संस्था से था ही। पर भैया इस समय एकदम विरोध की मुद्रा में थे। नहीं कह दिया तो कह दिया। इस समय वे प्रदीप के ही समान हठी हो रहे थे।

"तो उनको आपकी पुत्री के रोग और उसके कष्ट का पता कैसे लगा?"

संदीप जानता था कि यह शोक का अवसर था। उसे भैया को इस प्रकार उत्तेजित नहीं करना चाहिए था। न ही उसे भैया को किसी प्रकार से गलत प्रमाणित कर भावात्मक चोट पहुँचानी थी। पर वह स्वयं भी तो बेहद आहत था। वह देख रहा था कि विधर्मी प्रचारक उसके भाई के द्वार पर दस्तक ही नहीं दे रहे थे, वे उनका द्वार खुलवाकर उनके घर में घुस आए थे। उनके मंदिर में अपने किसी उपास्य का चित्र रख गए थे। उनके हृदय को द्रवित कर चुके थे। अब शेष क्या रह गया था ? कोई प्रलोभन ? कोई भय ? कोई भावुक क्षण ?...पर भैया इस बात को कहाँ समझ रहे थे। वे तो अब भी चेत नहीं रहे थे। संदीप सोचता है तो उसे लगता है कि यदि किसी भावुकता अथवा किसी उदारता में उन्होंने वह चित्र अपने मंदिर में रख भी लिया था तो प्रिया के देहांत के तत्काल पश्चात् उन्हें उसे वहाँ से हटा देना चाहिए था।

वे इस बात को क्यों नहीं समझ रहे थे कि वे अपने भाइयों को अपने इस हठ से आहत कर रहे हैं और अपना भी कोई हित नहीं कर रहे हैं ? वे उन लोगों के प्रति सहानुभूति दिखा रहे हैं जो उन्हें भ्रमित कर उनसे लाभ उठाना चाहते हैं; और उन्हें दुत्कार रहे हैं, जो उनके अपने हैं, जो उन्हें इस तर्कशून्य भावुकता से बचाना चाहते हैं···।

"तो फिर उनको प्रिया के रोग और कष्ट का पता कैसे चला होगा? वे एक अपरिचित द्वार को खटखटाकर भीतर कैसे आ गईं?" संदीप भी एक प्रकार के आवेग में कह गया। उसे लग रहा था कि या तो यह विवाद आरंभ ही न होता, या फिर अब उसे उसके तर्कसंगत अंत तक पहुँचा ही देना चाहिए। अन्यथा यह विचार के धरातल पर भैया और भाभी के लिए बहुत घातक होगा।

"उन्हें कहीं से मालूम हो गया होगा।"

भैया का हठ उसे कुछ और उत्तेजित कर गया। बोला, "समाचार-पत्र में तो छपा नहीं था। न ही यह समाचार आकाशवाणी अथवा दूरदर्शन से प्रसारित हुआ था कि उन्हें स्वतः ही ज्ञात हो जाता। उन्हें मालूम हुआ तो या तो किसी ने उन्हें बताया या उन्होंने स्वयं प्रयत्नपूर्वक कहीं से पता लगाया।"

"हाँ ! किसी ने बता दिया होगा।" वे बहुत सहज दिखाई पड़ने का प्रयत्न कर रहे थे, किंतु कोई भी देख सकता था कि उनके भीतर कैसा लावा उबल रहा था।

संदीप के विवेक ने उसे टोका भी।···इस समय भैया से इस प्रकार का विवाद न सुखद था, न शोभनीय। भैया अपनी जिस अवस्था में थे, उसमें कोई भी मनुष्य जीवन से कुछ-कुछ थक-हारकर विश्राम करना चाहता है। वे पैंसठ वर्ष की अवस्था तक बड़े परिश्रम से नौकरियाँ करते रहे थे। अब जब वे सोच रहे थे कि अपनी कामनानुकूल न सही, फिर भी जैसे-तैसे उनके बच्चे अपने जीवन में कहीं व्यवस्थित हो गए थे। अब वे थोड़ा विश्राम कर सकते थे।···तब प्रिया का देहांत हो गया। देहांत भी कैसा !···एक लंबे कष्टदायक रोग के पश्चात्···

पर संदीप के भीतर भी तो एक प्रचारक था। अपने सिद्धांतों को इस प्रकार पराजित और अपमानित देखना उसके वश में भी नहीं था।

"किसने बताया होगा?" वह बोला, "आपके किसी संबंधी ने तो जाकर उन अपरिचित प्रचारिकाओं को नहीं बताया होगा।"

"तो किसी पड़ोसी ने चर्चा कर दी होगी।"

"आपके किसी हिंदू पड़ोसी ने तो उन अपरिचित ईसाई प्रचारिकाओं को बताया नहीं होगा। और यदि आपके किसी ईसाई पड़ोसी अथवा परिचित ने बताया है, तो

उसका उद्देश्य क्या होगा?"

"पड़ोसी ने नहीं बताया होगा। हमारा कोई पड़ोसी ईसाई है ही नहीं।" भैया अब तक काफी झल्ला गए थे, "उन्हें स्वतः ज्ञात हो गया होगा।"

"कैसे?"

"अस्पताल से पता लग गया होगा।"

"कैसे? क्या अस्पताल वाले उन्हें बताने गए थे?"

"अब तुमको इससे क्या लेना-देना कि अस्पताल वाले उन्हें बताने गए थे कि वे अस्पताल वालों से पूछने गए थे।" भाभी बोलीं, "भैया के पीछे क्यों पड़ गया है। घर में इतना बड़ा दुःख आ पड़ा है तो उसको भुलाकर अब बहसबाजी आरंभ कर दी।"

"करने दो इसको बहसबाजी। यही एक काम तो करना आता है इसको।" भैया क्षुब्ध स्वर में बोले, "मैं इसके प्रश्नों से डरता नहीं हूँ। हमने कुछ गलत नहीं किया है। हम कुछ छिपा नहीं रहे हैं।"

"तो बताइए, कैसे पता लगा उनको? क्या अस्पताल वाले उनको बताने गए थे ?"

"नहीं!" भैया कुछ अतिरिक्त बल लगाकर बोले, "उन्होंने अस्पताल के रजिस्टर से देखा होगा।"

"क्यों देखा होगा? किस उद्देश्य से देखते हैं वे अस्पताल का रजिस्टर ?"

"होगा कोई कारण।"

उसे लगा, अब भैया उससे विवाद करना नहीं चाहते। पर वह इस चर्चा को इस स्थिति में नहीं छोड़ सकता था।

"अकारण तो नहीं ही होगा। कारण है और केवल एक ही कारण है—अपने संप्रदाय का प्रचार। वे अस्पताल के रजिस्टर से देखते हैं कि कौन कष्ट में है…।"

"तो क्या बुराई है यह ध्यान रखने में कि कौन कहाँ कष्ट में है?" भैया तड़पकर बोले, "तुम्हारे पंडित तो यह भी ध्यान नहीं रखते।"

भैया जिस तड़प से उन प्रचारिकाओं का पक्ष लेकर पंडितों के प्रति अपनी वितृष्णा प्रकट कर रहे थे, वह संदीप के लिए बहुत कष्टदायक होता जा रहा था।

"यह ध्यान रखने में तो कोई बुराई नहीं है कि कौन कष्ट में है, किंतु महत्त्वपूर्ण यह है कि यह ध्यान क्यों रखा जा रहा है ?" संदीप कह ही गया, "यदि कष्ट में किसी की सहायता की ज़ा रही है तो अच्छा है, महान् कार्य है; किंतु यदि यह देखा जा रहा है कि कौन संकट में है, किसका मन विचलित है, कौन द्रवित अवस्था में है, किसे सरलता से बहकाया जा सकता है, किसे फुसलाया जा सकता है, किसे

डराया जा सकता है अथवा किसे ललचाया जा सकता है—तो न यह धर्म है, न भक्ति है, न अध्यात्म। यह तो शुद्ध रूप से सांसारिक चतुराई है। आप उनकी चतुराई को न समझ सकें और उनके जाल में फँस जाएँ, तो ठगे तो आप गए।"

लगा, भैया अपने क्रोध को दबाने में भी असफल होते जा रहे हैं, किंतु वे अपना क्रोध दिखाना नहीं चाहते थे। वे जानते थे कि क्रुद्ध हो जाने पर इस सारे संवाद में उनकी स्थिति भी प्रदीप जैसी ही हो जाएगी।

"तो तुम्हारे पंडित भी वही चतुराई क्यों नहीं करते?"

"अध्यात्म, भक्ति और धर्म-साधना में सांसारिक चतुराई के लिए कोई स्थान नहीं है। इसलिए हमारे आध्यात्मिक संत इस ओर अधिक ध्यान नहीं देते।...पर मुझे लगता है कि स्वामी विवेकानंद ने आध्यात्मिक करुणा के साथ-साथ सामाजिक संगठन की दृष्टि से इसका महत्त्व समझा था। उन्होंने शिक्षा, चिकित्सा और करुणा की दृष्टि से अपने सहयोगियों और शिष्यों को प्रशिक्षित किया था..."

"तुम्हारे रामकृष्ण मिशन वाले ही आते। वे भी नहीं आए। क्यों नहीं आए?"

संदीप कुछ चकित हुआ, कुछ पीड़ित। एक ऐसा व्यक्ति उसके सामने खड़ा था, जिसने अपनी स्वार्थजनित संकीर्णता अथवा अपनी अहमन्यता के कारण कभी किसी से कोई संबंध नहीं रखा। कभी किसी को अपने समान और अपने समकक्ष नहीं समझा। कभी किसी के सुख-दुःख में उसके साथ जाकर खड़ा नहीं हुआ। आज उसकी शिकायत है कि कोई उसके दुःख के समय, उसका दुःख बाँटने क्यों नहीं आया ?

"आप कभी रामकृष्ण मिशन में गए हैं?"

"नहीं !"

"आर्यसमाज?"

"नहीं!"

"कहीं और?"

"नहीं ! मैं केवल यूनाइटेड क्लब ही गया हूँ।"

"यूनाइटेड क्लब की गतिविधि में भी कभी कोई दायित्व निभाया है? कभी उसमें से ही किसी परिवार के किसी रोगी के पास आधा घंटा भी बैठे हैं जाकर ?"

"नहीं। मुझे कभी अवकाश ही नहीं मिला। मैं इतना व्यस्त था अपनी नौकरी में, अपने परिवार में। कितना काम किया मैंने।"

इससे संदीप भी इनकार नहीं कर सकता कि भैया ने बहुत काम किया था। साधारण-सी नौकरी से आरंभ कर उन्होंने काम तथा आगे की पढ़ाई को साथ-साथ करते हुए बहुत प्रगति की थी। बहुत तपस्या की थी उन्होंने। उस तपस्या का फल

भी मिला था उनको। शक्ति भी मिली थी। पर उस शक्ति ने उनको अहंकारी ही बनाया था। नहीं! वे उद्दंड तो नहीं कहे जा सकते, किंतु उन्होंने अपने समान किसी को नहीं समझा। वे उसे अपना अहंकार नहीं मानेंगे। वे उसे रुचि-भेद कहेंगे, वे उसे जीवन-स्तर कहेंगे। वे नहीं जानते कि स्वयं को दूसरों से भिन्न मान लेना ही तो अहंकार का आधार होता है।

"नौकरियाँ सबकी हैं। परिवार सबके हैं।"

"फिर भी वे मदर्स आईं।"

उनके पास संदीप को चुप कराने का एक ही मंत्र था और संदीप था कि उस मंत्र से सहमत होने के स्थान पर आहत होता जा रहा था।

"वे आईं तो आप पर या मुझ पर कोई कृपा नहीं की उन्होंने। उनके सांप्रदायिक संगठनों ने उन्हें इसी काम के लिए नौकरी पर रखा हुआ है। उनका पालन-पोषण और देखभाल इसी काम के लिए की जाती है। उन्हें इस काम के लिए प्रशिक्षित किया जाता है। उन्हें भेजा जाता है कि वे अपने सांप्रदायिक प्रचार के लिए, लोगों के संकट के समय उन्हें घेरने का षड्यंत्र रचें। सहायता न करें, जाल बुनें दुखी लोगों को फँसाने का।"

"तो तुम्हारा धर्म क्यों इस प्रकार के प्रचारक नहीं रखता? क्यों नहीं वह लोगों को इस काम के लिए नौकर रखता?"

भैया ने फिर 'तुम्हारा धर्म' कहा था, जैसे वह उनका धर्म नहीं था। वे उससे तादात्म्य नहीं कर रहे थे। सदा ही स्वयं को उससे पृथक् रखते थे। वह समझ नहीं पा रहा था कि वे ऊपर से ही स्वयं को उससे पृथक् दिखा रहे थे अथवा मन से भी वे उससे पृथक् हो चुके थे ? वह जानता था कि भैया ने अपने आरंभिक जीवन में जितनी भी कठिनाइयाँ सही हों; किंतु समर्थ होते ही अपने सामर्थ्य-भर वे स्वयं को उन लोगों और कामों से दूर ही रखते रहे, जिन्हें वे हीन मानते थे। वे पिताजी की दुकान पर कभी नहीं गए। उन्होंने कभी किसी को नहीं बताया कि उस दुकान पर बैठने वाला गरीब-सा व्यक्ति उनका पिता है; और उसके साथ दुकान का सामान ढोने वाले लड़के उनके भाई हैं। वे सार्वजनिक जीवन में ऐसे तथ्यों को स्वीकार नहीं कर सकते थे। उनका तादात्म्य उच्च वर्ग से सुविधापूर्वक होता था, तो निर्धन हिंदू पंडित को वे अपनी श्रद्धा कैसे दे सकते थे ?

"क्योंकि हम धनाढ्य लोग नहीं हैं, क्योंकि हमारे देश ने कभी साम्राज्य नहीं बनाए। कभी दूसरों का धन हरण कर अपने यहाँ संचित नहीं किया।" संदीप बोला, "अब भी हमारा देश, समाज अथवा धर्म भविष्य में अपना साम्राज्य बनाने के स्वप्न

नहीं देख रहा। इसलिए सारे संसार को हिंदू बनाने की कोई योजना नहीं है हमारी। हम चाहते हैं कि सब लोग स्वधर्म और अपनी राष्ट्रीयता के अनुसार अपनी उपासना पद्धतियों के माध्यम से अपना आध्यात्मिक विकास करें।"

"वह सारी बकवास मैं नहीं जानता।" अंततः भैया ने अपनी खीज प्रकट कर ही दी, "मैं तो केवल इतना ही जानता हूँ कि तुम्हारे पंडितों ने मेरे लिए कुछ नहीं किया। मदर्स ने हमारी चिंता की। और बता दूँ तुम्हें, तुम्हारे आर्यसमाज में केवल झगड़ा हो रहा है। पंजाबियों को मराठों ने निकाल दिया है और तमिलों ने मराठों के विरुद्ध युद्ध छेड़ रखा है। आर्यसमाज क्या पंजाबियों, मराठों और तमिलों का अलग-अलग है ? वह तो सबका है। धर्म में तो क्षेत्रीयता नहीं होनी चाहिए। जिस धर्म के लोग आपस में इस प्रकार लड़ते हों, उस धर्म में रहकर कोई क्या करेगा ? धर्म तो आपस में प्रेम सिखाता है। धर्म के लिए भी कोई लड़ता है⋯?"

इस समय भैया संसार का सारा इतिहास भूल गए थे। यूरोप के देशों के संप्रदायों के युद्ध भूल गए थे। मुस्लिम देशों के परस्पर युद्ध उनकी स्मृति से सर्वथा मिट गए थे। वे भूल गए थे कि जो लड़ता है, स्वार्थ के लिए लड़ता है, धर्म के लिए कोई नहीं लड़ता।

"यदि आर्यसमाज में पंजाबियों, मराठों और तमिलों में झगड़ा हो रहा है तो वह न धर्म के लिए है, न आर्यसमाज के लिए, न स्वामी दयानंद के लिए और न सत्यार्थ प्रकाश के लिए।"

"तो किसके लिए हो रहा है ?"

"आप नहीं समझते ?"

"नहीं!" भैया ने कटाक्ष किया, "नहीं समझता। तुम समझा दो।"

"धन के लिए। संपत्ति के लिए। सत्ता के लिए। अधिकार के लिए।"

"होगा।" भैया उदासीनता से बोले, "हमें यह सब नहीं मालूम। ऐसी जानकारियाँ तुम्हें ही रहती हैं।" उनके स्वर में संदीप के प्रति कटाक्ष लौट आया था।

"आपका अज्ञान तो किसी का रक्षा कवच नहीं बन सकता। पर इस समय मैं एक दूसरी बात कहना चाहता हूँ।"

"कुछ बाकी हो तो कह डालो।" निश्चित रूप से भैया का मन अब भी वक्र ही चल रहा था और वे संदीप की किसी भी बात को गंभीरता से ग्रहण नहीं कर रहे थे।

"मैं जगन्नाथपुरी गया था। वहाँ बाहर ही पंडों ने मुझे घेर लिया। उनसे मेरी कहासुनी हुई। झगड़ा हुआ⋯।"

"तुम्हारे साथ सब जगह यही होता है।" भाभी बहुत देर के पश्चात् बोली थीं,

"कहीं शांति से भी कोई काम करते हो ?"

संदीप ने भाभी की बात का कोई उत्तर नहीं दिया। अपनी बात को आगे बढ़ाता हुआ बोला, "उन्होंने मुझे नास्तिक कहा। मैंने उन्हें धर्म के व्यापारी कहा। मन इतना दुखी हुआ कि मैं भगवान् के दर्शन करने मंदिर के भीतर भी नहीं गया। जिस धर्म और जिस भगवान् के ऐसे पंडे हों, उस धर्म का क्या करना और उस भगवान् के दर्शनों का भी क्या लाभ?"

"दैट्स, वाट आई से।" भैया ने पहली बार उसका समर्थन किया, "यही तो मैं कहता हूँ। धर्म को व्यापार बना लिया है इन लोगों ने। उसमें सात्त्विकता तो रही ही नहीं।"

"हाँ ! पर पूरी बात सुनिए···।"

"अब सुनने को क्या है।" भाभी ने कहा, "दोनों भाई एक ही बात तो कह रहे हो। चलो, अब नाश्ते का काम भी करना है।"

"नहीं! पर मेरी बात पूरी नहीं हुई है।" संदीप बोला, "मैं चला तो आया, पर बाद में मेरी समझ में आया कि मेरी लड़ाई पंडे से हुई और रुष्ट मैं भगवान् से हो गया, जैसे भगवान् पंडे के हों, मेरे न हों।"

"रब्बिश।" भैया के स्वर में फिर से उपहास और विरोध आ गया था, "उस धर्म और भगवान् के प्रतिनिधि तो वे ही हैं न !"

"वे उसके प्रतिनिधि कैसे हो सकते हैं ? हमने उन्हें प्रतिनिधि मान लिया है। भगवान् ने तो उन्हें अपना प्रतिनिधि होने का कोई प्रमाण-पत्र नहीं दिया। वे हमें अपना झूठा परिचय-पत्र दिखा रहे हैं; और हमने सत्य मान लिया है।" संदीप बोला, "भगवान् ने स्वयं को उन्हें नहीं सौंपा। हमने ही भगवान् उन्हें सौंप दिया है। मैं भगवान् का प्रतिनिधि क्यों नहीं हूँ ? आप उसके प्रतिनिधि क्यों नहीं हैं ? श्वेताश्तर उपनिषद् में लिखा है···।"

"अब बस कर !" भाभी ने उसे टोक दिया, "सारे वेद-पुराण इसी समय बघारने आवश्यक नहीं हैं। अपनी पंडिताई को सँभालकर रख ! इस समय तो बस नाश्ता करने में मेरी सहायता कर।"

"क्या लिखा है तुम्हारे उस उपनिषद् में ?" भैया ने अपनी रुचि दिखाई।

"बस भाभी! यह बात समाप्त कर लूँ, फिर चलते हैं नाश्ते के लिए।"

"बोल !"

"उपनिषद् में लिखा है कि एक वृक्ष का आश्रय लेकर दो समान पक्षी मित्र-भाव से रहते हैं। वे सुपर्ण हैं। सुंदर पंख हैं उनके। वे उड़ सकते हैं। दोनों समान हैं और

दोनों में कोई विरोध भी नहीं है। अंतर एक ही है कि उनमें से एक उस वृक्ष के फल को बहुत रुचि से ही नहीं, आसक्ति से खाता है। उसके स्वाद में रमता है। उसके प्रति मोह विकसित करता है। उस फल का मीठापन पाकर प्रसन्न और सुखी होता है। इसलिए उसका खट्टापन और कसैलापन चखकर दुखी भी होता है। दूसरा पक्षी अत्यंत तटस्थ भाव से उसे देखता-भर रहता है। द्रष्टा है वह केवल। न उस फल को खाता है, न उसके मोह में फँसता है। न उसके मीठेपन से सुखी होता है, न उसकी कड़वाहट से दुखी।"

"क्या करें उस पेड़ का?" भैया की विरक्ति फिर लौट आई थी।

"वह वृक्ष यह शरीर है भैया! इसका फल शरीर के सुख-दुःख हैं।" संदीप बोला, "वह भोक्ता है जीव और वह द्रष्टा है ब्रह्म···!"

"तो ?"

"ऋषियों ने बहुत स्पष्ट रूप से कहा है कि वह ब्रह्म हम सबके भीतर है।" संदीप बोला, "उसका आकार अंगुष्ठ-भर के बराबर कहा गया है और वह हमारे हृदय में रहता है, इसलिए भगवान् के प्रतिनिधि केवल वे पंडे नहीं हैं। हम सब उस भगवान् के प्रतिनिधि हैं। बस, हम स्वयं को उसके प्रतिनिधि मानते नहीं हैं।"

"अच्छा चल ! भगवान् के प्रतिनिधि ! अब चल !" भाभी ने उसकी बाँह पकड़कर उसे घसीटा।

संदीप और हठ नहीं कर सकता था। भाभी उसे और तर्क करने नहीं देंगी और भैया उसकी बात सुनेंगे नहीं। अपने मोह के कारण न वे सत्य को देख पा रहे थे, न धर्म के स्वरूप को समझना चाहते थे। मोहांध व्यक्ति कहाँ देख पाता है कि कब उसने धर्म के आवरण में पाखंड को अपने मंदिर में स्थापित कर दिया है ?

संदीप जानता था कि प्रिया का देहांत हो चुका है। अब भैया और भाभी के चर्च तक जाने का कोई कारण नहीं है। भैया उन प्रचारिकाओं का अब अपने घर में स्वागत करेंगे, ऐसी भी कोई संभावना दिखाई नहीं पड़ रही थी। किंतु वह भीतर तक काँप गया था। उनका परिवार न अनपढ़ था, न अज्ञानी। न ही वे अपने धर्म से बहुत अनभिज्ञ थे। न वे निर्धन थे और न ही उन्हें किसी प्रकार का कोई अभाव था। समाज में उनका पर्याप्त सम्मान था और वे अपने समाज से दूर भी नहीं थे। फिर भी वे ईसाई प्रचारिकाएँ, भैया के घर में ही नहीं, उनके मंदिर तक में प्रवेश कर गई थीं।···भैया कुछ देख रहे हों, न देख रहे हों, किंतु संदीप अपने देश के भोले मन के द्वार पर खड़े उस भयंकर संकट को स्पष्ट देख रहा था।

छवि

संदीप उनके घर संवेदना प्रकट करने के लिए आया था, पर पहले ही दिन उससे इस प्रकार का विवाद हो गया था, जो दोनों में से किसी के लिए भी सुखद नहीं था। दमयंती उन लोगों को खाने के नाम पर घसीट तो लाई थी और दोनों भाइयों का विवाद उस समय रुक भी गया था; पर रोहित के मन में बहुत स्पष्ट था कि यह अस्थायी युद्धविराम ही था। अवसर मिलते ही संदीप उस बात को पुनः उठाएगा।

विवाद की अवधि में रोहित स्वयं को उत्तेजित अनुभव कर रहे थे; किंतु अब वे हताश-से हो रहे थे। अपनी उत्तेजना में जिन बातों को भुलाए बैठे थे, वे अब पुनः जीवंत होकर उनके मन को मथने लगी थीं।...उनकी बेटी इस युवावस्था में इतना कष्ट पाकर तिल-तिलकर मृत्यु के मुख में चली गई। वे देखते ही तो रहे। प्रिया की पीड़ा को वे कम कर पाए क्या? हाँ ! उस यातना में से वे भी प्रिया के साथ गुजरे थे। अंतर इतना ही था कि प्रिया ने अपने शरीर के माध्यम से सहा था और रोहित ने अपने मन के माध्यम से। प्रिया की मृत्यु को उन्होंने कितनी ही बार स्वयं मर-मरकर देखा था।...जब उनके ये तीन भाई आए थे, तो उनको जैसे कोई अवलंब मिला था। उनकी पत्नी और बच्चों के अतिरिक्त भी अपना कोई है उनका।...उनके दुःख से कोई और भी दुखी है।...पर यह संदीप तो उनके प्रति अपनी संवेदना प्रकट करने नहीं, उनका दुःख बाँटने नहीं, उनसे वाद-विवाद करने आया था। डिबेटर था न! आदत गई नहीं थी उसकी।

नहीं ! शायद अपने भाई के साथ वे कुछ ज्यादती कर रहे थे। आया तो वह उनके प्रति अपनी संवेदना प्रकट करने ही था। वह उनकी पीड़ा से द्रवित होकर ही आया था, किंतु अपना वाद-विवाद साथ लाया था।...विवाद का अवकाश होते ही उसकी जिह्वा चल पड़ती है। वह यह सोचता ही नहीं था कि वाद-विवाद का अवसर है भी या नहीं। उसे तो अपना तर्क जीतना होता था। अपना पक्ष प्रतिष्ठित करना होता था।...आदमी को कभी चुप भी तो रह जाना चाहिए। इस शोक के अवसर पर भी वह विवाद ले बैठा है कि उनके घर के मंदिर में किसी अज्ञात ईसाई संत का चित्र क्यों है?...बड़ा आया हिंदुओं का ठेकेदार।

नहीं ! शायद उसका विरोध उस अज्ञात ईसाई संत से उतना नहीं था, जितना ईसाई धर्म प्रचारकों द्वारा हिंदुओं का धर्मांतरण करवाने की योजनाओं से था।···जो भी हो। वे उसके बड़े भाई थे, बड़े भाई। उससे दस वर्ष बड़े थे। वे भी उसी के समान हिंदू थे, ईसाई धर्म प्रचारक नहीं। और फिर वह कोई सार्वजनिक मंदिर नहीं था। उनके अपने घर का मंदिर था। वहाँ वे जिसका चाहें, चित्र रखेंगे। उसे आपत्ति का क्या अधिकार है ? वे तो यह देखने नहीं जाते कि वह अपने घर में किसकी पूजा करता है और क्यों करता है ? इसी को आदत है दूसरों के मामले में टाँग अड़ाने की।

वे खाने की मेज पर बैठ गए। बहू ने उनके सामने प्लेट रख दी। बिना किसी और की प्रतीक्षा किए उन्होंने पराँठे का ग्रास तोड़ लिया।

संदीप उनके सामने वाली कुर्सी पर बैठा था। मोहित और प्रदीप भी बैठे थे और उनकी पत्नियाँ भी।···उनके आ जाने से घर में प्रिया के रोग, औषधियों और उसकी मृत्यु के अतिरिक्त भी कुछ अन्य विषयों की चर्चा होने लगी थी। यह नहीं कि उनके भाइयों और भाभियों ने उनकी बेटी की इस अकाल मृत्यु पर शोक प्रकट नहीं किया था, अथवा उससे वे लोग दुखी नहीं थे। नहीं ! उन विषयों पर भी खूब बातें हुई थीं। बार-बार हुई थीं। पूरे विस्तार से हुई थीं। इतनी बार हुई थीं कि जैसे उन्हें अपनी आँखों का एक-एक अश्रु बहा लेने का अवसर दिया हो। वे जो कहना चाहें, कह लें। अपने मन का बोझ हलका कर लें। जितना रोना चाहें, रो लें। उनकी छाती पर कोई दबाव न रहे।···पर उन्होंने उनके विषाद के संसार में दरक डाल दी थी। जीवन का हँसता-खेलता रूप भी उन लोगों के साथ आया था। इतने सारे लोग एकत्रित हों, चाहे शोक के ही अवसर पर क्यों न हों, वे हर समय मुँह लटकाए तो नहीं बैठ सकते थे। उनके साथ भाइयों की हलकी-हलकी चुहल और ठिठोली भी आई थी। देवर-भाभियों का परिहास भी आया था। ऊपर तले के भाइयों की नोक-झोंक भी थी। ···रोहित को अपने अवसाद से बाहर निकलने में इससे सहायता मिल रही थी। विषाद से घबराई और सहज जीवन के लिए तड़पती उनकी आत्मा अपने भाइयों की ओर देखकर कुछ मुस्कराने लगी थी। दमयंती भी चाहे खीजकर ही सही, कभी प्रदीप और संदीप को कुछ कह देती थी। कभी विरोध प्रकट करने के बहाने, कभी किसी जिज्ञासा के बहाने, कभी उन्हें कोई आदेश देने के बहाने।···देवरानियाँ-जेठानियाँ बैठकर सर्वथा अनावश्यक लोगों के विषय में भी चर्चा करती थीं। गली-मुहल्ले के उन लोगों के बाल-बच्चों की भी खोज-खबर लेती थीं, जिनसे उनका कुछ भी लेना-देना नहीं था।

रोहित को कभी-कभी आश्चर्य होता था कि किस मिट्टी की बनी हैं ये स्त्रियाँ !

कितने आत्मीय ढंग से सबके विषय में पूछती थीं और जानना चाहती थीं। जन्म-मृत्यु का पंजीयन कार्यालय थीं या जन-स्वास्थ्य विभाग का वार्षिक प्रतिवेदन। लोगों के बच्चों के विवाहों में भी उनकी बहुत रुचि थी। किसका विवाह कहाँ हुआ ? उसे क्या-क्या मिला ? किसने क्या पहना, क्या खाया, क्या खिलाया ?

किसी पड़ोसी, मित्र अथवा परिचित का तो साहस ही नहीं था कि उनके विषाद के संसार को सूई की नोक से भी छूकर उसमें कोई छेद करे, ताकि बाहर से उसमें उल्लास का कोई भटका हुआ झोंका भी आ सके। ये तो उनके भाई ही थे कि उनके घर में घुस आए थे और उस विषाद को पूरी स्वीकृति देते हुए भी उसे छिन्न-भिन्न करने पर तुले हुए थे। चारों ओर से विभिन्न प्रकार की चर्चाएँ उनके कानों में बलात् पड़ती थीं, तो मन थोड़ी देर को प्रिया की मृत्यु के दुःख को इधर-उधर कर देता था। वह दुःख विस्मृत तो नहीं होता था, किंतु प्रच्छन्न तो हो ही जाता था।

पर कोई संदीप के समान उनसे विवाद नहीं करता था। उनके बड़प्पन का विचार कर वैसे ही कोई उनके सम्मुख मुख नहीं खोलता था।...और फिर यह तो शोक का समय था। कोई उनसे क्या कहता ? प्रदीप कोई अटपटी बात कह भी देता, तो उसके पास उसके लिए कोई तर्क नहीं होता था। वे उसे या तो अपने तर्क से चुप करा देते थे, या फिर यह मानकर कि उसकी बात में कोई तत्त्व तो है ही नहीं, उसकी उपेक्षा कर जाते थे।...दूसरा व्यक्ति कोई उत्तर नहीं देगा तो प्रदीप भी उससे कितना झींकेगा। शिकायत करता रहेगा कि कोई उसकी बात नहीं सुनता, किंतु वह तर्क तो नहीं कर सकता था। वह किसी को क्रोध दिला सकता था, मनोरंजन कर सकता था; पर संदीप उद्वेलित कर देता था। न चुप रहता था, न चुप रहने देता था। ऐसी बात कह देता है कि दूसरे से चुप रहते भी नहीं बनता था और उसके साथ उलझने की भी इच्छा नहीं होती थी।

संदीप आरंभ से ही परिवार में कुछ भिन्न-सा व्यक्ति माना जाता था। स्कूल में था। छोटा-सा बच्चा था। रोहित उस समय स्वयं बीस-बाईस वर्ष के रहे होंगे। संदीप उनसे दस वर्ष छोटा था। वे नौकरी में लग चुके थे। वयस्क फिल्में देखने का साहस कर चुके थे। छुपकर सिगरेट भी पीने लगे थे। पार्टी के नाम पर दो-चार बार व्हिस्की भी चख चुके थे। बहुत रगड़कर क्षौर करते थे—सिर के गीले बालों पर कपड़े की पट्टी बाँधकर, अपने केशों को एक विशेष ढंग से सँवारने का प्रयत्न करते थे। उनकी आँखें युवतियों पर टिकती थीं और वे जानते थे कि लड़कियाँ भी उनकी ओर देखने लगी थीं।...ऐसे में बारह वर्ष के उस ढीली-ढाली निकर या बेतुका पाजामा पहनने वाले, बिखरे बालों के साथ, धूल-धक्कड़ में कंचे खेलने वाले, उस अनाकर्षक

और प्रभावशून्य लड़के का उनके जीवन में क्या महत्त्व हो सकता था। वह न तो उनसे आँखें मिला सकता था, न उनसे ढंग से बात ही कर सकता था। किसी विषय पर कोई गंभीर चर्चा करने की तो कल्पना भी नहीं की जा सकती थी।···वे उन दिनों भी अपने पैसों से 'अमेरिकन मैगजीन', 'दि लाइफ', 'रीडर्स डाइजेस्ट' और 'दि इलेस्ट्रेटेड वीकली' खरीदकर लाते और पढ़ते थे। दिनशॉ मेमोरियल लाइब्रेरी के सदस्य थे। वहाँ से अंग्रेजी के उपन्यास लाते थे और खाना खाते हुए भी एक हाथ में पुस्तक रखते थे। कुछ इस कारण से कि पढ़ने का अधिक समय नहीं मिलता था और कुछ इस कारण से कि इन लोगों से विशेष बात न करनी पड़े।···यह संदीप तब उर्दू के मिडिल स्कूल में पढ़ता था। अंग्रेजी का अक्षर-ज्ञान उसे हो गया था और अक्षरों को जोड़-जोड़कर छोटे-छोटे और सरल शब्दों को सीखने का प्रयत्न कर रहा था। प्रायः उर्दू की जासूसी पुस्तकें पढ़ता था। जासूसी दुनिया···जासूस महल···उर्दू में सेक्स्टन ब्लैक और रॉबर्ट ब्लैक के उपन्यास। कभी-कभी साहस कर उनसे अंग्रेजी के किसी साधारण-से शब्द का अर्थ पूछ लेता था। वे अर्थ बता देते थे और कभी उसे साइकिल साफ करने, कभी मोची से जूतों की मरम्मत करा लाने या ऐसे ही किसी साधारण काम में लगा देते थे।···एक-आध बार उसके अंग्रेजी के तुच्छ ज्ञान पर तरस खाकर कह दिया था कि वह नए सीखे शब्दों के वाक्य बनाए, वे उसका संशोधन कर देंगे।···उसने कुछ साधारण शब्दों के वाक्य बनाकर उन्हें दिखाए भी थे। पर न तो कभी ढंग से काम कराने का उन्हें अवकाश ही मिला और न उसके विकास में उनकी रुचि जागी।···उन दोनों का संसार एक-दूसरे से बहुत भिन्न था और उनके लिए उसका संसार तनिक भी महत्त्वपूर्ण नहीं था।

एक दिन उन्होंने संदीप को सफेद कमीज, नीली निकर और जूते-मोजे डटाए हुए देखा। नारियल के तेल से उसके बाल चमक रहे थे और बुरी तरह चिपके हुए थे।···रोहित उन दिनों ब्रिल्क्रीम का प्रयोग करते थे। नारियल और सरसों के तेल वाले देहाती और गँवारू संसार से वे बहुत दूर जा चुके थे।···आज संदीप उनके काम पर जाने से पहले अपने स्कूली कपड़े पहनकर तैयार हो गया था।···होगा कोई कारण। उन्हें क्या ?···पर उसकी कमीज की जेब पर यह एक मैडल-सा क्या लटक रहा है ?···पता नहीं क्या लटकाकर वह जोकर-सा इधर-उधर घूम रहा है।···उन्हें उसमें कोई विशेष रुचि नहीं थी; पर दुनिया तो जानती थी न कि वह उनका भाई है। उनके साथ उनके घर में रहता है।···फिर वे उसे इस प्रकार कार्टून बनकर कैसे घूमने दे सकते हैं···?

'इधर आओ।'

वह आकर उनके सम्मुख खड़ा हो गया।

'यह जेब पर क्या लटका रखा है ?'

'मैडल है।' संदीप ने कहा।

'मैडल ? क्या किसी मोर्चे पर गया था ?' वे हँसे थे।

उन्होंने अपने इस वाक्य से आहत संदीप का पीड़ित दर्प भी देखा था। पर इतने-से बच्चे का बैंड वालों के समान मैडल लटकाकर घूमना उनके लिए हास्यास्पद ही हो सकता था।

'मुबाहिसे में जीता है।' उसने अपना सारा आत्मबल बटोरकर उनका प्रतिवाद किया।

'मुबाहिसा ! ओह, डिबेट !' उन्हें कुछ गंभीर होना पड़ा।

उन्हें उसी से मालूम हुआ था कि नगर के सारे स्कूलों की वार्षिक प्रतियोगिताओं में उसे मिडिल स्कूलों की उर्दू वाद-विवाद प्रतियोगिता में पुरस्कारस्वरूप यह मैडल मिला था, जिसका प्रदर्शन कर वह मुहल्ले में स्वयं को गौरवान्वित करता फिर रहा था। बचपना ही तो था। नहीं जानता था कि मैडल को अपने डब्बे में बंद रहना चाहिए और कोई विशेष आवश्यकता होने पर ही किसी को दिखाना चाहिए। मैडल लटकाने का प्रचलन या तो सेना की आलंकारिक वर्दी में था, या फिर बैंड-बाजे वाले, शहनाई और नफीरी बजाने वाले इस प्रकार मैडल लटकाते थे। कभी-कभी जादू का प्रदर्शन करने वाले तथाकथित प्रोफेसर लोग भी इस प्रकार के मैडल लटकाते थे। ···इस बच्चे को किसी ने नहीं बताया और यह अपने बौने अहम् को प्रदर्शित करता, मैडल लटकाए गलियों में घूम रहा है।

उन्होंने उससे यह पूछना भी आवश्यक नहीं समझा था कि डिबेट का विषय क्या था और वह वहाँ क्या बोलकर आया था। यद्यपि घर में से ही उन्हें यह ज्ञात हो गया था कि विषय भारत की अन्न समस्या से संबंधित था और पिताजी ने जो कुछ लिखकर दिया था, वह उसे ही घोट गया था और काँपती टाँगों से मंच पर खड़ा होकर सूखे होंठों से उसे उगल आया था।

रोहित के लिए यह कोई उपलब्धि नहीं थी। उर्दू में बोलने वाले लड़के ही कितने रहे होंगे और वह भी सातवीं कक्षा तक के। उनमें बोलकर पुरस्कार ले आया तो ठीक है। अपने में प्रसन्न है तो रहे प्रसन्न।

उसके बाद से यदा-कदा उसकी प्रतियोगिताओं की चर्चा उनके कानों में पड़ती रहती थी, जैसे प्रदीप के फुटबॉल और वॉलीबॉल के मैचों की भनक कान में पड़ जाती थी।···पर तब उन्होंने यह नहीं सोचा था कि वाद-विवाद की प्रतियोगिताओं में भाग

लेने वाला उनका यह भाई अपनी इसी क्षमता के बल पर कॉलेज में पढ़ाने की नौकरी करना चाहेगा और उनसे भी वाद-विवाद करेगा।

उसने वह सारा पागलपन भी किया। विज्ञान, इंजीनियरिंग और चिकित्साशास्त्र की पढ़ाई को छोड़कर वह हिंदी का अध्यापक बन गया। उन्हें कुछ अच्छा नहीं लगा था यह सब। पर उन्होंने स्वयं को समझा लिया कि है तो वह उनका भाई ही; पर उससे क्या? उन दोनों का संसार एक-दूसरे से बहुत भिन्न था। वह कहीं, कुछ लोगों के सम्मुख भाषण कर, कोई छोटी-सी कहानी लिखकर और उसे छपवाकर ही बहुत प्रसन्न रहता था। उससे अधिक शायद उसको कुछ चाहिए ही नहीं था।···कॉलेज तक आते-आते जाने क्यों और कैसे वह हिंदी में आ गया था। कुछ अंग्रेजी न जानने वाले या कम अंग्रेजी जानने वाले धोतीधारियों के समाज में सम्मिलित होकर वह परम प्रसन्न था। जीवन में किसी ऊँचे लक्ष्य की ओर कभी पग ही नहीं उठाया था उसने। ···ऊँची सोसाइटी की ओर कभी देखा ही नहीं था। शायद वह स्वयं को उसके योग्य ही नहीं पाता था।

तब तक लेक्चरर बन गया था। कॉलेज में पढ़ाता था। उन्होंने उससे उसके ग्रे हेयर की समस्या के विषय में पूछा था। अकड़कर बोला था कि उसके बाल या तो काले ही हैं या फिर सफेद हो जाते हैं। ग्रे नहीं रहते···

बहुत दया आई थी उन्हें। उसे समझाया कि 'ग्रे हेयर' का अर्थ बालों का सफेद होना ही है।

वह लज्जित होने के स्थान पर जोर से हँसा था, 'मैं जब इंटरमीडिएट में पढ़ता था भैया ! तो कॉलेज के वार्षिकोत्सव में हिंदी और अंग्रेजी की डिबेट और निबंध प्रतियोगिताओं में मुझे पाँच-छह पुरस्कार मिले थे। पुरस्कारों में अंग्रेजी की कुछ पुस्तकों की दो-दो प्रतियाँ आ गई थीं। मैं उन पुस्तकों को लौटाने या बदलने के लिए कॉलेज ले गया था। वहाँ मुझसे एक वर्ष आगे के एक लड़के ने मुझे पुरस्कार जीतने की बधाई दी। मेरी पुस्तकें देखीं और लौटाते हुए बोला, 'कीप इट अप।' जितनी अंग्रेजी मुझे आती थी, मैं उसी हिसाब से समझा कि वह मुझे उन पुस्तकों को रख लेने का सुझाव दे रहा है। मैंने तड़पकर कहा, 'इन्हें तो कभी नहीं रखूँगा।' '

अंग्रेजी नहीं पढ़ने से तो यही होना था। पर वह नहीं समझ रहा था कि उसने हिंदी से चिपककर क्या-क्या खोया है।

और फिर अकस्मात् ही रोहित ने अनुभव किया कि उनका यह भाई हिंदी वाला होने के साथ-साथ स्वयं को बहुत भारतीय और पक्का हिंदू मानने लगा था। वह यूरोप और अमेरिका ही नहीं, भारत में छपी अंग्रेजी पुस्तकों को पढ़े बिना ही स्वयं

को भारतीय संस्कृति का ज्ञाता मानने लगा था। उसे बोलने और उलझने की झक तो थी ही, अब उसे सार्वजनिक सभाओं में वक्ता की मान्यता भी मिलने लगी थी।

एक बार वह अकस्मात् ही दिल्ली से पुणे आ गया था। उन्होंने चकित होकर उसके इस प्रकार आने का कारण पूछा तो बोला कि नगर की एक प्रसिद्ध संस्था ने उसे भाषण के लिए बुलाया है। वह नगर में तीन दिन रहेगा और तीन भाषण करेगा। उस संस्था ने उसके आने-जाने का किराया दिया था। उसकी आने में कोई विशेष रुचि नहीं थी, पर सोचा कि इसी बहाने वह उनसे मिल लेगा। संस्था ने उसके ठहरने की व्यवस्था भी की थी, किंतु वह स्वेच्छा से अपने भाई के घर ठहरने के लिए आ गया था।

वे अपने इस भाई के महत्त्व पर मुस्कराकर रह गए थे। उसे बुलाने वालों पर भी उन्हें दया ही आई थी। नहीं मिला होगा हिंदी वालों को कोई ठीक-ठाक आदमी। बुला लिया उसे···जहाँ अश्वत्थ और वटवृक्ष नहीं होते, वहाँ रेड़ी का झाड़ ही वृक्ष मान लिया जाता है।

उसने नगर की प्रसिद्ध संस्था के हॉल में भाषण किया; उसने स्थानीय कॉलेजों के छात्रों को संबोधित किया; नगर-भर की भीड़ जुटी, किंतु वे उसे सुनने नहीं गए, न उनके बच्चे गए। घर में ही बहुत बक-झक सुन लेते थे उसकी। सुनें···जिन्हें और कोई काम नहीं था।

अब वह छोटी-सी ढीली निकर अथवा ढीला पाजामा पहनने वाला, बिखरे बालों वाला और धूल-धक्कड़ में कंचे खेलने वाला लड़का नहीं था। यह अहसास तो उसे वर्षों पहले उस दिन हो गया था, जब उसने उनकी नायलॉन की नई जुराबें, उनसे बिना अनुमति लिए, सूखने वाले कपड़ों की तार से उतारकर पहन ली थीं। पहन ही नहीं गया था, उन्हें पूरी तरह खराब कर लाया था।

उन दिनों वह कॉलेज में पढ़ रहा था और कॉलेज में गए भी शायद उसे कुछ ही महीने हुए थे।···वह कॉलेज से लौटकर आया तो रोहित ने अपनी जुराबों के विषय में पूछा। उसने सीधे-सीधे स्वीकार कर लिया कि आज कॉलेज में एक समारोह था। उसे दो-तीन लड़कियों को साथ लेकर कॉलेज जाना था और उन लड़कियों को वापस घर भी पहुँचाना था। उसके पास पहनने के लिए कोई भी साबुत जुराब नहीं थी। इसलिए वह उनकी जुराबें पहन गया था। इतनी छोटी-सी बात के लिए क्या पूछना ? जुराबें गंदी हो जाएँगी तो वह धो देगा।···पर उसके धोने-वोने से कुछ नहीं हुआ था। जिस प्रकार कीचड़ में भीगकर उनका रंग गँदला हुआ था, उससे रोहित समझ गए थे कि संदीप के सस्ते जूते ऐसे नहीं थे कि वर्षा के दिनों में सड़क पर बहते पानी

को वे रोक सकें। मार्ग का गँदला पानी जूतों में घुस गया था। अब धुलकर जुराबों का अपना रंग नहीं लौटा था। न लौट सकता था।

पर संदीप को डाँटने का साहस नहीं हुआ था रोहित को।···संदीप कॉलेज में पढ़ता था। उसके साथ लड़कियाँ जाती थीं। वह सचेत था कि उसे फटी जुराबें नहीं पहननी हैं, जिनमें से पैर की ऐड़ी दिखती हो या अँगूठा जुराब से बाहर दिखाई देता हो।···अभी तो उसने अपने सस्ते जूतों की शिकायत नहीं की थी, नहीं तो वह उनके जूते की ओर भी हाथ बढ़ा सकता था। मोहित ने उसे कहीं हुगलापट्टी की दुकान से सस्ते जूते खरीद दिए थे। रोहित के जूते तो बाटा के नए एंबेसडर थे। यदि कहीं वह उनके जूते ही पहन गया तो वे क्या करेंगे? और उनके पास इतने पैसे नहीं थे कि वे सारे भाइयों को बाटा के महँगे जूते खरीदकर दे सकें।···पर नहीं! शायद उनके पैरों का नाप एक नहीं था। वह उनके जूते नहीं पहन सकता था और न ही कभी उसने वे पहने।

उन्होंने वे जुराबें तो संदीप को दे ही दीं, एक सस्ता-सा सूती जुराबों का जोड़ा और भी ला दिया, ताकि वह फिर उनका कोई दूसरा जोड़ा खराब न करे।

उसके पश्चात् वैसी कोई स्थिति आई नहीं। संदीप ने कुछ ट्यूशनें पकड़ ली थीं। उससे उसे कुछ पैसे मिले थे और उसने अपनी पसंद की नायलॉन की ही जुराबें खरीदी थीं। उन्हीं पैसों में से उसने पहली पतलून सिलवाई तो वे कुछ चकित हुए थे। दूसरी पतलून सिलवाई तो वे कुछ खीज उठे थे।

'तुम्हारे पास पैसे हैं तो तुम अपने ही कपड़े सिलवाते रहोगे? एक पतलून सुजीत को भी सिलवा देते। तुम्हारा छोटा भाई है आखिर।'

कहने को तो उन्होंने कह दिया; किंतु कहकर डर गए थे। वह आजकल बहुत स्वतंत्र हो गया था। अपने लिए सारे निर्णय स्वयं ही करता था। कोई आपत्ति करे तो जमकर उत्तर भी देता था।···अब यदि इस समय वह कह देता कि उनके पास पैसे होते हैं तो उन्होंने कभी उसे कोई पतलून सिलवाकर दी है—तो वे क्या कहते ?

बहुत बार उनके मन में आया था कि वे अपने छोटे भाइयों को कुछ लेकर दें। उनका स्तर कुछ सुधारें। पर उनका वेतन ही कितना था ? उसमें से भी घर के खर्च के नाम पर पिताजी को कुछ दे देने के पश्चात् इतना बचता ही नहीं था कि किसी और के लिए कुछ भी करते। वे दफ्तर जाते थे, पिताजी या मोहित के समान दुकान पर नहीं बैठते थे, इसलिए उन्हें अच्छे कपड़े चाहिए थे। वे मोहित के समान इधर-उधर की दुकानों से सस्ता कपड़ा नहीं खरीदते थे। नगर के मुख्य बाजार में से बढ़िया दुकान से बढ़िया कपड़ा खरीदते थे। अच्छे दर्जी से सिलवाते थे। वे अपना स्तर नीचे

नहीं गिराना चाहते थे। उससे व्यक्ति दूसरों की नजर में भी गिर जाता है। पिताजी स्वयं को एक गरीब दुकानदार मानते थे; पर रोहित स्वयं को एक गरीब दुकानदार का पुत्र नहीं मानना चाहते थे। वे अपने दम पर अपना स्तर बनाना चाहते थे—चाहे खाना-पीना हो, चाहे पहनना-ओढ़ना हो, चाहे साबुन-तेल हो, चाहे कहीं आना-जाना हो, चाहे मिलना-जुलना हो। वे मोहित के समान पटरी के किसी दुकानदार के साथ मैत्री का अनुभव कर उसके घर नहीं जा सकते थे। वे अपनी आँखें उठाकर आकाश की ओर देख रहे थे। उन्हें ऊपर ही उठते जाना था।…शायद यही कारण था कि उनका हाथ सदा ही तंग रहा…

संदीप कितना स्वतंत्र हो गया था, यह तो उनको उस दिन पता चला, जब वह स्वयं जाकर कॉलेज में अपना नाम लिखा आया था और अपनी इच्छा से हिंदी, तर्कशास्त्र और मनोविज्ञान जैसे विषय भर आया था। उस दिन भी रोहित बहुत झल्लाए थे। संदीप के अंक ऐसे थे कि उसे कोई भी अच्छे से अच्छा विषय मिल सकता था; किंतु वह मूर्ख सबसे घटिया विषय भर आया था। उनकी इच्छा हुई थी कि उसे कसकर डाँटें।…पर जाने क्यों उनका साहस नहीं हुआ।…आज तक उन्होंने उसकी पढ़ाई में कभी कोई रुचि नहीं ली थी। उससे न कभी कुछ पूछा था, न बताया था। उनका अपना संसार ही इतना गतिविधिपूर्ण और हलचल से भरा था। अपना कोई छोटा भाई उन्हें इस योग्य नहीं लगता था कि वे उसे अपने संसार में प्रवेश दे सकें। वे छोटे भी थे, नासमझ भी और असमर्थ भी।

अवस्था की दृष्टि से मोहित भी उनके निकटतम था। पर उसने तृतीय श्रेणी में मैट्रिक पास कर पिताजी की दुकान पकड़ ली थी। अब उससे वे क्या बात करते ? उससे छोटे भाइयों ने पिताजी के बाद मोहित को ही अपना बड़ा भाई मान लिया था। वे अपनी आवश्यकता की चीजें, या उनके लिए पैसे मोहित से ही माँग लेते थे। वह अपनी दुकान के आसपास की दुकानों से उनके लिए कपड़े ले देता था, जूते खरीद देता था।…और तब तो हद ही हो गई, जब उसने संदीप को कॉलेज की ओर से कश्मीर घूमने जाने के लिए भी पैसे दे दिए।…रोहित चकित रह गए थे। अपने परिवार में से आज तक कभी कोई कश्मीर नहीं गया था और यह संदीप, जिसे अभी ठीक से पाजामे का नाड़ा बाँधना भी नहीं आता, उठकर कश्मीर चल दिया था…

पर वह बाद की बात थी।

संदीप की पढ़ाई के विषयों के संदर्भ में अपनी कुढ़न उन्होंने पिताजी के सम्मुख प्रकट की थी।

'यह क्या समझता है अपने आपको ? गया और अपना नाम लिखा आया।

अपने विषयों का चयन भी कर आया। किसी को कुछ समझता ही नहीं। घर में कोई बड़ा नहीं है क्या ? किसी से पूछने की कोई आवश्यकता नहीं है ?'

'कुछ गलत निर्णय कर लिया क्या उसने ?' पिताजी ने चिंतित होकर पूछा था।

'गलत ? गलत तो है ही। जो विषय वह पढ़ने जा रहा है, उनके बल पर तो क्लर्की भी नहीं मिलेगी उसे। डेढ़-दो सौ रुपयों की नौकरी ढूँढ़ता फिरेगा और कोई घास भी नहीं डालेगा।' रोहित ने कहा था, 'अंग्रेजी तक नहीं आएगी। उर्दू छोड़ चुका है। हिंदी अभी-अभी शुरू की है। वैसे हिंदी के माध्यम से जा भी कितनी दूर पाएगा वह।'

रोहित को स्मरण है कि उन दिनों तक घर में स्थिति यह थी कि संदीप और प्रदीप जाकर मुस्लिम लाइब्रेरी से उर्दू की पुस्तकें लाते थे और पिताजी समेत घर-भर के लोग उन्हें पढ़ते थे, या संदीप अपने मित्रों से कुछ जासूसी उपन्यास ले आता था। ···केवल रोहित ही थे कि सान्याल ब्रदर्स से अंग्रेजी की पुस्तकें और अंग्रेजी की पत्रिकाएँ लाते थे—कुछ खरीदकर, कुछ किराए पर। पिताजी भी उनकी लाई हुई पत्रिकाओं में से कुछ कहानियाँ इत्यादि पढ़ लिया करते थे। न तो वे कोई गंभीर साहित्य पढ़ते थे और न ही उन्हें अपना मानसिक विकास करने की आवश्यकता का अनुभव होता था। वे तो केवल अपना समय काटने के लिए पढ़ते थे।

पर इन लड़कों का क्या होगा? ये हिंदी-उर्दू पढ़ते रहेंगे तो जीवन में कभी कुछ बन नहीं पाएँगे। कभी सभ्य समाज का अंग नहीं होंगे। बस, दुकानदार या क्लर्क बनकर रह जाएँगे···

पिताजी भी संदीप की स्वतंत्रता और आत्मनिर्भरता को जानते ही थे। उन्होंने न तो डाँटा, न कोई स्पष्टीकरण माँगा। बस, सूचना-भर दे दी कि उसके रोहित भैया उससे कुछ रुष्ट हैं कि उसने अपने आप ही सारे निर्णय ले डाले। उसे बड़े भाइयों से पूछ तो लेना चाहिए था।

संदीप ने आश्चर्य प्रकट करते हुए कहा था कि घर में किसी को उसकी पढ़ाई में किसी प्रकार की कोई रुचि भी है। वह तो यही जानता है कि चौथी कक्षा में भी स्कूल में प्रवेश लेने के लिए वह अकेला ही गया था। पिताजी ने आवेदन-पत्र तो भर दिया था, फीस के पैसे भी थमा दिए थे; किंतु घर से कोई उसके साथ तो गया नहीं था। दस चक्कर लगाए थे उसने उस स्कूल के, पर अकेले ही लगाए थे। पंक्ति में वह स्वयं ही खड़ा हुआ था। स्कूल के नियमों के अनुसार एक दुकानदार के बेटे को प्रवेश देने में कुछ कठिनाई थी। उसे प्रवेश नहीं मिल रहा था, तो वह अकेला ही रोया था।···फिर आज कॉलेज में प्रवेश के लिए कोई साथ जाता ? घर के लोग

यह तो चाहते हैं कि उनसे पूछा जाए, पर कोई सहायता की बात भी करता है ? कोई बड़ा बनकर उसके साथ भी चलता है ? बस, अधिकार ही हैं बड़ों के ? दायित्व किसी का नहीं है ?

पिताजी क्या कहते ? सब जानते थे कि कुछ अपनी आँखों की सीमित रोशनी के कारण और कुछ उसके कारण बन गए अपने स्वभाव के कारण पिताजी कहीं नहीं जाते थे।

बोले, 'ठीक है बेटा! पर बड़े भाई का मान रख लो।'

संदीप ने उनका मान रखने के लिए उनसे अपने विषयों संबंधी कुछ चर्चा छेड़ी थी। जानते वे भी थे कि संदीप को कोई परामर्श नहीं देना चाहिए था; और संदीप भी था कि उसे अपनी इच्छा के विरुद्ध उनका कोई परामर्श मानना नहीं था।

वे संदीप की यह स्वतंत्रता देखते रह गए थे। अपनी पढ़ाई में, अपनी नौकरी में, अपने विवाह में, अपने बच्चों को पढ़ाने-लिखाने में, उनका पालन-पोषण करने में—वह सारे निर्णय स्वयं ही कर लेता था। और तो और, उसने अपना मकान बनाया तो गृहप्रवेश के अवसर पर बजाय आने का निमंत्रण देने के, उसने लिखा कि वह गृहप्रवेश कर रहा है। वह नहीं चाहता कि वे लोग अपनी नौकरियों से छुट्टी लेकर भागते-दौड़ते इतनी दूर से केवल उस अवसर के लिए आएँ और कुछ ही घंटों के पश्चात् लौटने की बात करें। वह चाहेगा कि उन्हें जब अवकाश मिले, वे आएँ और उसके साथ कुछ समय के लिए रहें।···ऐसा ही उसने अपने बच्चों के मुंडन के समय किया था। उन्हें निमंत्रण भेजा था कि वह बच्चों के मुंडन कर रहा है। वह नहीं चाहता कि उसके लिए वे लोग नौकरी से छुट्टी इत्यादि लें और लंबी यात्रा कर कष्ट उठाएँ। वह उनको सूचना-भर दे रहा है और बच्चे के लिए उनके आशीर्वाद की कामना कर रहा है।

पहले बच्चे के जन्म के समय तो उसने अपनी पत्नी को घर भेज दिया था, किंतु छोटे के जन्म की ही सूचना दी थी। पिताजी ने अपना रोष प्रकट किया कि उसने अब तक इस सूचना को उनसे छुपाए क्यों रखा था तो बोला कि जन्म से पहले सूचना देता तो क्या हो जाता ? सूचना का अवसर आया तो सूचना दे दी।

पिछले दिनों उसने अपने बड़े बेटे का विवाह किया था। सारा नियंत्रण उसके हाथ में था। जो उसकी योजना में था, वह होगा। जो उसकी इच्छा नहीं है, वह नहीं होगा। चाचा, ताऊ, मामा, फूफा, ताई, मौसी, बुआ, मामी, दादा, दादी, नाना, नानी ···किसी की इच्छा का कोई अर्थ नहीं था उसके लिए।···बारात कब चलेगी, कैसे चलेगी, फेरे कब होंगे, कैसे होंगे, क्या लिया जाएगा, क्या दिया जाएगा ? उसने

किसी से कुछ नहीं पूछा।...उसने भोजन प्रबंधक को कह दिया कि खाना परोस दो तो परोस दो। कोई तैयार है या नहीं, उससे कुछ लेना-देना नहीं। क्यों लोग समय से तैयार नहीं होते ? क्यों कोई देर करता है ? सब काम निश्चित समय से होना चाहिए। कोई अपनी बाध्यता, अपने शौक, अपने आलस्य अथवा अपने प्रमाद से देर कराएगा तो वह उसकी एक नहीं सुनेगा। छोड़ जाएगा उसे घर में ही।

वेदी पर बैठे वर-वधू को उसने अनुशासित रखा। पुरोहितों को विभिन्न कामों के लिए अपनी इच्छा के संकेत देता रहा। वेदपाठियों से अपनी इच्छानुसार मंत्र पढ़वाए। वधू वेदी पर बैठी थी। विवाह की विधि चल रही थी। वधू की कोई सखी या तो तब आई या शायद जा रही थी। वह वधू से बातें करने लगी। वधू भी औपचारिकता में उसे विदा करने के लिए दो-चार बातें करने लगी। वधू का ध्यान मंत्र से चूक गया और संदीप ने उसकी सखी को स्पष्ट शब्दों में कह दिया कि वह जा रही है तो संकेत से नमस्कार कर चली जाए। विवाह के धार्मिक कृत्य में विघ्न न डाले।

वह लड़की बेचारी पानी-पानी हो गई। 'सॉरी-सॉरी' कहती, आँखें पोंछती हुई भाग गई।

कन्या-पक्ष की लड़कियाँ, वर के जूते नहीं छिपा पाई थीं। खिसियाहट में अपने भाइयों की सहायता से, विदा के लिए सजी गाड़ी का एक पहिया ही उतार लिया था। संदीप वहाँ आया तो फट पड़ा, 'यह हँसी-मजाक नहीं, मोद-प्रमोद नहीं, दुष्टता है। चुपचाप पहिया लौटाओ। तत्काल लौटाओ।'

वधू के पिता डर गए। बात फैल गई--वर के पिता अत्यंत गुस्सैल हैं।

पहिया आ गया। गाड़ी तैयार हो गई। अपनी अनेक औपचारिकताएँ अधूरी छोड़कर वधू के पिता ने बेटी विदा कर दी। संदीप की पत्नी कहती ही रही कि समधियों से कहो कि कोई भूल हो गई हो तो हमें क्षमा करें। पर संदीप ने उसे चुप करा दिया, 'कैसी भूल ? उन्होंने दुष्टता की, उसके लिए उन्हें डाँट पड़नी ही चाहिए।'

'बच्चे थोड़ा खेल-तमाशा तो करते ही हैं।' पत्नी ने समझाया।

'विवाह जीवन का गंभीर मामला है, खेल-तमाशा नहीं।'

विदा होते हुए उसने समधी से कहा, 'बेटी की चिंता मत करिएगा। वह आज से हमारी बेटी है। उसका सुख-दुःख, मान-अपमान हमारा है। वह हमारे परिवार का सम्मान बनकर रहेगी।'

रोहित ने देखा था, जाने क्यों उस समय संदीप की आँखें भीग आई थीं। इतना भावुक तो वह कभी नहीं दिखा था उन्हें।

रोहित ने प्रायः सोचा है—यह संदीप ऐसा क्यों करता है? जैसे संसार में और किसी की कोई इच्छा ही नहीं है। सहनशीलता नहीं है उसमें? ठीक है, उसमें समय के प्रति निष्ठा है। वह प्रत्येक काम निश्चित समय पर ही करना चाहता है। अनुशासन का पक्षधर है। धार्मिक कृत्यों का पूरी निष्ठा से पालन करता है।...पर वह ऐसा कठोर क्यों हो जाता है ? वह ऐसी छोटी-छोटी बातों की अनदेखी क्यों नहीं कर सकता ?...दूसरों की भावनाओं का भी तो कुछ सम्मान होना चाहिए।

वह तो उसके अपने घर की बात थी। उसके अपने पुत्र का विवाह था। उसके समधी उसके सामने खड़े थे। उनके साथ उसने जो भी व्यवहार किया था।...किंतु वह तो रोहित के पुत्र के विवाह पर भी कुछ ऐसा ही तमाशा कर बैठा था... ।

वसु का विवाह था। बारात जाने से पहले सेहराबंदी हो रही थी। वर के ताऊ, चाचा, मामा, फूफा—सबको गुलाबी पगड़ियाँ बँधी थीं। इधर पंडित जी गणेश-पूजन कर नवग्रहों की पूजा कर रहे थे। वसु के मामा की बेटियाँ वसु से चुहल कर रही थीं। वसु का ध्यान बार-बार उचट जाता था। वह पूजा की ओर ध्यान नहीं दे पा रहा था... ।

रोहित को स्वयं यह सब अच्छा नहीं लग रहा था। नवग्रह-पूजन महत्त्वपूर्ण अंग था ग्रह-शांति का। ग्रह-शांति ठीक से न हुई तो व्यर्थ ही कहीं कोई अनिष्ट न हो जाए। जो जितना शुभ और महत्त्वपूर्ण होता है, उसमें अनिष्ट की उतनी ही आशंका होती है।...पर इन लड़कियों को कौन समझाए ? माँ-बाप ने भी सिर चढ़ा रखी हैं। इन्हें इस समय चुहल सूझ रही है। विधि-विधान का ध्यान नहीं है इन्हें। कभी वसु की गंभीरता और तन्मयता का उपहास करती हैं, कभी पंडित जी की नकल उतारती हैं। कभी ग्रहों को ही कुछ कह देती हैं। न मंत्रों के प्रति सम्मान है उनके मन में और न देव-प्रतीकों के प्रति। उनके लिए तो यह सारा खेल-तमाशा ही है... ।

और सामने बैठा है संदीप। त्यौरियाँ चढ़ी हुई हैं उसकी। उसे अच्छा नहीं लग रहा यह सब। अभी रुष्ट होकर कुछ कह देगा, तो विवाह का सारा मजा किरकिरा हो जाएगा... ।

पर संदीप ने कुछ नहीं कहा। उसने एक उचटती-सी उपेक्षापूर्ण दृष्टि उन लड़कियों पर डाली और पूजा में तन्मय होने का प्रयत्न करने लगा।...स्वयं रोहित ने उन लड़कियों को एक वर्जनापूर्ण निषेधात्मक दृष्टि से देखा; किंतु या तो वे उनका मनोरथ समझी नहीं, या फिर उन्होंने उनकी उपेक्षा करने की ही ठान ली थी।

पूजा पूरी हो गई। संदीप पंडित जी से बातें करने लगा। रोहित ने चैन की साँस ली थी। उन्हें अभी एक चक्कर मंदिर का भी लगाना था। वे निश्चिंत होकर

चले गए। अब कर लें लड़कियाँ हँसी-ठिठोली, जितनी करना चाहें। गा लें फिल्मी गीतों की जितनी पंक्तियाँ गाना चाहें।

लौटकर आए तो पता चला कि पीछे बहुत कुछ घटित हो चुका था।

सबसे पहले उनके पास संदीप ही आया, 'भैया! पहले मैं ही आपको बता दूँ। ऐसा न हो कि आपके पास दूसरे पक्ष की शिकायत आए। आपको झूठी बातें बताई जाएँ। आपको लगे कि मैंने कोई अनर्थ कर डाला है।'

'क्या हुआ ?' वे घबरा गए थे।

'आपके सामने ही आपके साले की बेटियाँ जो कुछ कर रही थीं, आपने देखा ही था। आपके जाने के बाद उन्होंने आपका ही उपहास करना आरंभ कर दिया कि फूफा जी को देखो, हमें ही आँखें दिखा रहे थे। आपके साले साहब भी उन्हीं का साथ दे रहे थे।' संदीप बोला, 'आपकी अनुपस्थिति में इस प्रकार आपका उपहास किया जाना मुझे बहुत अपमानजनक लगा। मैंने उनसे कह दिया कि पूजा जैसे पवित्र कर्म के समय उनका व्यवहार उचित नहीं था। पूजा की मर्यादा की रक्षा होनी चाहिए। वे सहमत नहीं हुईं। बोलीं कि विवाहों में तो यह सब होता ही है। मैंने कहा कि जहाँ लोक-रीति होती है, वहाँ हास-परिहास भी होता है; किंतु जहाँ शास्त्र-विधि होती है, वहाँ न हास-परिहास होता है, न गुल-गुपाड़ा। नवग्रह-पूजन को गंभीरता से देखा-सुना जाना चाहिए।' उसने रोहित को देखा, 'वे लोग मेरी इन बातों से रुष्ट हैं। मुँह सूज गए हैं उन सबके। पर मैं समझता हूँ कि मैंने कुछ भी अनुचित नहीं कहा है। न मैं भगवान् की पूजा का उपहास सह सकता हूँ, न आपका।'

रोहित समझ गए थे कि मामला गड़बड़ हो चुका था। उनके ससुराल वाले रुष्ट हो ही गए होंगे। उनकी पत्नी भी उनसे कम रुष्ट नहीं होंगी। यह संदीप कहीं विवाह के लिए कोई संकट ही न बन जाए।...पता नहीं, यह संदीप किसी काम को हो क्यों नहीं जाने देता ? जो चल रहा है, उसे चलने क्यों नहीं देता ? यह सबको रोककर उन्हें सुधारने क्यों लगता है ? अरे, उनका उपहास हो रहा था तो हो लेता। वे स्वयं समझ लेते उससे। भगवान् की पूजा का उपहास होगा तो भगवान् उनसे रुष्ट होंगे, जिन्होंने उपहास किया है। यह संदीप क्यों बीच में आ जाता है ? इसके विवाह को भी इतने वर्ष हो गए हैं, क्या यह नहीं जानता कि पत्नी को मनाना कितना कठिन होता है ? उसने उनके उपहास का विरोध किया...और अब विवाह में ही कोई तमाशा बन गया तो उनका सम्मान बच पाएगा? उनकी पत्नी को पहले ही शिकायत है कि वे अपने भाइयों को कुछ अधिक ही महत्त्व देते रहते हैं।...उनका यह भाई आज सारे नगर में उनका उपहास करवाएगा।

'ठीक है।' वे बोले, 'जो हुआ सो हुआ। मैं समझता हूँ कि उनका और तुम्हारा दृष्टिकोण भिन्न है। पर मुझे तो सबको साथ लेकर चलना है।'

उनके मन में और भी बहुत कुछ था। उनकी अवस्था बढ़ रही थी। उनमें वह पहले जैसी ऊर्जा नहीं रही थी। मन में उतना उत्साह भी नहीं था। पर पुत्र का विवाह तो करना था। अब प्रत्येक व्यक्ति के व्यवहार के औचित्य और अनौचित्य को देखने लगेंगे तो किस-किससे लड़ेंगे? सब अपने-अपने रास्तें चलें, पर उनका काम तो हो जाने दें।

पर पूजा के विषय में वे संदीप से उलझना नहीं चाहते थे। यदि वे उसे वह सब कह देते, जो उनके मन में था तो वह उन्हें स्वामी विवेकानंद के जीवन की वह घटना सुना देता, जब अमेरिका से भारत लौटते हुए जलपोत में एक अमेरिकी पादरी ने उनसे उलझना चाहा था और हिंदू धर्म की निंदा की थी। स्वामी जी ने उसे रोका था, किंतु वह नहीं माना तो स्वामी जी क्रुद्ध हो उठे थे और उन्होंने कहा था कि यदि वह अब भी चुप नहीं हुआ तो वे उसे उठाकर समुद्र में फेंक देंगे।

उन्हें स्मरण था कि किसी और संदर्भ में संदीप ने ही उन्हें श्री रामकृष्ण परमहंस के जीवन की एक घटना सुनाई थी। उनका एक शिष्य नाव में कलकत्ता से दक्षिणेश्वर आ रहा था। उसके सहयात्री श्री रामकृष्ण की निंदा कर रहे थे। शिष्य बेचारा चुपचाप बैठा सब कुछ सुनता रहा। उसने आकर ठाकुर को बताया कि नाव में लोग उनकी इस प्रकार निंदा कर रहे थे, तो ठाकुर ने उसे डाँटा, 'कोई गुरुनिंदा सुनकर भी चुप बैठा रहता है ?'

तो फिर संदीप ही अपने बड़े भाई और भगवान् का उपहास कैसे चुपचाप सुन लेता ?

रोहित जैसे किसी निद्रा से जागे···कल प्रिया की तेरहवीं थी। प्रातः ही उन लोगों को पुणे जाना था, प्रिया की ससुराल। वहाँ का सारा प्रबंध प्रिया के ससुर करेंगे। वे भी अपने प्रकार के एक ही अनुशासनप्रिय व्यक्ति हैं। उनका अनुशासन भी बहुत कठोर होता है। जाने उन्होंने क्या प्रबंध कर रखा होगा ? कैसा पुरोहित होगा ? कैसी पूजा होगी ? कौन-कौन लोग आ रहे हैं ? वे लोग कैसा व्यवहार करेंगे ? कौन पूजा के प्रति सम्मान दिखाएगा और कौन बैठा बातें ही करता रहेगा ?···पुरोहित अथवा पूजा में भी कोई कमी हो सकती है। वह संदीप के समान पूर्णता का समर्थक नहीं भी हो सकता···

संदीप भीतर कमरे में चला गया था।

रोहित ने झाँककर देखा—वह कोई पत्रिका उलट-पलट रहा था। नहीं, कोई

गंभीर काम नहीं कर रहा था। वे भीतर चले आए। जाकर उसके पास बैठ गए।

"संदीप ! तुमसे एक बात कहनी है।" उन्होंने बहुत धीरे से कहा, "बुरा नहीं मानना।"

संदीप ने जरा चकित दृष्टि से उनकी ओर देखा। भैया ऐसा क्या कहने जा रहे हैं, जिसका उसे बुरा नहीं मानना है?

संदीप का अनुभव है कि 'बुरा मत मानना' की चेतावनी के साथ जितनी भी बातें कही जाती हैं, वे वस्तुतः बुरा मानने वाली ही होती हैं। जाने भैया के मन में क्या है ? पर कोई बात नहीं। वे लोग शोक के अवसर पर एकत्रित हुए हैं। भैया बहुत दुखी हैं। ऐसे में यदि वे ऐसी कोई बात कह भी लेंगे, जो उसे बुरी लगे, तो कह लें। उनके सुख के लिए इतना तो सहा ही जा सकता है।

"कहिए। नहीं मानूँगा बुरा।" वह बोला।

"देखो ! कल हम लोग पुणे जा रहे हैं। हो सकता है कि वहाँ कुछ ऐसा हो जो तुम्हें पच न सके; तुम्हें अच्छा न लगे; या तुम्हें आपत्तिजनक लगे।" भैया ने उसकी ओर देखा, "ऐसे में तुम्हें मेरे लिए चुप रहना है। तुम वहाँ कुछ नहीं बोलोगे।"

संदीप सीधा तनकर बैठ गया, "आप यह बात इसलिए कह रहे हैं, क्योंकि मैंने वसु के विवाह में आपके साले की बेटियों के व्यवहार को अनुचित बताया था?"

"नहीं ! मैं उसके कारण नहीं कह रहा हूँ।" रोहित ने कहा, "मैं तो एक सामान्य-सी बात कह रहा हूँ।"

"कह तो आप सामान्य बात ही रहे हैं।" संदीप बोला, "किंतु कह आप उसी के कारण रहे हैं। मैंने तब भी आपको बताया था कि मेरा कोई दोष नहीं है। आज फिर बता दूँ...।"

"मैं मानता हूँ कि तुम्हारा कोई दोष नहीं था।" रोहित बोले, "फिर भी कह रहा हूँ कि तुम वहाँ कुछ नहीं बोलोगे।"

"नहीं बोलूँगा।" संदीप ने कहा, "पर अभी तो आपको कह सकता हूँ न कि मैं सैकड़ों स्थानों पर जाता हूँ और बुलाया जाता हूँ। बोलने के लिए ही बुलाया जाता हूँ। चुप रहने के लिए नहीं। मेरी ख्याति यह नहीं है कि मैं कहीं जाकर दंगा करता हूँ।"

"मैंने यह नहीं कहा।"

"नहीं ! आपने तो नहीं कहा, पर मैं कहना चाहता हूँ कि इतनी समझ मुझे भी है कि कहाँ क्या बोलना है।" संदीप के स्वर में पीड़ा थी, "वसु के विवाह में मैं बोला, क्योंकि वह विवाह था और हमारे अपने घर का विवाह था। मैं मानता हूँ कि

मुझे अपने परिवार की बातों में बोलने का अधिकार है। यहाँ स्थिति एकदम भिन्न है। यह शोक का अवसर है और फिर बेटी की ससुराल का मामला है। यहाँ मैं बीच में कैसे बोल सकता हूँ ?"

"यह सब ठीक है, पर तुम वहाँ कुछ मत बोलना।" रोहित सुग्गे के समान एक ही बात रट रहे थे।

"नहीं बोलूँगा।"

"मेरी बात का बुरा नहीं मानना।"

"आपकी बात का क्या बुरा मानना ?" संदीप बोला।

रोहित उठकर बाहर आ गए।

संदीप का मन भारी होता जा रहा था।···वह बुरा क्यों मान रहा है?···उसने अपने आप से पूछा।···उन्हें पूरा अधिकार है कि वे उसे अपने मामलों में बोलने से मना कर दें। कुछ अनुचित तो नहीं कहा उन्होंने, और बड़े शिष्ट और शालीन ढंग से कहा है।

पर संदीप का एक और मन भी था, जो इससे तनिक भी सहमत नहीं हो पा रहा था।···नहीं ! उसने बुरा तो नहीं माना था। बुरा मानने की बात ही क्या है ? ···पर कष्ट तो उसे हुआ ही था। यह है उसकी ख्याति? यह सोचते हैं भैया उसके विषय में ? वह जहाँ जाता है, दंगा करता है? लोग डरने लगे हैं उससे? वह काम बिगाड़ देता है? व्यर्थ टाँग अड़ाता है? असभ्य है वह? नासमझ है? मूर्ख है? यह छवि है उसकी रोहित भैया के मन में ? उसका मूल्यांकन किया है उन्होंने?

और फिर कहेंगे कि उन्होंने तो उसे कुछ कहा ही नहीं है। बस, इतना ही कहा है कि वह वहाँ कुछ न बोले। कितने भोलेपन से कह दिया कि वह उनकी बात का बुरा न माने। पता भी है उन्हें कि वे उसे क्या कह रहे हैं ? उन्होंने तो बाण चलाया है। किसे लगा है और कहाँ लगा है, यह तो वह जानते ही नहीं। कितने निश्चिंत होंगे वे !

□□